AMBITION 1부

토룡영인

구선모 新무협 판타지 소설
FANTASTIC ORIENTAL HEROES

토룡영인 3

구선모 新무협 판타지 소설

초판 1쇄 찍은 날 § 2009년 3월 23일
초판 1쇄 펴낸 날 § 2009년 3월 31일

지은이 § 구선모
펴낸이 § 서경석

편집장 § 문혜영
편집책임 § 정서진
편집 § 서지현

펴낸곳 § 도서출판 청어람
등록번호 § 제1081-1-89호
등록일자 § 1999. 5. 31
어람번호 § 제2-1702호

주소 § 경기도 부천시 원미구 심곡2동 163-2 서경B/D 3F (우) 420-822
전화 § 032-656-4452 팩스 § 032-656-4453
http://www.chungeoram.com
E-mail § eoram99@chol.com

ISBN 978-89-251-1735-5 04810
ISBN 978-89-251-1459-0 (세트)

AMBITION 1부

도룡영인

구선모 新무협 판타지 소설

FANTASTIC ORIENTAL HEROES

3

[입신양명]

도서출판 청어람

目次

第一章
선촌후방(先穿後防)

유적들의 함성.

말들의 투박하고 거친 말발굽 소리와 투레질 소리.

병장기가 부딪치고, 그때마다 귀를 괴롭히는 쇠 갈리는 소리.

누군가의 비명과 함께 땅바닥에 쓰러지는 소리 등…….

순식간에 변한 상황에 손전정은 정신이 없었다. 아니, 손전정뿐만 아니라 장수들과 병사들 역시 정신이 없기는 마찬가지였다.

하지만 두 부류가 완전히 같은 것은 아니었다. 누군가는 전장을 살피느라 정신이 없었지만, 하급 병사들은 자신들의 목숨을 지키고 어떻게든 살아남기 위해 분주하게 움직이기에 바뺐다.

신분상의 차이가 주는 괴리감.

그러나 이런 차이에도 처한 상황에서 가장 중요한 것을 놓치지 않았다. 한때 불어 닥치는 태풍을 맞이하듯 유적들의 공격을 마냥 지켜볼 수 없었으며, 그에 정가동이 목청을 높이며 병사들을 다그치자 조금씩 군영이 자리를 잡기 시작했다.

"흐으음……."

정가동이 질주하는 모습을 뒤에서 지켜보던 손전정의 두 손엔 어느새 땀이 흥건해져 있었다. 어이없이 유적들의 심리전에 말려들어 많은 병사들이 눈앞에서 쓰러지고 있었기 때문이다. 특히 자신 스스로 유적들이 파고들어 올 수 있는 틈새를 만들었다는 것에 자책했고, 한 번의 승리로 적을 섬멸한 것 같은 승리감에 도취해 있던 어리석은 자신을 책망했다.

그러나 지금은 이런 자기반성보다 유적들을 물러나게 하는 것이 우선이었다. 그에 분주하게 움직이고 있는 정가동에게서 시선을 거둔 후, 백광은에게 궁병 일천여 명을 내주어 별동대의 후방을 향해 화살을 날리도록 명했다.

"후방을 향해 쏘란 말입니까?"

"그렇다. 한시가 급하니 어서 궁수들을 이끌고 유적들을 향해 쏘도록 하라."

"삼변총독님, 정말 후방입니까?"

"그렇다. 어서!"

"흐음."

"뭐 하나!"

"잘못 판단하신 것이 아닙니까? 적을 향해 쏘아도 모자란 판에 오히려 도망치지 못하도록 후방을 향해 쏘라니요. 소장은 도저히 이해할 수가 없습니다."

백광은은 손전정의 명이 잘못된 것이 아닌가 하며 재차 물었다. 그러나 손전정에게서 나온 말은 한결같았다.

자신의 명에도 재차 물어보는 백광은의 언행에 손전정의 표정이 확 일그러졌다.

하극상.

백광은의 언행은 손전정이 마음만 먹으면 하극상의 이유를 들어 당장에라도 목을 칠 수 있는 것이다. 그러나 손전정은 백광은이 무엇을 우려하는지 알고 있기에 애써 이해한다는 표정을 지었다. 하지만 노기가 완전히 가라앉은 것은 아니었다. 그렇기에 굳은 표정을 유지한 채 백광은의 눈을 직시하며 자신의 의지를 분명히 밝혔다.

"자네는 내가 지금 농담이나 하고 있을 것 같은가? 더 이상의 항명은 용서하지 않겠다, 백 총병관. 어서 명을 실행하도록 하라!"

"…알겠습니다. 명이니 따르도록 하겠습니다."

손전정의 단호한 명을 받은 백광은은 자신의 부관을 향해 고개를 끄덕였고, 부관은 빠르게 움직이며 궁수들의 전열을 정비하고 명을 내렸다.

쏴아아아~

궁수들은 왜 자신들이 유적이 아닌 다른 곳에 화살을 쏴야 하는지도 모르고 상관의 명에 따라 빠르게 활시위를 힘차게 당겼다. 하지만 이런 상황으로 인해 곤혹스런 표정으로 변한 사람들이 있었으니, 바로 별동대를 이끌고 있는 이래형과 처음부터 상황을 주시하고 있던 우금성이었다.

 이래형은 후퇴를 해야 할 시점에 화살로 인해 발목이 잡히자 당혹감을 감추지 못했다. 그러나 자신이 흔들리면 별동대가 전멸할 수도 있다는 생각에 사태의 추이를 살피며 주변을 둘러보았다.

 '시기를 놓친 것인가? 시간을 끌지 않았는데 어떻게……? 생각했던 것보다 대처가 빠르구나.'

 상황은 빠르게 악화되었다. 정가동이 본격적으로 가세하자 고걸을 비롯한 다른 총병관들이 호응하면서 전열이 빠르게 정비되기 시작한 것이다.

 '이런! 더 이상 머뭇거리다간 정말 전멸하겠구나. 도대체 우군사는 무슨 생각인가? 상황이 이런데도 작전대로 진행하겠단 말인가? 안 돼. 더 이상은 무리다. 무조건 퇴각해야 해.'

 "모두 퇴각하라! 후미의 병사들은 배후에서 날아오는 화살을 염두에 두고, 전면의 병사들이 길을 열어라!"

 "뭣들 하느냐! 앞만 보고 달려라! 퇴각~!"

 상황이 여의치 않게 변하자 이래형의 퇴각 명만을 기다리고 있던 부관들이 앞 다투어 병사들을 향해 고함을 질렀다. 그러면서 최대한 말에 몸을 밀착시키며 자신들의 길목을 향해 무차별적으로 떨어지고 있는 화살에 대비했다.

두두두두~

"이리얏! 이얏~!"

쏴아아아~

"헛! 모두 조심해라! 화살이다!"

"이런!"

히이이잉~!

"지금 뭐 하나? 왜 멈춘 것이냐?"

"이런 병신 같은 놈들! 여기서 멈추면 후미에 따라오는 병사들은 어떻게 하라는 것이냐!"

"화, 화살이……."

"화살? 이런!"

"어, 어떻게 할까요?"

"젠장! 어떻게 하긴, 뭘 어떻게 한단 말이냐! 여기서 죽고 싶다면 그대로 있고, 살고 싶다면 어서 달리지 못할까!"

"하, 하지만……."

"죽고 싶지 않다면 무조건 앞만 보고 달려라! 하앗!"

"달려라!"

앞서 달리던 병사들이 하늘에서 떨어지는 화살에 주춤하자, 이를 보고 있던 부관들이 전면에 나서며 병사들의 행동을 독촉했다. 하지만 부관들의 독촉에도 병사들은 움찔할 뿐, 앞으로 달려 나가고자 하지 않았다. 이에 부관들이 병사들을 향해 칼을 겨누었다.

"그럼 여기서 몰살을 당하겠단 말이냐! 너희들 눈엔 관병들의 창칼이 보이지도 않는단 말이냐!"

"여기서 벗어나지 못하면 아무도 살아남지 못한다! 지금 출발하지 않으면 동료의 길을 막고 있는 너희들을 먼저 처단할 것이다!"

"헉!"

"그, 그렇구나. 여길 벗어나야 돼."

"젠장! 화살이 내게 떨어지지 않길 천지신명께 빌며 달려가야겠군."

"앞만 보고 달려라! 화살의 공격 범위가 그리 넓지 않다! 저곳만 통과하면 된다!"

병사들은 전면엔 화살비가 떨어지고, 뒤에선 관병들이 시뻘건 눈을 하고선 달려들고 있어 정신을 차릴 수가 없었다. 하지만 독기가 가득한 관병들을 다시 대면하는 것보다 눈먼 화살을 뚫고 나가는 것이 살아날 가능성이 높음은 금방 알 수 있었다. 그에 너도나도 할 것 없이 부관의 명에 따라 힘차게 말의 옆구리를 차면서 앞으로 달려갔다.

"이리얏!"

"하앗! 가자~"

두두두두!

쏴아아아~

팍! 파팍~ 파파파팍~!

히이이잉~!

"컥!"

"끄억~"

"사, 살려줘~"

목불인견.

거침없이 지면으로 내리꽂히는 화살에 쓰러지는 병사들이 늘어나면서 이를 보고서도 그냥 지나쳐야만 하는 병사들의 얼굴엔 연민과 함께 두려움이 가득했다. 그러나 동료의 죽음보다 자신의 삶이 먼저이듯, 화살의 공격에서 벗어난 병사들은 뒤도 돌아보지 않고 앞만 보며 힘차게 말의 엉덩이를 채찍질했다.

"유적들이 퇴각합니다. 우리도 피해가 크지만, 적들 또한 퇴각하면서 상당한 피해를 입었습니다."

"나도 보았다. 우선은 고비를 넘긴 것 같군."

손전정은 백광은의 얼굴이 활짝 펴지는 것을 보면서 고개를 천천히 끄덕여 보였다. 백광은을 향해 한 행동이 아닌, 자신의 생각이 맞았음에 대한 안도의 행동이었다.

'다행이구나. 역시 결전을 생각한 기습은 아니었군. 하지만 당장 추격하기엔 전열이 정비되어 있지 않으니 안타깝구나. 휴~!'

손전정은 이만 명의 기마대가 공격하고, 또한 그들을 막기 위해 정가동이 움직이기 시작하면서 상황을 파악하는 데 주력했다. 그래서 적의 의도가 자신들의 피해를 유도한 후 빠른 퇴각에 있다는 결론을 내렸고, 이후에 또다시 이런 일이 발생하지 않기 위해선 유적들이 퇴각하는 길목을 막아 심리적인 압박을 가하면서 피해를 유도하는 것이 최상이었다. 더불어 어느 정도 병사들의 피해를 감안하더라도 유적들이 퇴각하지 않고 맞서 싸워주었으면 하는 생각까지도 하고 있었지만, 유적들은 피해를 감수하면서 손전정이 만든 저지선을 통과하였기에 아쉬움으로 그칠 뿐이었다.

"전면에 있는 총병관들에 명하여 적들을 추격하도록 명하겠습니다."

"아니다. 지금은 병사들의 전열을 정비하는 것이 우선이다."

"하지만 소장이 적들을 추격한다면 큰 피해 없이 섬멸할 정도는 되니 명을 내려주시기 바랍니다."

"아니다. 이번 적들의 기습은 본진의 피해를 유도하면서 발을 묶기 위한 것이다. 그만큼 이자성의 본진과 가까워졌다는 것이겠지. 그리고 혹시 있을지 모를 매복도 생각해야 하니 지금은 서둘러 전열을 정비하고 진군하는 것이 옳을 것이다."

"으음."

"백 총병관은 본관의 의중이 어디에 있는지 알았으니 서둘러 병사들의 부상을 확인하고 혹시라도 행군에 차질이 없도록 다른 총병관들과 함께 전열을 정비하라."

"알겠습니다, 삼변총독님."

백광은은 손전정의 명이 떨어지자마자 깊숙이 고개를 숙여 보인 후 부관들과 함께 빠르게 움직였다. 더불어 이번 유적들의 기습을 통해 삼변총독 손전정의 지략과 결단력이 뛰어남을 다시 한 번 알게 되어 마음이 한결 가벼워지고 있었다.

이래형과 별동대가 관군들에게 큰 피해를 입고 퇴각하는 모습을 지켜보고 있던 우금성의 미간에 깊은 골이 생겼다. 물론 이런 상황을 함께 보고 있던 최추산의 입에서도 무거운 마음을 가라앉히기 위한 침음이 새어 나왔다.

　"삼변총독의 지략이 생각보다 뛰어난 듯합니다."

　"그런 것 같습니다. 앞으론 보다 신중한 전략을 세워야 할 것 같습니다."

　"이것 참, 기습에 대한 대처도 빨랐지만, 무엇보다 그 처리 방안이 예상 밖이어서 애써 매복한 계책이 쓸모없게 되었으니……."

　"이 상태로는 저들의 추격을 뿌리치는 것이 힘들 것 같습니다. 이번이 저들의 발목을 잡을 수 있는 기회였는데……."

　"이미 지나간 일입니다. 우군사께선 너무 마음 쓰지 마시고 이후의 일을 생각하셔야지요."

　"감사합니다, 최장군. 아무래도 저와 함께 조금 더 고생을 해주셔야 할 것 같습니다."

　"피할 수 없는 일이니 어쩔 수 없겠지요. 흐음."

　"……."

　우금성과 최추산은 이래형의 별동대 뒤로 분주하게 움직이는 관병들의 모습을 보면서 무거운 돌덩어리가 가슴을 짓누르는 듯한 압박감을 느꼈다. 그만큼 지금까지 상대했던 관군보다 정비나 통제가 잘되어 있는 것처럼 보였기 때문이다.

　'손전정이란 인물, 정말 대단하구나. 삼변총독에 부임한 것이 얼마 되지 않아 병사들을 정비하는 데도 시간이 촉박했을 텐데 언제 저 정도로 병사들의 군기를 잡았단 말인가? 휴~ 이번 위기를 무사히 넘기기 위해선 필히 라 장군과의 조속한 합류밖에 방법이 없겠구나.'

히이잉~

"워~"

"다친 데는 없는가?"

"흠! 다행히 큰 탈은 없습니다. 이렇게 두 분께서 보잘것없는 저를 신경 써주시는데 눈먼 화살이 날아온다고 해도 부상을 입으면 말이 안 되지요. 그렇지 않습니까, 우군사님?"

"이번 일은 미안하게 되었습니다, 이부장. 적장의 대처 능력이 생각했던 것보다 뛰어나 어쩔 수 없었습니다. 별동대의 희생은 안타까운 일이지만, 지금 저들과 전면전을 치를 수는 없는 일이 아닙니까."

우금성은 이래형의 언행이 다소 격하게 들렸지만, 자신의 판단에 대한 신뢰가 있었기에 차분하게 말을 이어 나갔다.

"하지만……."

"이부장, 우 군사의 말이 맞네. 만약 별동대를 구하기 위해 내가 달려갔다면 이보다 더 큰 피해를 입었을 것이네. 그런 일이 발생하면 본진이 위태로워지지 않겠는가."

"흐음."

"그리고 무엇보다 나와 우 군사는 자네가 무사히 돌아올 것이라 믿었고, 이렇게 살아왔지 않은가. 자자! 오늘 일에 대한 노여움은 그만 접고, 간단하게 술이나 한잔하면서 화를 푸세나."

"흐음… 최 장군께서 그렇게까지 말씀하시니 별 힘이 없는 제가 참아야겠지요. 알겠습니다."

"사람 참."

"큼, 자네들은 부상병들을 먼저 살피도록 하게. 그리고 거동이 불가능할 정도로 부상이 큰 병사들은 따로 조치를 하고, 되도록 모든 병사들이 휴식을 취할 수 있도록 신경을 쓰게. 알겠나?"

"옛, 부장님."

'젠장! 오늘 별동대가 입은 피해가 막심한데, 겨우 한다는 말이 적장의 능력이 뛰어나 어쩔 수 없었다니. 이건 나와 병사들의 목숨이 저자에겐 굴러다니는 돌과 같다는 것이 아닌가. 이건 아니야.'

이래형은 최추산의 손에 이끌려 가면서도 우금성의 언행에 대한 불만을 쉽게 잠재울 수 없었다. 하지만 당장은 어쩔 수 없었기에 우금성을 살짝 쳐다보고는 이내 고개를 돌렸다.

우금성은 이래형의 불만을 알면서도 모르는 척할 수밖에 없었다. 이래형이 자신을 향해 따가운 시선을 주고 있다는 것을 알면서도 모르는 척했고, 시선이 다른 곳으로 이동한 후에야 다분히 자조 섞인 헛웃음이 입가에 살짝 맺혔다가 사라졌다.

'휴~ 아무래도 이런 식으로 가면 기존 장수들과의 마찰은 피할 수 없겠구나. 그나저나 오늘의 일은 의외로군. 어느 정도

세를 줄일 목적도 있었지만 너무 피해가 컸어. 이 정도까지는 생각하지 못했는데. 생각 외의 대처로 쉽지 않게 되었으니, 이거 참.'

*　　　*　　　*

손전정이 이끄는 관군은 빠르게 전열을 정비한 후 기마병을 앞세워 이자성의 본진을 향해 출발했다. 그러나 얼마 지나지 않아 매복하고 있던 유적들의 화살 공격에 진군을 멈추어야 했고, 이러한 상황이 몇 번 반복되자 손전정뿐만 아니라 총병관들의 머리가 차갑게 식기 시작했다.

"저들이 다급하긴 한가 봅니다, 삼변총독님."

"기습 이후 매복이 벌써 세 번입니다. 그만큼 본진과의 거리가 가깝다는 것이 아니겠습니까?"

"저들은 지금 라여재와 합류하기 위해 사력을 다하고 있습니다. 어쩌면 라여재가 가까운 곳까지 도착해 있을 수도 있습니다, 삼변총독님."

"흐음… 우 총병관과 백 총병관도 다른 총병관들과 같은 생각인가? 우 총병관의 생각은 어떤가?"

"고 총병관의 말대로 라여재라는 적장이 가까운 곳까지 왔는지는 알 수 없습니다. 하지만 적들의 행동으로 볼 때 우리의 발목을 묶어두기 위해 사력을 다하고 있는 것은 맞는 것 같습니다."

"계속 말해보게."

"소장의 생각으론… 라여재가 이끄는 병사들이 우리의 생각보다 그리 멀리 있지 않다고 판단됩니다."

"흐으음."

"아마도 저번 기습에 가담했던 기마병들은 본진이 퇴각하기 위한 시간을 벌려고 발악했던 것이 아닌가 합니다. 그만큼 저들도 급하다는 것이지만, 우리에게도 시간이 많지 않을 수도 있다는 것입니다."

"소장도 우 총병관의 생각과 같습니다. 발악하는 수준을 넘어 우리의 발목을 수시로 잡지 않았습니까?"

"문제는 그런 사정을 알면서도 적들이 매복과 더불어 철저하게 치고 빠지는 전술을 구사하고 있어 추적의 속도를 높일 수 없다는 것입니다. 이렇게 끌려만 간다면 다 잡은 본진을 놓칠 수도 있습니다."

"그렇습니다, 삼변총독님. 더 이상 저들의 의도에 말려들면 안 됩니다. 혹시라도 이자성의 의도대로 라여재가 이끌고 오는 유적들과 합류라도 한다면……."

"흐음."

고걸은 차마 다음 말을 잇지 못하고 말끝을 흐렸다. 하지만 다른 총병관들 역시 고걸과 같은 생각을 가지고 있었기에 고개가 절로 끄덕여지며 시선을 손전정에게 향했다.

손전정 역시 고걸의 뒷말을 듣지 않아도 상황을 파악할 수 있었지만, 매복을 무시하면서까지 진군한다는 것에 대한 결론을 쉽게 내릴 수 없었다. 자칫 함정에 빠져 돌이킬 수 없는 상황으로 이어질 수 있었기 때문이다.

그렇지만 마냥 유적들에게 발목이 잡히면서 시간을 허비할 수도 없었다. 그에 한 식경가량 침묵을 유지하며 고심을 거듭한 끝에, 내일 아침 해가 뜨자마자 총진격을 하는 것으로 결론지었다.

"어차피 이번에 유적의 수괴인 이자성을 잡지 못하면 황제폐하께서 본관을 이곳에 내려 보낸 의미가 없다 할 것이다. 이에 귀관들의 의견대로 다소 무리를 하더라도 진군하는 것이 옳은 것 같다. 하지만……."

"……."

"하지만 무엇입니까? 이대로는 정말 적을 놓칠 수도 있습니다."

"삼변총독님, 혹시 기마대를 걱정하시는 것입니까?"

"말도 되지 않는 소리요, 정 총병관. 겨우 그런 오합지졸이 두려워 진군을 늦춘다는 것은 있을 수 없는 일입니다."

"맞습니다. 정 총병관은 어찌 그런 말을 하는 것입니까! 적의 기마대는 소장 혼자서도 충분히 뚫을 수 있습니다!"

"삼변총독님, 포로들의 심문을 통해 남아 있는 기마대는 겨우 일만 명을 넘지 못함을 잘 아시지 않습니까. 그리고 보병도 겨우 오천 명에 불과할 정도라고 하니 전혀 문제될 것은 없다고 판단됩니다."

"그렇습니다. 지금 당장이라도 마음만 먹으면 기마대를 뚫고 적의 본진을 치는 것은 문제도 아닙니다. 소장을 전면에 세워주십시오. 일각이 지나지 않아 이자성의 목을 취할 수 있도록 활짝 길을 열어 보이겠습니다."

"소장이 나서면 반각도 걸리지 않을 것입니다. 이참에 이자성의 목을 소장이 직접 취할 수 있도록 소장을 선봉에 세워주십시오."

"좌양 총병관보다 소장이……."

"뭐요? 양 총병관!"

"흠."

좌양과 우덕정, 그리고 고걸이 선봉에 서기를 바라며 자신감을 내비쳤다. 하지만 이런 모습을 지켜보고 있던 손전정은 머리가 아픈 듯 자신의 이마를 두 손으로 지그시 누르며 혀끝을 찼다.

"쯧쯧."

"……?"

"……."

손전정의 행동에 좌양 등은 자신들이 무엇인가 잘못한 것이 있나 생각해 보았지만, 언뜻 생각해 보아도 잘못한 것이 없었다. 그에 멀뚱한 시선으로 손전정의 말문이 열리기를 기다리며 엉거주춤 자신들의 자리에 앉았다.

"자자, 모두 조용하도록! 자네들이 무턱대로 나설 일이 아니네."

"누가 무턱대고 나선다고 하십니까!"

"어헛!"

"흠."

"……."

우 총병관의 말에 총병관들의 입이 다물어졌다. 비록 분위기는 날카로워졌지만 어느 정도 봉합된 것이다. 그리고 모든 시선이 최종 의결권자인 손전정에게 향했다.

하지만 그 후로 한식경이 흐르도록 손전정의 말문은 열리지 않았다. 그저 머릿속으로 이런저런 생각을 하는지 이따금씩 인상을 찡그리며 침음 소리가 입 밖으로 흘러나올 뿐이었다.

"흐흠."

"생각을 정리하셨습니까?"

"그럭저럭."

"그럼……?"

"자네들 말대로 본진을 공략하는 것이 옳다는 결론을 내렸다. 선천후방(先穿後防)……! 현재의 상황이 여의치 않아 내린 결정이지만, 최선을 다해 성공해야 할 것이다."

"선천후방이라……."

"말 그대로 먼저 적의 매복 부대를 뚫고 뒤를 방어한다는 말이군요."

"그렇다. 역시 그 방법밖에는 다른 방법이 없었다. 하지만… 여전히 기마대의 발목을 묶어둘 묘책을 찾을 수 없었다."

"삼변총독께서 우려하시는 것이 정녕 적의 기마대라면 소장이 목숨을 내놓는 한이 있어도 막아보겠습니다. 그러니 다른 총병관들을 대동하시고 이자성의 목을 취하십시오."

"백 총병관이 그렇게 해준다면 좋겠지만, 그리 쉬운 일이 아니다."

"아닙니다. 소장도 쉽지 않다는 것은 알고 있습니다."

"자네의 의지는 충분히 알고도 남지만… 휴~ 백 총병관뿐만 아니라 모두 잘 듣도록! 이미 언급했지만, 적의 기마대 규모가 비록 작다고 해서 쉽게 볼 문제가 아니다. 자네들이 호언장담하는 것처럼 적의 기마대는 충분히 뚫고 나갈 수 있지만, 문제는 그 기마대가 매복을 뚫은 후 바로 보병이 따라붙어 매복 부대의 발목을 잡아주어야 한다는 것이다. 더욱이 보병들이 선발 기마대와 거리를 유지하면서 따라붙어 주어야 본진을 추격할 여력이 생기고, 당연히 이자성의 목을 취할 수 있느냐 없느냐의 승패가 달렸다. 알겠나?"

"그거야 당연히……."

"하……."

"……?"

"자네들은 어찌 하나만 생각하고 그 뒤를 생각하지 않는가! 만약 우리가 적의 매복을 뚫고 무작정 적의 본진을 친다면, 과연 적들이 그대로 있겠는가? 당연히 우리의 후미를 공격할 것은 불을 보듯 뻔한 것이고, 그렇게 된다면 우린 앞뒤로 공격을 받을 수 있는 최악의 상황에 직면함을 왜 생각하지 못하는가!"

"허, 흠."

"흐음."

"아무리 적의 사기가 바닥을 기고 있다 해도 무작정 돌진만 하면 모든 일이 자네들 생각대로 잘 풀릴 것 같은가? 쥐도 궁지에 몰리면 고양이를 공격한다는 말이 있다. 또한 호랑이도 사냥을 할 땐 최선을 다하는데, 하물며 전장의 장수들 생각이 어찌 이리도 한심하단 말인가! 에이!"

"……."

"흠! 삼변총독님, 소장들이 부족하여 그러니 너무 역정 내지 마시고 방도를 말씀해 주십시오. 소장들이 목숨을 걸고 행하겠습니다."

"소장들을 믿어주십시오, 삼변총독님!"

"후~ 알겠다. 우선 백 총병관이 적의 기마대를 막겠다고 했으니, 본관과 우 총병관 등이 매복을 뚫고 나가는 즉시 기마대의 추격을 차단하도록 하라."

"충! 명을 받들겠습니다."

"그리고 정 총병관은 혹시라도 있을, 백 총병관의 저지를 뚫는 적들을 막으면서 중간에 따라오도록 하고, 선봉엔 고 총병관이 서서 본관을 안내하도록!"

"충! 명에 따르겠습니다."

"소장에게 삼변총독님을 모실 수 있는 영광을 주셔서 감읍합니다. 최선을 다하겠습니다. 충!"

손전정은 회의를 마치는 즉시 진군할 수 있도록 총병관들에게 조치를 취하도록 하는 한편, 우 총병관과 함께 탁자에 놓인

지형도를 보며 이자성의 본진이 있을 것으로 추정되는 장소를 살펴보았다. 이젠 더 이상 머뭇거릴 시간적 여유가 없기에, 손 전정의 눈에선 필승하겠다는 의지가 가득 담겨 있었다.

第二章
인심입니다. 그리고 의리를 버리는 것이기 때문입니다

시월의 가을 아침.

인시로 접어든 지 약간의 시간이 흘렀다.

탁, 타타탁~

아직 태양이 모습을 보이지 않고 있어 아침이라고 할 수는 없지만, 서서히 밝아오고 있어 주변을 살피는 데 어려움은 없었다. 그리고 불침번을 서고 있던 병사들이 다 꺼져 가는 모닥불의 불씨를 살려놓아서 그런지 군영 곳곳에 다소나마 훈훈한 기가 감돌았다.

"끄응~"

"일어났냐?"

"예. 일어나긴 했는데 잔 것 같지도 않네요. 그나저나 오늘도 역시 아저씨가 먼저 일어나 계시네요."

"나이가 들면 새벽잠이 없어지는 법이다."

"그래요? 하지만… 그렇지 않은 사람들이 더 많네요."

"허허~"

영인은 자신을 향해 푸근한 미소를 지어 보이는 악호를 향해 눈인사를 한 후 주변을 둘러보았다. 역시 영인의 예상대로 병사들의 얼굴엔 피곤함이 여과없이 드러나 있었다.

낮엔 따뜻한 햇볕과 선선한 바람이 불어 활동하는 데 불편함이 없지만, 나무들이 울창한 숲 속에서 맞이하는 아침은 병사들이 추위를 느끼기에 충분했다. 더구나 변변히 이슬조차 피할 수 없는 상황이라 병사들의 사기는 최악이었다.

"아이고, 허리야~"

"젠장! 이렇게 며칠만 아침이슬을 맞으며 일어나다간 칼에 죽는 것보다 골병들어 죽겠다."

"내가 하고 싶은 말을 자네가 먼저 하는군. 그나저나 오늘도 아침을 줄 생각이 없는가 보구먼."

"헐헐~ 아침은 고사하고, 일어나자마자 행군을 하지 않으면 다행이지."

"휴, 언제까지 이런 고생을 해야 할는지."

"흐음."

주변에서 불만이 가득한 소리가 들리자, 영인의 입에서도 자연스럽게 침음이 흘러나왔다. 그렇지 않아도 자신 역시 불만이 쌓여가고 있는 상황이었기 때문이다. 그나마 일전의 일로 인해 이자성이 보위대의 필요성을 인식해서인지, 점심땐 일반 병사들보다 보급에 신경을 써주고 있었다. 하지만 영인이 판단할 때 거기서 거기일 뿐이었다.

하지만 내일쯤 라여재가 이끌고 오는 대군과 접촉할 수 있다는 소리를 어젯밤 지휘 막사에서 들을 수 있었기에 오늘만 무사히 넘기면 이번 고생도 끝이라는 생각에 얼른 자리를 털고 일어났다.

백만 대군.

더 이상 배고픔을 참고 언제 들이닥칠지 몰라 후방을 걱정하며 쫓기지 않아도 되었기 때문이다.

"자! 오늘만 무사히 넘기면 된다니까 불만을 토할 기운이 남아 있으면 얼른 주변 정리부터 먼저 하고 일어나도록!"

"끄응~"

"이놈아, 네가 이 나이가 되어서도 그런 말이 나오나 보자."

"궤 아저씨, 제일 좋은 자리에서 잤으면 조용히 하세요. 돌을 베개 삼아 잔 사람도 있습니다."

"에구, 내가 말을 말아야지."

"모두 고되고 피곤한 것은 마찬가지이니 힘들어도 움직일 준비를 하도록. 각자 정신을 수습한 후, 일각 안에 지휘 막사 좌측 측면에 정렬해 있도록!"

"지휘 막사? 바로 옆에……?"

"누가 바로 옆에 모이라고 했냐! 지휘 막사가 보이는 저쪽! 저쪽에 자리 잡고 있으라고! 너, 아직도 내 성격 몰라?"

영인은 조용히 있던 명규가 자신의 말에 마치 깐죽거리듯 끼어들자, 부스스했던 눈빛이 순식간에 살벌하게 바뀌었다.

"아, 미안. 명색이 내가 부대장인데 대장의 명을 확인은 해야 할 것 아니냐. 나야 알지만, 아직 네 성격을 파악하지 못하고 있는 대원들이 어디 한둘이냐."

"젠장, 부대장은 무슨."

"전하께서 직접 명하신 일이다."

"끙~ 여하튼 일각 안에 모두 집합해 있도록! 이상!"

영인은 명규의 말에 더 이상 할 말이 없자, 자신의 말만 하고는 뒤도 돌아보지 않고 세안을 하기 위해 근처 냇가로 향했다. 그러나 도길을 향해 고맙다는 눈빛과 함께 고개를 끄덕여 보이는 것을 잊지 않았다.

요즘처럼 모든 것이 힘들 때, 도길의 언행이 여간 고마울 수가 없었다. 영인으로서는 다른 사람들보다 도길이 먼저 불만을 토해주는 것이 편했고, 도길 역시 영인의 입장을 생각해서 다른 사람들이 불만을 꺼내기 전에 마치 대변하듯 나선 것이다. 물론 영인은 미리 입을 맞춘 듯 편하게 도길의 불만을 말 한마디로 잠재울 수 있었고. 이렇듯 도길은 영인에게 여러모로 편한 존재였다. 물론 평소 구박하는 것만 제외한다면.

"끄응~ 영인아, 왜 그래? 나도 같이 가자."

"……."

"허허."

"궤 형, 명규가 요즘 부쩍 영인에게 달라붙는 것 같지 않은가?"

"뭔가 얻어먹을 만한 것이 있나보지. 왜? 병 형도 명규처럼 영인에게 아부라도 하려고 그런가?"

"허허, 아부라도 하면 영인이가 점심때 감자라도 익혀줄라나?"

"설마~ 괜히 입만 아프지. 아마 삶은 감자가 있다면 우리에게 주겠는가? 저 녀석이 먼저 먹겠지."

"허허, 하긴."

"아침부터 뭔 얘기가 그렇게 많나? 아직까지 감자조차 주지 않는 것을 보니 오늘도 힘든 하루가 될 것 같구먼. 자, 우리도 서두르는 것이 좋겠네."

악호의 말에 도길이 자신의 두 다리를 몇 번 두드린 후 일어서자, 그 뒤로 궁우와 이구도 군소리 없이 일어나 악호의 뒤를 따라 냇가로 향했다.

얼마 지나지 않아서 악호와 도길을 필두로 보위대 대원들이 하나둘씩 영인이 말한 위치로 모이기 시작했다. 며칠 동안 힘든 행군을 한 덕분에 냇가가 바로 옆에 있어도 씻으러 움직이는 사람이 별로 없었던 것이다. 그저 시간이 될 때까지 앉아 있다가 사람들이 움직이기 시작하면 마지못해 묵직한 엉덩이를 바닥에서 들어 올린 것이다.

"응? 궤 형, 뭔가 오늘은 이상하지 않은가?"

"뭐가 말이요, 송 형?"

"조금 전부터 갑자기 백인대장들의 움직임이 부산해진 것 같아서 그러네."

"백인대장들이?"

도길은 악호의 말에 고개를 갸웃거리면서 주변을 살펴보았다. 정말 악호의 말대로 천인대장들의 명을 받은 백인대장들의 움직임에서 평소와 달리 사뭇 진지하면서도 급박함을 어렵지 않게 읽을 수 있었다. 비록 두 눈뿐만 아니라 얼굴 전체에 피곤함이 그대로 드러나 있었지만, 군영을 부산하게 움직이며 병사들의 행동을 재촉하는 목소리가 우렁찼다.

하지만 백인대장들과 이들을 따르는 십인대장들의 목청이 높아져도 이미 지칠 대로 지친 병사들의 움직임은 굼벵이보다 더 느렸고, 미풍에 산들산들 움직이는 비단천보다 더 흐느적거렸다.

상황이 이러자 뭉그적거리는 병사들을 쳐다보는 백인대장들과 십인대장들의 눈빛이 사납게 변했고, 이들 중 몇몇이 자신의 분기를 참지 못해 들고 있던 칼을 높이 치켜들기도 했다. 군영이 한순간에 험악하게 변한 것이다. 이에 병사들 중 눈치가 빠른 병사들이 십인대장들의 명에 따라 움직이기 시작했다. 분위기가 이상함을 눈치챈 것이다. 그에 상황이 평소와 달리 심상치 않다는 것을 느낀 다른 병사들이 백인대장과 십인대장들의 명령에 따라 부산해졌다.

"어라, 정말이네? 무슨 일이 있나?

"글쎄? 영인이가 오면 알 수 있으려나?"

"에구구~ 분위기를 보아하니 오늘도 이놈의 다리가 고생을 하겠구먼."

"뭔 일이 있나? 오늘은 왜 이렇게 닦달을 하고 난리야?"

"전 형도 느꼈구먼?"

"궤 형도 참. 저렇게 핏대를 세우며 떠들고 있는데 군영의 분위기도 파악하지 못하면 둔한 것이지. 안 그런가, 병 형?"

"그렇지. 그나저나 영인이 어디 갔나? 아, 마침 저기 오는구먼."

터벅터벅.

"왜 그런 눈으로 봅니까?"

"마침 잘 왔다. 영인아, 혹시 뭐 아는 것이라도 있나?"

"……?"

"몰라?"

"뭘요?"

영인은 자신을 보자마자 생뚱맞게 물어보는 궁우를 향해 뚱한 표정으로 쳐다보았다. 아침부터 도대체 뭘 아냐고 물어보는지 모르겠고, 배도 고프고 귀찮은 상태라 얼굴이 절로 찡그려졌던 것이다.

"넌 대장이란 녀석이 주변 돌아가는 분위기도 모르냐? 보위대 대장이니까 뭔가 들은 것이라도 있을 것 아니냐."

"분위기요? 음… 글쎄요. 저도 잘…….."

궁우의 질책에 영인은 자신이 무엇인가 잘못한 일이 있나 하면서 주변을 둘러보았고, 어수선하게 움직이고 있는 병사들을 보면서 어렵지 않게 궁우가 무엇을 물어본 것인지 알 수 있었다. 하지만 일어나자마자 세안을 하고 온 상태라 영인이 아는 것은 전무했다.

"병 아저씨도 참, 물어볼 녀석한테 물어봐요. 영인이가 알면 여기 있는 사람 모두 알지 이렇게 있겠어요?"

"형, 그게 무슨……."

"그렇지! 굴비 네 말이 맞다. 병 형, 굴비 말대로 영인에게 물어보느니 차라리 명규한테 물어보는 것이 빠를 걸세. 그 녀석, 빨빨거리고 돌아다니지만 그래도 주워듣는 것이 많지 않은가."

"명규?"

"하긴."

"끙~ 그렇구먼. 내가 생각을 잘못했네. 그래도 대장이라 알고 있을 줄 알았는데, 내가 영인이를 너무 높게 평가했구면."

"흐음."

'젠장, 대장이면 뭐든 알고 있어야 하나? 그런데 아침부터 무슨 일이지?'

"그나저나 명규는 어디 갔나?"

궁우는 굴비와 이구 등의 핀잔에 고개를 끄덕이며 자연스럽게 명규를 찾았다. 그러나 평소엔 잘 보이던 명규가 어디를 갔는지 궁우의 눈에 들어오지 않았다.

"어라? 명규가 없네? 아직 오지 않았나?"

"그러게?"

"명규는 제 뒤에 오고 있었는데……."

"헉헉! 저 여기 있습니다!"

털썩!

"아이고, 힘들다! 헉헉!"

"야, 어디에서 놀고 있다가 지금에서야 오는 거야?"

"놀긴 누가 놀았다고 그래?"

"그럼 뭐야? 아까까지 옆에 붙어 있었잖아."

"그럴 일이 있었다. 그런데 병 아저씨는 왜 저를 찾은 겁니까?"

금방 숨을 돌린 명규가 눈에 힘을 주면서 구박하는 영인에게 그만 하라는 표정으로 손을 한차례 들어 올린 후, 궁우를 향해 물었다.

"마침 잘 왔다. 그렇지 않아도 널 찾고 있었다."

"왜요?"

"흠, 다른 것이 아니라… 아침부터 백인대장들과 십인대장들이 너무 호들갑을 떠는 것 같아서 혹시 무슨 일이 있나 물어보려고 널 찾고 있었다."

"그래, 궁 형 말대로 평소하고는 너무나 달라 여간 신경 쓰여야 말이지. 넌 혹시 뭐 아는 것이라도 있냐?"

"아~ 하하, 정말 잘 물어봐 주셨습니다. 그렇지 않아도 그 일 때문에 늦게 도착한 것입니다."

"그래? 역시 명규에게 물어보는 것이 빠르구먼."

"그러게."

"자, 이쪽으로 주목!"

"응?"

명규는 궁우와 이구의 물음에 활짝 웃어 보이더니 손바닥을 '탁! 탁!' 치면서 자연스럽게 보위대 전원이 바라볼 수 있는 자리로 향했다.

"흠, 제가 누굽니까! 바로 보위대의 부대장이자 정보를 담당하고 있는 정보통 아닙니까. 그러지 않아도 마침 설명을 하려고 했……"

"야! 목에 힘 빼고 본론부터 말해라! 만약 별 시답잖은 정보로 같잖은 목에 힘준 것이면… 알지?"

"젠장! 너도 들어보면 알겠지만 같잖은 정보는 아니다. 그러니 오랜만에 목에 힘 좀 줘보자."

"흠! 네 말대로 들어보면 알겠지."

"여하튼, 그건 나중에 둘이 알아서 판단하고, 빨리 말해봐라. 무슨 일이냐?"

"그래, 뭔 일이냐?"

"어흠! 역시 아저씨들은 제 진가를 알아봐 주시는군요. 자~ 지금부터 두 귀를 활짝 열고 잘 들어보세요. 이 정보를 어떻게 얻었냐 하면 말이지요, 마침 제가 아침에 일어나자마자 무공을 연마하면서 곤란했던 것들에 대한 생각이 번뜩 머리를 스치고 지나가지 뭡니까. 그래서 세면을 하면서 생각을 정리하고 유 장군님을 찾아가고 있는데……"

"야!!"

"알았어, 알았다고! 젠장, 너 때문에 말을 꺼내지도 못하겠다."

"알아서 요점만 말해라. 아니, 보고해라."

"흐흠! 보고라고 하기엔……."

"보! 고!"

"…알았다. 서론 부분이 중요하지만 대충 자르고 요점부터 말하자면, 조금 전에 후방 부대에서 전령이 왔는데, 도착하자마자 뭐가 그리 급한지 긴급하게 지휘 막사로 들어가더란 말이지. 너도 후방 부대 알지?"

"…계속해라."

"쩝, 알았다. 흠흠! 전령이 들어간 후 한식경도 지나지 않아 천인대장들이 지휘 막사에 들어갔다가 나왔는데, 그 후부터 백인대장들의 행동이 급박해졌다."

"그래서?"

"뭐가 그래서냐? 당연히 후방 부대에 심각한 상황이 발생했고, 우리 본진도 그 영향을 받는 일이 생긴 것 아니겠냐. 후방 부대가 매복이나 하면서 시간을 끌고 있어 쉽게 뚫리는 더러운 일이 발생하지는 않겠지만, 그래도 상황이 많이 안 좋은 것 같다. 궤 아저씨 생각은 어때요?"

"글쎄다. 분위기를 보아서는 네 말대로 좋지 않게 돌아가는 것 같기는 한데. 흐음."

"그래도 최 장군과 우 군사 별동대가 함께 갔으니 뚫리는 일은 없을 것이지만, 생각지 못한 전투가 벌어진 것만은 틀림없는가 보구먼."

"그렇겠지."

"뭐야? 그럼 별일 아니잖아? 젠장! 괜히 신경 썼잖아."

"뭐? 이게 별일 아니라니? 도대체 이게 별일 아니라면 너한텐 뭐가 별일이냐?"

영인의 투덜거림에 발끈한 명규가 영인을 향해 삿대질을 하며 눈을 부라렸다. 나름 힘들게 얻은 정보인데, 한마디로 별것도 아닌 정보가 되어버렸기 때문이다.

"너… 지법(指法)이라도 연습하는 거냐? 날 상대로?"

"…뭐라고?"

"손가락."

"손가락이 뭐?"

"요즘 칼 들고 설치는 일이 없어서 뭐 하고 있나 했더니 유장군에게 지법을 배웠나 보네. 하지만 손가락 부러지기 싫으면 앞으로 조심해라."

"…도대체 너하고는 말이 안 통한다. 어째서 지금 지법이나 손가락 얘기가 나와야 하는데?"

"됐다. 새벽부터 정신 사납게 칼질할 일이 없다면 다들 오늘도 알아서 움직이도록! 참, 오늘은 피곤하니까 사소한 일은 명규에게~"

털썩!

"……?"

"응?"

"허……."

마치 명규의 말에 대꾸할 가치도 없다는 듯 영인은 자신에게 시선을 집중하고 있는 대원들을 향해 할 말만 하고 자리에 털썩 주저앉았다. 그에 명규뿐만 아니라 다른 사람들의 표정이 한순간 굳어졌고, 이내 무슨 일이 일어났는지 파악하고는 어이없어했다.

사실 영인도 명규를 향해 왜 그런 말을 했는지 몰랐고, 그에 더 이상 대꾸를 해보았자 손해라는 생각에 얼른 마무리를 지은 것이다. 당연히 눈치 빠른 명규도 이런 영인의 심정을 읽을 수 있었고, 도길 등도 명규의 득의만만한 표정을 본 후 상황을 파악할 수 있었다. 그러나 얼마 지나지 않아서 단 한 명의 얼굴을 제외한 대원들의 얼굴은 영인보다 더 일그러졌다. 영인의 마지막 한마디, '사소한 일은 명규에게~'란 말이 지닌 의미 때문이었다.

"크크~"

"영인아, 그래도 명규는…….."

"자기 말대로 부대장이니 알아서 잘 하겠죠. 앞으로 웬만한 일은 명규에게 일임하려고요."

"뭐?"

"영인아!"

"하하, 그래! 웬만한 일은 보위대 부대장인 내가 다 해결할 테니까 영인이 넌… 아니, 대장은 편히 쉬고 있어라."

인심입니다. 그리고 의리를 버리는 것이기 때문입니다 43

"끄응~"

"휴."

"앞으로 골치 아픈 일만 생기지 않았으면 좋겠구먼."

"허허, 그래도 영도처럼 설치진 않을 것 아닌가."

"그렇지. 혹시라도 만약에 그런 일이 일어나면 영인이가 아니라 내가 먼저 명규 목을 확 분지르고 말 것이네."

한쪽에선 생각지 않게 한순간에 보위대 실권이 자신에게 집중되었다는 생각에 명규가 웃었고, 다른 쪽에선 그동안 영인때문에 쥐 죽은 듯 숨죽이고 있었던 명규의 잔소리를 듣게 되었다는 우려와 한숨 소리가 이곳저곳에서 들렸다.

영인은 이런 상황을 온몸으로 느끼면서도 괘념치 않았다. 당장 중요한 것은 오랜만에 겪어보는 배고픔을 극복하는 것이었다. 배고픔이 무엇인지 너무나도 잘 알고 있었기에 그 무서움에 이틀 전부터 자다가도 전율할 정도였던 것이다.

'젠장, 더 이상 배가 고파 허덕이는 일은 없을 줄 알았는데……. 그나저나 사천 쪽의 장헌충 진영은 이렇게 돌아다니지 않고 편안하다고 하던데, 확 수틀리면 사천 쪽으로 갈까? 에이, 그래도 이곳에 있는 것이 좋겠지?

"보위대장! 여기서 뭐 하고 있는가? 지금 상황이 어떻게 돌아가고 있는지 모른단 말인가!!"

"어? 유 장군께서 여긴 어쩐 일입니까?"

꼬르륵거리는 배를 움켜쥐고 나름 사색에 잠겨 있던 영인은 갑자기 들려온 유종민의 목소리에 정신이 번쩍 들었다. 그에 후다닥 일어서며 유종민을 쳐다보았다.

"허, 자넨 아직 소식을 듣지 못한 것 같구먼."

"소식이라뇨?

"후방이 뚫렸다. 아직 반나절 정도 떨어져 있지만 언제 들이 닥칠지 모르니 어서 대원들을 정비하고 출발할 준비를 서두르도록."

"옛? 후방이 뚫렸다고요? 최 장군님과 우 군사가 계신데요?"

"기마병을 앞세우고 매복을 뚫은 모양이다. 전령의 말로는 관군들이 뒤따르는 보병을 생각하지 않고 곧장 본진 쪽으로 달려오고 있다 하니, 이렇게 넋 놓고 있지 말고 어서 서두르는 것이 좋을 것이다."

"아니, 뒤를 받쳐 주는 보병도 없는 기병이 뭐가 무서워 이렇게 소란을 피우는 것입니까?"

"당연히 기병들이야 충분히 막을 수 있다. 하지만 자네 눈으로 봐라. 병사들의 희생 없이 그들을 막을 수 있겠나?"

"하."

"자, 모두 유 장군께서 하신 말씀을 들었을 테니 각자 말들을 찾아서 오도록. 당장 전하께서 출발하실 수 있도록 빨리빨리!"

유종민이 진영으로 다가올 때부터 귀를 바짝 세우고 있던 명규였다. 그에 영인이 아무런 명령도 내리지 않고 입만 벌리고 있자, 얼른 앞으로 나서서 대원들을 향해 목청을 높였다. 그에 대원들도 상황이 생각했던 것보다 심각한 것을 알고는 명규의 말대로 부산하게 움직이기 시작했다.

"흐음, 그래도 네가 있어 보위대가 제 역할을 충분히 할 수 있을 것 같구먼."

"하하, 여부가 있겠습니까. 여긴 신경 쓰지 마시고 유 장군께선 얼른 전하께 가보십시오."

"알았다. 앞으로 일각 후에 출발할 것이니, 그전에 모든 준비를 마치고 전하를 보필할 수 있도록 하라."

"옛! 알겠습니다."

"흠!"

유종민은 자신을 향해 고개를 깊숙이 숙여 보이는 명규를 일별한 후, 아직까지 멀뚱멀뚱 자신을 쳐다보고 있는 영인에게는 시선조차 주지 않고 이자성이 있는 지휘 막사로 발걸음을 옮겼다.

영인은 유종민의 행동에서 자신에 대한 인식이 어떠하다는 것을 느낄 수 있었다.

반골 기질.

처음 영인을 받아들였던 이래형을 제외한 수뇌부들, 특히 유종민과 대부분의 천인대장들에게 있어서 영인은 상관에게 충성하는 그런 부하가 아니었다. 오히려 몇몇에게는 반골 기질이 다분한 백인대장일 뿐이었다. 당연히 모든 면에서 대장인 영인보다 먼저 상관을 대우하고 아랫사람들을 챙기는 명규에 대한 인식이 호의적이었다.

"뭐 하냐? 네 말은 내가 끌고 올 테니까 어서 정신 차리고 준비나 해라."

"끄응~ 알았으니까, 유 장군 말대로 대원들 정리나 잘 해라. 젠장!"

"알았다. 여기서 잠깐만 기다려라. 금방 올 테니까."

"……."

'젠장, 갑자기 나타나서 이게 뭐야? 괜히 자존심 상하게. 그나저나 이번엔 관군이 단단히 마음먹고 공격할 모양인데, 정신 바짝 차리지 않으면 괜히 애먼 놈한테 칼 맞고 고생할 수도 있겠군.'

영인은 빠르게 멀어지고 있는 명규와 유종민의 뒷모습을 보면서 입속으로 '오늘도 무사히…' 란 말을 계속해서 중얼거렸다.

*　　　*　　　*

어느새 태양은 머리 위에 완전하게 자리를 잡았고, 따가운 가을 햇살은 병사들의 살갗을 태웠다. 하지만 병사들은 이런 것에는 신경조차 쓰지 않았고, 오로지 백인대장들과 십인대장들의 재촉에 발걸음을 부산하게 움직일 뿐이었다.

이미 병사들도 상황이 어떻게 돌아가고 있는지 알고 있었으며, 오늘을 무사히 넘겨야 내일 떠오르는 태양을 볼 수 있다는 것을 직감적으로 느끼고 있었다. 그만큼 후방에서 다가오고

인심입니다. 그리고 의리를 버리는 것이기 때문입니다

있는 관군들의 기세가 하늘을 찌를 듯 매섭다는 것을 알고 있었기에, 이 위험에서 벗어나기 위해 주린 뱃가죽을 틀어쥐고 움직이지 않는 다리를 주먹으로 두드리며 앞을 향해 발걸음을 옮기는 데 최선을 다했다.

"속도가 떨어진다! 좀 더 빨리 움직이도록!"

"뭐 하나? 어서 걷지 못할까!"

"야! 앞에서 늦게 움직이면 뒤를 따르는 병사들이 어떻게 하란 말이냐! 십인대장! 거기 뒤처지는 병사들은 옆으로 빼서라도 빨리 움직이도록 하란 말이다!"

"뒤처지면 죽는다! 빨리빨리 움직여라!"

군영 이곳저곳에서 백인대장들의 목소리가 울려 퍼졌다. 그만큼 시간이 지날수록 상황이 급박하게 돌아가고 있음을 병사들은 온몸으로 느낄 수 있었다. 긴장감에 온몸의 털이 바짝 설 정도였다.

"젠장! 이러다가 정말 이곳에서 죽는 것은 아니겠지?"

"재수없는 소리 하지 말고 어서 걷기나 해."

"아까부터 계속해서 전령들이 달려오고, 그때마다 백인대장들의 목소리가 커지잖아."

"그걸 누가 몰라? 그러니까 빨리 움직여서 목숨이라도 연명해야 할 것 아닌가."

이곳저곳에서 들려오는 병사들의 목소리.

아무리 걷는 것이 힘들더라도 아무런 대화도 없이 걷기만 할 수는 없었다. 다들 숨죽이며 현 상황에 대해 얘기들을 나누었고, 그만큼 창이나 칼과 같은 병장기를 쥐고 있는 손에 힘이 들어갔다. 그리고 적절함을 넘어선 긴장감은 느슨했던 병사들의 심리 상태를 팽팽하게 당겼고, 그에 따라 무거웠던 발걸음도 빨라져만 갔다.

다그닥다그닥~!

히이잉~

후방의 상황을 살피던 전령이 빠르게 달려오는가 싶더니, 어느새 가장 앞쪽에 있는 이자성의 앞에서 멈추어 섰다.

"흠, 어디까지 왔더냐?"

"한 시진이 못 되는 거리입니다."

"한 시진? 벌써 그 정도로 쫓아왔단 말이냐?"

"전하, 좀 더 속도를 높여야 할 것 같습니다. 말이 한 시진이지 이 상태론 금방 후미 쪽이 잡힐 것입니다."

"짐의 생각도 대군사와 같소. 후~ 대군사, 저들을 막을 방도는 없는가?"

"전하, 상황이 심각합니다. 그러니 좀 더 빨리 움직이는 것이 어떠……."

"본인에 대한 것 말고, 정말로 이 상황을 타개할 방도가 없는가?"

"안타깝게도 현재로서는 다른 방도가 없습니다. 그나마 있다면 희생을 강요하는 것이 한 방법일 수 있지만, 현재의 보병 전력으로는 저들의 기마병을 완전히 막을 수는 없습니다. 무리한 행군으로 지쳐 있고, 더구나 거의 먹은 것이 없습니다. 당연히 병사들로 하여금 길목을 막고자 해도 금방 뚫릴 것은 자명하며, 오히려 정작 필요할 때 힘을 집중시키지 못하고 전력을 분산시키는 결과를 초래할 것입니다."

"흐음, 무슨 말인지 알겠소, 대군사."

'이거 참, 정말 방도가 없는가? 병사들의 희생을 강요하더라도 우선 내가 살아남아야 하는 것이 아닐까? 하지만 이후의 일을 생각한다면 큰 부담으로 작용할 것이니… 젠장! 어쩔 수 없겠구먼. 좋아, 우선 이 고비만 넘기면 관군이란 관군의 머리는 모두 작두로 쳐내겠다. 기필코!'

이자성은 어쩔 수 없이 송헌책의 의견에 동의했다. 아무리 보병의 숫자가 많아도 현재의 보병 전력으로는 기마병들의 돌진을 절대 막을 수 없었기 때문이다.

"어차피 지금으로서는 저들의 기세를 꺾을 수 없으니, 최대한 갈 수 있는 곳까지 가면서 주변을 살펴 유리한 지형을 선점해야할 것이오. 그래야 대군사의 말대로 마지막에 결사 항전이라도 시도할 수 있을 것이니."

"지당하신 말씀이십니다, 전하. 소신이 장군들과 알아서 조치를 취하겠으니 전하께선 보위대와 함께 먼저 가십시오. 전하께서 빨리 움직이신다면 보병들의 행군 속도도 빨라질 것입니다."

"알겠소. 대군사의 말대로 그렇게 하는 것 말고는 지금으로서는 달리 방법이 없겠소."

"보위대장은 뭐 하는가! 어서 전하를 모시도록 하라!"

"알겠습니다."

그렇지 않아도 돌아가는 상황이 여의치 않음을 알고 있던 영인으로서는 송헌책의 명이 반가웠다. 이에 명규와 도길을 전면에 세우며 대원들로 하여금 이자성의 주변을 방비토록 했다.

보위대의 호위를 받으며 이자성과 함께 이암과 홍 낭자가 속도를 높이자, 송헌책은 유종민과 최희민 등에게 후방을 방비토록 하면서 천인대장들과 백인대장들로 하여금 병사들을 독촉하게 했다. 그리고 지금부터는 죽기 싫으면 어떻게든 다리를 열심히 움직이는 것만이 살 길임을 잘 알기에 병사들 역시 주린 배를 움켜쥐면서 상관의 명에 따라 최선을 다했다.

와아아아~

"막아라! 더 이상 치고 들어오지 못하게 막으란 말이다!!"

"수괴가 보인다! 수괴의 목을 쳐라!!"

"이자성의 목을 취하는 자는 무조건 특진과 함께 부귀영화가 주어질 것이다! 목숨을 아끼지 말고 계속 전진하라~!"

"죽어~!"

"크아아~"

영인은 정신이 없었다. 일각 전부터 후미 쪽에서 병사들의 비명과도 같은 고함 소리가 들리기 시작했고, 바로 지축을 흔드는 말발굽 소리와 함께 병장기가 부딪치는 소리로 더욱 시끄러워졌다. 라여재가 이끄는 백만대군과 조우하기 전까지 절대적으로 피하고 싶었던 관군들이 들이친 것이다.

순식간이었다. 아! 하는 사이에 관군들의 선두가 병사들을 좌우로 밀치며 달려들었고, 그 뒤로 수많은 관군들이 긴 줄을 이으며 쇄도했다.

시뻘겋게 충혈된 눈.

병사들의 피로 붉게 물든 병장기를 휘두르는 관군들은 마치 지옥에서 갓 올라온 야차처럼 괴성을 지르며 빠르게 거리를 좁히고 있었다. 물론 아직까진 생명에 직접적인 위협을 줄 정도의 거리는 아니었지만, 심리적으로 받는 압박감은 절대로 가볍지 않았다.

'씨팔! 대체 라여재 새끼는 언제 오는 거야? 오늘 정말 명줄 끊어지는 것은 아니겠지?

영인으로서는 차마 입 밖으로 내뱉을 수 없는 말이다. 하지만 귀로 들려오는 기분 나쁜 비명 소리로 인해 의지와 상관없이 언제든 튀어나와도 이상하지 않을 정도로 평정심을 잃은 상태였다. 그나마 아직까지 자신의 옆에서 열심히 말의 엉덩이를 회초리로 때리고 있는 이자성이란 존재를 의식하고 있다는 것이 제 광마로 돌아가지 못하게 하는 역할을 톡톡히 하고 있었다.

영인은 이자성의 옆모습을 살짝 쳐다보았다. 아무리 스스로 제왕이라고 목에 힘주지만, 힘들고 긴장되는 것은 마찬가지인지 이마에서 뺨으로 땀이 흘러 턱 밑으로 떨어지고 있었다.

"라 장군은 아직인가?"

"위급을 알리는 전령을 보냈으니 조금만 더 속도를 높이십시오."

"그것이 대체 언제란 말인가, 좌군사! 이 리만 가면 총두(冢

頭)란 말이네"

"이틀 전에 남소(南召)에서 출발했으니 그리 떨어져 있지 않을 것입니다."

"본인인들 그것을 모르겠나. 하지만 총두에서 관군에 따라잡히면 보병으로서는 도저히 기병을 저지할 수가 없지 않은가!"

"지금으로서는 전하만이라도 총두를 먼저 지나치시든지, 아니면 그곳에서 전열을 가다듬고 일전을 벌이는 것밖에 없을 것 같습니다."

"정녕 그 방법밖에는 없는가, 좌군사?"

"대군사와 장군들이 기병의 진로를 막고 있지만, 이미 기세가 기울었습니다. 지금까지 막고 있는 것만으로도 다행인 상황입니다."

"흐음."

이자성은 이암의 설명에 침음을 흘렸다.

영인은 말 위에서 이리저리 정신없게 흔들려 몸도 가누기 힘든 상황에서도 거침없이 대화를 주고받는 두 사람을 보면서 순간적으로 부러운 마음이 들었다. 그러나 그것도 한순간일 뿐, 입 밖으로 욕설이 튀어나오려는 것을 꾹 눌러 참느라 여간 힘든 게 아니었다.

'젠장할 놈들! 결정할 거면 빨리빨리 하든가 하지, 이 상황에서 뭘 더 고민할 게 있다고 대가리 굴리고 지랄이야! 굴려봐야 더 이상 방법이 없잖아, 이 병신들아!'

영인의 마음이 전달되었던지, 이자성은 얼굴 가득 결사의 의지가 담긴 표정을 지으며 이암에게 총두에서의 결전을 준비하라 명했다.

이자성으로서도 더 이상 적에게 등을 돌릴 수는 없는 상황이었다. 이 이상 병사들을 방패로 도망을 친다면 추후 왕으로서의 입지가 상당히 약화될 것이 분명했기 때문이다. 가슴속에 중원을 제패하고 싶은 야망을 지녔다면 현재로서는 부족하나마 전열을 정비하고 적을 향해 검을 들어야 할 시점인 것이다.

총두에 진입하고 구릉의 정점에 오른 후, 이자성의 명을 받은 이암이 선두에 서서 보위대와 보병들로 하여금 밀집 대형을 유지시켰다. 방패병들로 하여금 진입로를 촘촘히 막고, 그 사이사이에 장창병을 세웠다. 아무리 기마병의 돌파력이 위력적이라 해도, 이자성이 있는 곳까지 쇄도하려면 만만치 않은 희생이 요구되는 진형이 갖추어진 것이다.

현재 관군이 기세를 높이는데 큰 역할을 하고 있는 것은 돌파력을 앞세운 기마병이었다. 그런 만큼 이암은 기마병의 돌격을 막는데 주력했고, 급하게 구성한 진형이었지만, 기마병의 돌격을 주춤거리게 만들 정도로 효력을 발휘했다.

하지만 이것만으로 기마병의 공격을 전부 막을 수는 없었다. 병력이 너무도 부족했기 때문이다. 그에 이암은 기마병의 공격 특성을 최대한 살릴 수 있는 방법을 손전정에게 유도하면서, 한편으로는 눈치를 채지 못하도록 진영에서 밀어낼 수 있는 방법으로 달팽이 등껍질을 떠올렸다. 기마병의 공격을 한 방향으로 유도하면서 자신들도 자각하지 못하게 안에서 밖으로 조금씩 밀어버리는 방법이다. 결코 쉽지 않은 방법이었지만, 거침없이 달리는 기마병의 말발굽에서 살아남기 위해선 유일한 대안이었다.

공격하기 위해선 직선으로 뚫어야 하지만, 그렇게 하지 못하기에 기회를 보면서 공격 방향을 찾기 위해 계속해서 원형으로 돌아야 한다. 당연히 기마병이 움직이고 난 후 밖에서 병사들을 유입시킬 수 있는 여력이 발생했고, 시간이 흘러 손전정이 이런 상황을 파악했을 때는 이미 초반과 달리 이자성과 어느 정도 거리가 벌어진 후였다.

이암은 안도와 함께 회심의 미소를 지을 수 있었고, 손전정은 당혹감과 안타까운 마음으로 이런 상황을 지켜봐야만 했다. 이후 이암은 병사들을 추스려 넓게 포진하면서 관군의 기세를 약화시킬 수 있었다. 그동안 거침없이 돌파하던 기마병의 기세를 계속해서 유입된 병사들로 막으면서 기마병의 진로를 완전히 틀어막을 수 있었던 것이다. 물론 수많은 병사의 피를 소모하면서 간신히 막은 것이었지만……

그 후 송헌책과 유종민 등의 장군들이 이암의 손짓에 따라 병사들을 이리저리 움직이며 병진을 구성할 수 있었다. 다소 무리였지만, 이로써 관군과 어느 정도 대치 상태를 유지할 수 있는 발판을 마련하게 된 것이다.

"이대로 멈추지 말라! 여기서 멈추면 적의 표적이 될 뿐이다~!"

"적이 진영을 갖추기 전에 공격하라!"

처음부터 쉽게 이자성의 목을 취할 수 없다는 것을 알고 있었지만, 상황이 예상했던 것보다 어렵게 흐르자 손전정의 입에선 연신 고함 소리가 튀어나왔다. 시간이 흐를수록 적의 움직임이 기민해졌고, 지리적으로도 결코 좋지 않았다.

보병들을 들이칠 때 기마병의 장점을 최대한 살릴 수 있는 지형은 언덕 위에서 아래로 내달리는 것이다. 그런데 지금은 아래에서 위로 치고 달려야 하는 상황이기에 속도와 힘에서 쉽게 우위를 점할 수 없었다.

이자성을 중심으로 둥글게 원진을 형성한 적진 주위로 돌면서 보병들의 희생을 요구한 지 이각가량 흘렀을까? 이젠 후미에 처져 있던 관군과 매복 부대도 태반이 자기 진영에 합류를 마친 상태였다. 이로써 기습이나 매복 같은 전략적 전술은 아무런 쓸모가 없게 되었다. 있다면 오로지 정면 승부로 적을 물리치고 적장의 목을 취하는 방법뿐이라, 손전정은 총병관들이 전열을 가다듬자마자 돌진을 명했다.

건곤일척.

어차피 쉽게 끝낼 수 없는 상황으로 변했기에 손전정은 이자성의 목을 취할 최후의 공격을 강행했다. 오늘 이 시간이 아니면 지금과 같은 기회는 더 이상 없기에.

전투는 처음부터 치열하게 진행되었다. 이미 관군도 보병 육만 명이 모두 진영을 갖추고 난 이후였기에 전장 이곳저곳에서 병장기가 부딪치고 비명이 난무하는 치열한 전투가 벌어졌다.

하지만 이자성의 보병들은 전투가 벌어지기 전부터 제대로 된 힘을 낼 수가 없었다. 이미 전투가 벌어지기 전부터 허기에 지친 상태였기 때문이다. 그렇기에 기마병의 돌진으로 보병들 중 삼만 명 이상이 진영에 합류하지 못한 상태에서 치러진 전투였다. 당연히 처음부터 관군이 공격을 하고 이자성의 군은 방어를 하고 있었다. 다소 관군에 비해 유리한 것은 별동대가 합류하면서 기마병의 수가 비슷하거나 약간 우위에 있다는 것뿐이었다. 하지만 이것도 시간이 흐르자 관군 쪽으로 기세가 넘어가기 시작했다.

"전하, 이 상태로는 더 이상 버틸 수가 없을 것 같습니다. 미리 후방을 정비하였으니 우선 보위대와 함께 라 장군에게 가시는 것이 어떻겠습니까?"

"대군사의 말에……."

"전황이 불리하긴 하지만, 지금 전하께서 움직이시면 병사들의 기세가 순식간에 허물어질 것입니다. 그러니 상황이 더 이상 손 써볼 수 없을 정도로 불리하게 변하면 그때 움직여도 될 것입니다."

"좌군사, 지금은 무엇보다 전하의 안위가 먼저임을 상기하시게나."

"잘 알고 있습니다, 대군사. 그리고 당장 전하께서 움직이시는 것 또한 타당합니다."

"그것을 잘 알고 있는 좌군사가 왜 전하의 거동을 막아서는 것인가?"

인심입니다. 그리고 의리를 버리는 것이기 때문입니다 57

"인심입니다. 그리고 의리를 버리는 것이기 때문입니다. 지금 수많은 병사들이 죽어가고 있습니다. 그런데 전하께서 순간의 위기를 모면하기 위해 저들에게 등을 돌린다면, 전하께서 처음 봉기하면서 내세웠던 의기가 땅에 추락할 것입니다. 그러니 물러나더라도 당장은 시기가 적절하지 않습니다."

"흐으음."

이암의 말에 무겁게 다물어진 이자성의 입 사이로 침음이 절로 흘러나왔다. 자신의 아픈 곳을 너무도 정확히 찌르는 지적이었기 때문이다. 당장에라도 송헌책의 의견에 따라 물러나고 싶었지만, 이암의 의견이 자신의 발목을 끊어지지 않는 동아줄처럼 잡고서 놓아주지 않았다.

이자성이 이암과 다른 장군들의 눈치를 보면서 결단을 내리지 못하는 사이, 어느덧 관군이 가까이 진입해 들어왔는지 화살이 날아왔다. 이에 보위대가 얼른 사방을 에워싸며 방패를 들고 날아오는 화살을 막았다.

"헛, 벌써⋯⋯?"

"와~"

"수괴가 저기에 있다! 어서 쳐라~!"

"이자성이 도망가기 전에 수급을 취하라~!!"

"이런, 어서 저들을 막아라! 보, 보위대! 보위대장은 저들의 진로를 막고 퇴로를 뚫어라!"

'좌군사의 말에 흔들려 안전한 퇴로를 잃었구나. 시간을 놓쳤어. 아⋯⋯!'

이자성이 놀랐듯이, 관군의 진입을 보면서 송헌책과 이암도 놀라고 있었다. 겨우 한식경 정도였다. 그런데 그 짧은 시간 동안 병사들이 속수무책으로 관군들의 손에 쓰러져 버린 것이다.

'여기까지가 한계였던가? 겨우 이 정도밖에 버티지 못할 정도로 병사들이 굶주리고 있었던가? 불찰이다. 병사들이 허기지고 지쳐있었다는 것을 너무도 간과하고 있었구나.'

이암의 자책이 이어지고 있는 시각, 상황을 예의 주시하고 있던 영인은 갑자기 튀어나온 이자성의 명에 인상을 구기고 있었다. 퇴각하려면 어떻게 하든 지금이라도 늦지 않았다. 이자성 혼자나 몇 명의 지도부 인사들을 대동한 상태라면 보위대 몇 명의 목숨을 담보로 퇴각이 가능한 상태였기 때문이다. 그러나 관군을 막으면서 퇴로를 확보하라는 명을 따르기엔 너무도 보잘것없는 인원이었다.

'젠장! 완전히 기름을 지고 불속으로 뛰어들라는 명이 아닌가! 뭐, 저런 새끼가 다 있어? 자기 목숨은 귀하고 내 목숨은 굴러다니는 돌멩이라도 된단 말인가?'

"너희들은 전방을 막고, 명규는 아저씨들과 퇴로를 열어! 난 전하를 옆에서 보좌하고 따르겠다!"

이자성의 명에 대해 머릿속에서 퍼부어대는 욕설과는 달리, 입 밖으로 나오는 것은 제광마라는 명성에 어울리지 않는 조치였다.

영인의 명을 받은 대원들은 신속하게 움직였다. 그 수가 오십 명도 안 되었기에 대원들 모두 무모한 발악이고, 겨우 퇴로를 만들 수 있는 약간의 시간을 버는 정도임을 잘 알고 있었지만, 어쩔 수 없기에 힘차게 말을 채찍질하면서 앞으로 나섰다.

이미 하늘은 대지에서 흐르는 붉은 핏물과 어울리는 색으로 조금씩 변하고 있었다. 산 너머 석양이 조금씩 대지를 적셔오고 있었는데, 그 모습이 그렇게 을씨년스러울 수가 없었다.

'오늘의 석양은 정말 보기 싫구나. 하지만 살아남아야지. 아암~!'

"이리얏!"

"수괴가 도망간다! 어서 쫓아라!"

"막아라! 퇴로를 열어라!!"

두두두두두!

챙! 채채챙~!

"크아악~!"

"컥!"

"끄으으……."

"전하, 퇴로를 열었습니다. 어서 따르십시오."

"오~ 수고했다, 보위대장. 어서 가자!"

"송 아저씨하고 궤 아저씨는 전하를 옆에서 보필하고, 나머지는 나를 따르라~!"

명규와 대원들이 애써 마련한 퇴로가 관군들에게 막히기 전에 움직여야 했기에 영인은 이자성만을 보필하고서 빠르게 앞으로 달려나갔다. 만약 송헌책이나 우금성 등이 정신없이 병사들을 통솔하고 있는 위급한 상황이 되지 않았다면, 지도부의 안위를 등한시했다 하여 크게 질타를 받고도 남을 행동이었다. 하지만 영인은 신경 쓰지 않았다. 현재로서는 이자성 한 명도 무리였기 때문이다.

두두두두!

"됐다! 아저씨들은 후방은 신경 쓰지 말고 무조건 전하와 함께 앞만 보고 달려요! 그리고 명규는 나머지 대원들과 후방을 막아!"

"젠장할 놈, 알았으니까 어서 달려가기나 해!"

"무조건 막아! 그리고… 됐다, 죽기 싫으면 알아서 살아남아."

"염병! 지금 이 상태에서 그런 말이 나와? 막으라고 해놓고 살아남으라고? 네가 그럼 막든가!"

"아직 입은 살 만한가 보네? 이때 활약하라고 유 장군이 네게 무공을 가르쳐 준 것이 아니냐. 그러니까 무공 값을 하려면 최선을 다해라. 그럼 난 간다. 이리얏~!"

"개 같은 놈. 그래도 살아남으라고 하는 것을 보니 미안하긴 한가 보구먼. 그래, 죽지 않고 꼭 살아남아 네놈 낯짝을 보고야 말겠다. 모두 들었지? 살아남아 저놈 면상을 한 대 갈겨주자고!"

"알았습니다, 부대장! 자, 열심히 휘둘러보자고! 하이얏!"

"큭큭, 난 정말 복도 없지. 보위대에 들어와서 조금 편해졌다 했더니만……."

"그러게. 지랄 맞은 상관을 둔 덕에 개죽음 당하게 생겼네."

"씨팔! 죽기는 왜 죽어?"

"그렇지. 그리고 죽더라도 관군 새끼들 모가지를 원없이 꺾

어야지 구천에 가더라도 편하게 갈 것이 아닌가. 한번 팔이 떨어져 나갈 때까지 휘둘러보자고!'

멀어지는 영인의 뒷모습을 보면서 대원들이 한마디씩 했다. 하지만 곧 자신들을 향해 달려오는 관군들에게 시선이 모아졌고, 명규를 시작으로 대원들 모두 힘차게 관군을 향해 돌진했다.

영인은 앞으로 달려가면서도 명규의 얼굴이 생각나 뒤를 힐끔 돌아보았다. 하지만 상황은 절망적으로 흐르고 있었다. 이미 관군과 접전을 시작한 후였기 때문이다. 더욱이 수많은 관군이 명규와 대원들의 저지선을 넘어 영인을 향해 달려오고 있었다.

영인은 어쩔 수 없다는 생각에 말의 엉덩이를 힘차게 때렸다. 하지만 말도 며칠 동안 제대로 쉬지 못하고 움직인 상태라 지쳐 있어 맞아도 잠깐 움찔할 뿐, 크게 힘을 내지 못했다. 겨우 사람이 뛰는 속도보다 좀 더 빨리 달릴 뿐이었다.

"젠장! 말 새끼도 이젠 도움이 안 되는구먼. 그나저나 이 사람들은 얼마나 멀리 간 거야? 꼬랑지에 불이 붙은 것처럼 빨리도 도망쳤군. 아휴~ 좀 빨리 가자. 우리도 살아야지? 안 그러냐?"

히이이잉~

영인의 말에 응답이라도 하는 것처럼, 말은 힘차게 투레질을 하면서 속도를 높였다. 하지만 얼마 못 가서 영인은 말의 고삐를 힘껏 잡아당길 수밖에 없었다. 눈앞에 뿌연 먼지와 함께 수많은 기마병이 달려오고 있었기 때문이다.

"뭐, 뭐야? 저들도 관군은 아니겠지?"

영인은 자신의 눈을 비빈 후, 자신을 향해 달려오고 있는 병사들을 자세히 바라보았다. 그러자 가장 선두에 자신을 버리고 꽁지 빠지게 도망쳤던 이자성이 기세 좋게 달려오고 있는 모습이 보였다.

"헉! 이자성? 그, 그럼 지금 저 병사들이 라여재의 병사들? 하하, 살았다. 살았구나."

두두두두~!

"이리얏!"

"하앗! 관군을 쳐라~!"

라여재의 병사들은 멍하니 쳐다보고 있는 영인을 지나치며 힘차게 관군을 향해 돌진했다. 기마병이 선두에서 돌진하고, 그 뒤를 장창을 높이 치켜든 보병들이 열심히 따랐다. 한눈에 보아도 굶어 지친 병사들의 모습은 찾을 수가 없었다. 그만큼 행군을 하는 데 여유롭진 않았어도 먹는 것은 풍족했던 것 같았다.

"와~"

"원군이다! 원군이 왔다~!"

"관군들을 한 놈도 놓치지 말고 죽여라!!"

"라 장군께서 오셨다! 우린 살았다~!"

"흑흑, 살았다."

라여재와 병사들이 합류하면서 상황은 순식간에 역전되었다. 이자성이 도주를 하면서 당장 목을 취하지 못해 아쉬웠지만, 유적들의 근간이 되는 병사들을 모두 도륙할 수 있다는 생각에 총공세를 펴고 있던 손전정은 깜짝 놀랐다. 더구나 이자성의 목을 취할 추격대도 보낸 후라 오늘 중으로 자신의 눈앞에 잘려진 이자성의 목을 볼 수 있을 것으로 생각했기에 더욱 놀랄 수밖에 없었다. 지척에 지원군이 와 있을 줄은 몰랐기 때문이다.

손전정의 바람은 그저 한순간의 꿈으로 끝났다. 라여재가 이끄는 유적군이 관군을 덮친 후, 전황은 단숨에 뒤집혀서 대패를 한 것이다. 이 전투로 손전정은 부총병(副總兵) 이하 군관 칠십팔 명과 수천 명에 달하는 병졸을 잃었다. 그나마 후위에 편성되었던 백광은과 정가동의 부대가 온전하였기에 이자성의 추격에서 간신히 빠져나와 후퇴할 수 있었고, 이후 동쪽을 향하여 등봉현에서 병사들을 재편성하게 되지만 십일월에 관중을 통해 섬서성으로 귀환한다.

하지만 이 전투에서 손전정이 이끄는 관군만 피해를 본 것은 아니었다. 전쟁 전 익지 않은 감으로 끼니를 때우며 행군을 했다 하여 겹현에서 총두까지 역사상 시원지전(柿園之戰)이라 칭하는 전투에서 이자성은 팔천 명이 넘는 정예 병력을 잃었고 군기도 낮아져 문란해졌다. 비록 관군을 크게 물리쳤다고는 하나 삼변총독인 손전정을 잡은 것도 아니고, 전열을 가다듬은 손전정의 군대는 여전히 강력했기 때문이다.

그러나 손전정의 군대가 등봉현에서 섬서성으로 퇴각한 후, 이자성의 군대에 위협이 되는 관군은 예악(豫鄂) 지역 여남(汝南)의 양문구(楊文岳)와 호북성, 즉 호광성(湖廣省)에서 동정호(洞庭湖)를 기점으로 북부에 위치한 양양의 좌량옥 두 개 군대만 남겨놓았을 뿐이다. 당연히 하남성에서 이자성의 기세는 하늘 높은 줄 모르게 치솟았고, 관군은 자신들에게 위기가 다가오는 줄 알면서도 그 타개책이 없어 전전긍긍할 수밖에 없었다.

이렇게 손전정과 이자성의 첫 번째 전투는 기사회생한 이자성의 승리로 끝났다. 비록 관군과 봉기군 모두 많은 아쉬움과 여운을 남겨두었지만.

第三章

쉿! 알면서도 모르는척, 몰라?

호북성 양양.

아니, 이자성에 의해 양양에서 양경(襄京)으로 개명된 양경
성.

정신없던 지난해 겨울을 보낸 후, 어느덧 새해가 지나고 벌
써 달이 한 번 바뀌었다. 그만큼 보위대장으로서의 영인은 먼
지와 땀으로 찌들어 있던 넝마를 벗어던지고, 백색과 녹색으
로 장식된 띠와 붉은색 만접홍매화가 화려하게 수놓아져 있는
검은색 비단 무복을 걸치고 있었다. 그리고 비싸다는 비단옷
도 재질이 일반 비단과 다른지 쉽게 눈을 뗄 수 없을 정도로 귀
티가 잘잘 흘렀지만, 무엇보다 눈에 띄는 것은 무복 중앙에
'보위' 란 글자가 금색으로 휘황찬란한 빛을 뽐내며 자리하고

있다는 것이다.

환골탈태.

누구나 거지같은 옷을 입다가 비싼 비단옷으로 갈아입으면 전체적으로 분위기도 바뀌고 개천에서 용 났다고 하지만, 영인처럼 몇 년 동안 함께했던 사람들마저 몰라볼 정도까지는 아니었다. 정말 의복 하나로 거지가 귀족이 된 것보다 더한 충격을 보위대 대원들에게 준 것이다.

그러나 오늘 영인은 자신이 걸치고 있는 의복, 아니, 보위대라는 것 자체에 대한 불만을 여과 없이 드러내고 있었다. 며칠 전만 해도 입이 귀에 걸려 있을 정도로 기분이 좋았지만, 오늘은 영인뿐만 아니라 유적군 모두에게 특별한 행사가 있는 날이었기 때문이다.

영인은 무척 분주하게 움직이고 있었다. 다른 사람들처럼 몸이 움직이는 것이 아니라 눈이 한시도 쉬지 않고 이리저리 움직이는 것이지만, 오히려 몸이 움직이는 것보다 더욱 피곤할 정도였다.

"젠장, 꼭 이렇게 서 있어야 하는 거야?"

"어쩌겠냐. 그리고 좋잖아."

"뭐가 좋아? 넌 좋냐? 그렇게도 좋아? 제기랄! 이게 뭐냐. 경극 배우도 아니고."

"큭, 보위대가 별거냐? 이럴 때 무게 잡으라고 있는 것이 보위대가 아니겠냐. 그리고… 이렇게 있으면 이따금씩 저런 애들도 왔다 갔다 하니까 좀 좋냐. 큭큭, 어이구! 저 엉덩이 흔드는 것 좀 봐라. 컥~ 주, 죽인다."

"쩝, 네 말대로 그건 좋지만…….."

명규의 말대로 때 빼고 광을 내니까 분주하게 움직이는 궁녀들이 힐끔힐끔 쳐다보기도 하고, 또 자기들끼리 수군거리며 웃는 것을 보니 신기하고 기분이 나쁘지 않았다. 아니, 오히려 자신이 남자라는 것을 새삼 깨닫게 되는 계기였다. 그동안 여자를 쉽게 볼 수 없는 힘든 상황이었기에 신경도 쓰지 않았지만, 요즘은 눈만 돌리면 손목을 잡아주기를 바라는 여자들이 넘쳐 났다. 한마디로 원하기만 하면 언제라도 여인을 안을 수 있는, 남자라면 누구나 원하는 그런 상황인 것이다. 더욱이 영인의 나이 올해 스물 셋. 남자의 냄새가 물씬 풍기는 활력 충전 열혈남아의 시대가 도래한 것이다.

즉 지붕을 받치는 기둥처럼 한자리에 서 있는 것만 아니라면 당장에라도 날아갈 것 같은 기분인 것이다. 그러나 아무리 여인들의 엉덩이가 눈에 아른거려도 당장은 왕을 지척에서 호위하는 보위대 대주로서의 위엄을 지켜야만 했다.

보위대 대주.

이자성은 양경에서 자리를 확실히 잡자마자 이암의 권유로 기존의 보위대를 증원시켰고, 영인의 지위 또한 격상시켰다. 그래서 지금은 대장이란 칭호를 쓰지 않고 대주라 불리고 있었다. 하지만 영인은 자신의 칭호에 불만이 있었다. 대주보다 대장이란 어감이 더 좋았던 것이다.

상황이 어찌 되었든 지금의 영인은 명규와 함께 열심히 사방으로 눈을 굴리며 침만 삼킬 뿐이었고, 다른 대원들 역시 대장인 영인을 따라 자신의 생각과 따로 움직이는 녀석을 달래며 애를 써야 했다.

"시간이 얼마나 남았냐?"

"글쎄? 이젠 얼추 된 것 같기는 한데……."

"그럼 슬슬 장군들이 모습을 보이겠군."

"그렇지. 이제 몇 시진 동안은 바짝 긴장해야겠네. 그나저나 빨리 끝났으면 좋겠는데……."

영인은 명규의 말에 고개를 끄덕이며 동조했다. 이자성이나 지도부의 높은 양반들에게는 귀중한 시간일지 모르지만, 자신에겐 귀찮고 짜증나는 시간일 뿐이다.

바로 오늘.

이자성으로서는 뜻 깊은 날이 아닐 수 없었다. 섬서성 미지현의 빈한하기 이를 데 없는 이수충(李守忠)의 아들로 태어나 지주의 목동에서 역졸, 그리고 봉기군의 수장이었던 삼촌인 고영상에게 몸을 의탁했다. 이후 수많은 우여곡절 끝에 죽은 고영상의 틈왕이란 제위를 본인이 직접 잇고 이를 더욱 공고히 다지기 위해 노력했으며, 지금에서야 주변을 살필 여력이 생겨 정식으로 관리를 임명하는 등의 관제를 정리하고 향후의 행보를 결정하는 자리였기 때문이다.

목숨이 이승과 저승을 왔다 갔다 할 정도로 탈도 많고 복도 많았던 작년.

십일월 초에 손전정은 매서운 겨울 한파가 기승을 부리기 전에 등봉현에서 병사들을 겨우 정비하고 섬서성으로 무사히 귀환했다. 한편 이 순간만을 기다리고 있던 이자성은 손전정이 떠나자 회심의 미소를 지었고, 송헌책 등 군사들과 함께 향후 하남성에서의 입지를 공고히 다지기 위한 전략을 수립했다. 즉 수뇌부 회의를 통해 이자성은 자신의 근거지로 삼을 목표로 주선진에서 정계예와 의견 대립으로 퇴각했던 좌량옥의 본거지, 즉 호북성 양양(襄陽)을 선택한 것이다.

　이자성은 호북성으로 진출함과 동시에 양양을 공략하기 위한 전 단계로서 손전정이 섬서성으로 물러난 직후 십일월 삼일 군사를 인솔하여 여녕을 공격하였고, 이 일간 격전을 벌인 끝에 점령하고 양문구를 잡아 죽였다. 또한 이 전투에서 숭왕(崇王) 주유궤(朱由樻)와 아들 주자휘(朱慈輝)를 포로로 잡아 하남성에 유일하게 남아 있던 관군을 소멸함으로써 기본적으로 하낙(河洛)을 점령하는 전략 목표를 실현하는 쾌거를 거두었다.

　하지만 좌량옥은 양문구처럼 쉬운 상대가 아니었다. 이자성이 여녕을 공격하려고 움직이기 시작할 때부터 좌량옥은 다음 차례가 자신임을 직감했다. 자신의 군대만이 하남성에서 북쪽으로 세력을 넓히려는 이자성의 발목을 잡을 수 있고, 또한 배후에서 위협을 줄 수 있었기 때문이다. 이에 좌량옥은 휘하의 모든 관군을 동원하여 급하게나마 양양성 주변의 백성 중 강제로 징집한 신병들과 예전 투항한 유적과 토적들로 구성하였으며, 이자성이 양양에 모습을 보인 십이월엔 보병의 수만 이

십만 명이 넘는 대군을 보유할 수 있었다.

당연히 좌량옥의 대군은 이자성과 송헌책 등이 우려했던 것처럼 예전의 강성했던 모습을 찾아볼 수 없었고, 정예 부대도 장군과 부총병 등 유능한 장교들이 남아 있지 않은 상태였다. 더욱이 좌량옥이 자주 병을 앓고 계속된 패전으로 전의를 잃어가고 있었기에 엄중했던 군율도 느슨해져 있었던 것이다.

좌량옥은 자신을 향해 다가오는 이자성의 군대를 보면서 갈등했다. 양양에서 이자성과 맞서 싸워 자신이 아직 살아 있음을 증명하든가, 아니면 군대를 보존하여 후일을 기약해야 하는 것이었다. 그러나 군사들의 훈련이 부족하다는 것을 너무도 잘 알고 있었기에 좌량옥은 어쩔 수 없이 퇴각을 명할 수밖에 없었다. 그에 미리 정박해 있던 전함에 전군을 태우고 양양을 빠져나가 무창(武昌)으로 향했다. 당연히 급박하게 퇴각했기에 무창에서 군량미 등의 확보를 위해 모조리 약탈을 할 수밖에 없었고, 이후 쓸쓸하게 강서성으로 뱃머리를 돌려야만 했다.

십이월 사일, 이자성은 거의 무혈입성이라 할 정도로 편안하게 양양을 점령하였고, 휘하 장수들과 함께 좌량옥이 기거하던 전각에 올라 양양을 양경으로 개칭하고 초병안민(剿兵安民)의 기치를 높이 세웠다. 즉 '삼 년을 징병하지 않고 백성의 목을 자르지 않는다'는 정책을 선포한 것이다. 이로써 이자성은 하남성뿐만 아니라 호북성에도 자신이 그토록 염원하던 근거지를 확보하는 데 성공하였고, 하남성과 호북성 일대에서 무소불위의 제왕으로 확실하게 자리를 잡게 되었다.

한편, 호북성을 굳건히 지키던 좌량옥이 물러나자 무주공산과 같은 호북성을 가만두지 않았다. 비록 완전하게 통치는 할 수 없더라도, 자신의 군대가 강하다는 것을 확실하게 백성들에게 각인시킴과 동시에 징병했던 백만 명의 병사를 훈련시킬 필요성이 있었기 때문이다. 이에 군대를 남쪽으로 파견하여 공격을 강화했는데, 친히 주력군을 이끌고 동남으로 진군하여 운몽(云夢), 황피(黃陂) 등의 현(縣)을 점령하고 한양(漢陽)까지 쳐들어갔다.

또한 군사를 세 방향으로 나누었는데, 일진은 한수(漢水)를 따라 남하하여 승천(承天)을, 이진은 형주(荊州)에서 강을 건너 송자(松滋) 석수(石首) 감리(監利) 등을, 삼진은 공서(贛西)로 들어가 덕안(德安)까지 점령했다. 단지 한 달여 만에 형(荊) 양(襄) 육부(六府)의 각 주(州)를 휩쓸었던 것이다.

이로써 이자성은 호북성까지 완벽하게 점령함으로써 섬서성과 안휘성 등 좌우로 세력을 넓힐 수 있는 여력을 확보하였고, 동시에 하북성 북경에 웅크리고 있는 황궁으로 흘러가는 물자와 자금을 차단하는 등의 압력을 행사할 수 있는 유리한 위치에 서게 된 것이다.

며칠을 준비했기에 나름 요란하고 거창하게 치러질 것 같은 행사는 오히려 영인과 명규가 의아해할 정도로 한 시진 만에 끝났다. 그러나 이자성과 수뇌부들은 알차게 활용했는데, 자신을 봉천창의문무대원수(奉天倡義文武大元帥)라 칭하고 그동안 군부를 맡았던 장수들과 손헌책 등 군사들 및 신하들에게 정식으로 임명장을 내리고 그간의 공로에 대한 포상 등을 마무리했다.

"휴~ 생각보다 일찍 끝나서 다행이다."

"큭! 아무리 생각해도 넌 관리로 살아갈 체질은 아닌가 보다. 그렇지 않고선 어떻게 그런 말을 하겠냐."

"네 말대로 관리로 살아갈 생각은 없다. 그런데… 어째 말이 짧다?"

"응?"

"내가 보위대 대주거든."

"젠장! 그래, 이번에 천인대장으로 승차해서 좋겠다. 하지만 나도 부대주거든? 보위대 부대주! 너도 승차했지만 나도 승차했단 말이지. 큼! 엄밀히 말하면 나도 천인대장급이란 말이다. 알겠냐?"

"누가 너보고 천인대장급이래? 대주인 내가 천인대장과 같은 지위면 당연히 부대주인 너는 백인대장 정도여야 정상이야. 그리고 내가 생각해 줘서 부대주 시켜놨더니 이젠 아예 동급으로 보고 위아래 없이 기어오르려고 하냐?"

"아서라. 이미 대군사께서 부대주의 지위는 천인대장에 준하는 자리라 하신 말씀을 벌써 잊은 것은 아니겠지? 겨우 반 시진 전에 하신 말씀이다."

"크… 젠장할 놈, 그런 쓸데없는 건 빨리 잊어먹어야 오래 살 수 있을 거다."

"괜찮다. 난 원래 명줄이 길어서 오래 살 팔자란다."

명규의 이유있는 반박에 영인은 할 말이 없었다. 반 시진 전 송헌책의 말이 없었다면 확실하게 눌러줄 수 있겠지만, 영인과 명규의 알력을 어느 정도 알고 있던 송헌책이 유사시 대장의 지위를 대신할 필요성이 있다 하여 부대주의 지위를 파격적으로 격상시켰던 것이다.

　"인상 펴라. 어차피 잘못된 것 없잖아? 아니지. 오히려 잘됐지."

　"뭐가 잘됐다는 거야? 대군사라는 사람이 생각이 없어도 그렇지, 대주하고 부대주는 완전히 다른데 그런 말을 왜 한 거야? 군기를 제대로 세우려면 위계질서가 제대로 잡혀야 하는데, 이래서야 어디 군기가 잡히겠냐?"

　"왜 그러냐? 오늘 뭐 잘못 먹었어? 언제 우리 사이에 위계가 있었다고 그러냐?"

　"그때는 경황이 없었을 때니까 알면서도 넘어간 것이고, 지금은 상황이 다르잖아!"

　"뭐가 달라?"

　"다르지, 완전히 다르지!"

　"그래? 네가 그렇게 나오면 유 장군님께 내가 대주 하고 싶다고 한번 말해볼까? 이미 전하께서 내려주신 자리라 쉽게 변경되지 않겠지만, 그래도 가능성이 없지는 않을 텐데……."

　'젠장할 놈. 그냥 나 죽었소 하고 엎드리면 어디가 덧나냐? 말을 해도 꼭 자기처럼 싸가지없는 말만 지껄이고 있어.'

　"젠장!"

"후후, 이제 이 몸의 역량을 알겠지? 그러니까 너도 대주로 있을 때 잘해라. 내가 언제 마음이 바뀌어 대주 하겠다고 나서면 넌 말짱 꽝이야. 흠!"

"…빌어먹을 새끼."

"큭큭, 그렇게 인상 쓰지 말고 우리 한잔하러 가자. 저번에 내가 숙주에게 부탁해 놓은 좋은 술이 있는데, 오늘같이 기분 좋은 날 확 먹어보자. 어때?"

"수울~?"

"그래. 이 몸이 승차한 기념으로 대주한테 한턱 쏘지."

"흐음… 뭐, 좋다. 부대주가 대장한테 잘 보이려고 한턱 쏜다는데 잘 먹어줘야지."

영인은 애써 목에 힘주며 어쩔 수 없이 먹어주겠다는 표정을 지어 보였다. 절대로 술 하나에 불편했던 심기가 사라졌다는 것을 알려주지 않겠다는 표정이었지만, 영인 스스로도 명규의 제의를 수락함으로써 장난기가 동한 것이다.

"그럼 뭐 볼 것 있냐. 지금 바로 가자."

"아, 잠깐. 난 송 아저씨한테 볼일이 있어서 잠깐 들렀다가 갈게. 오늘 할 말이 있거든."

"송 아저씨? 혹시… 네 무공 때문이냐?"

"알면 다친다."

"큭, 알았다. 네가 송 아저씨한테 무공을 배우고 있다는 것은 웬만한 사람들은 다 알고 있는데 새삼스럽긴."

"그래도 자꾸 소문나서 좋을 것은 없지."

"하긴, 그건 네 말이 맞다. 자! 그럼 난 미리 가서 준비하고 있을 테니까 늦지 않게 와라. 그리고……."

"……?"

"내가 궁녀들 중 삼삼하게 생긴 애들 점찍어놓았거든. 큭큭, 알겠지?"

"뭐? 그, 그러다 걸리기라도 하면 어떻게 하려고……."

"소심하기는. 괜찮아. 오늘 같은 날은 윗선에서도 알면서 넘어가 주니까 걱정하지 말고 이 형님만 믿어라."

"형님은 개뿔! 알았으니까 책임지고 준비해라. 금방 갈 테니까."

영인은 명규가 다른 소리 하기 전에 얼른 자리를 떴다. 하지만 걸으면서 괜히 얼굴이 붉게 달아오르고 심장이 벌렁거려 주체할 수가 없었다. 그러면서도 잘만 되면 처음으로 여자 손목을 잡아볼 수도 있다는 기대감에 영인의 발걸음에 힘이 넘쳤다.

송악호는 영인이 행사가 끝난 후 찾아오겠다고 했기에 미리 자신의 숙소에서 기다리고 있었다. 물론 왜 찾아오겠다는 것도 알고 있었다. 당연히 아무도 없는 곳을 택한 것이다.

"저 왔어요."

"그래, 들어와라."

덜컹, 탁!

"바로 온 거냐?"

"예. 하지만 금방 가봐야만 돼요."

"그러냐? 오늘은 궤 형이 대원 열 명과 함께하는 게 아니었냐?"

"그 일 말고, 개인적으로 볼일이 있어서요."

"개인적인 일이라……. 허허, 우리 대주님께서 벌써부터 개인 용무가 생겼나 보구나."

"놀리지 마세요. 제가 무슨 개인 용무가 있겠어요. 그냥 명규하고 할 말이 있어서 잠깐 들르려고요."

"허허, 알았다. 흠! 그런데 무슨 할 말이 있어서 보자고 했냐?"

악호는 붉게 변하는 영인의 얼굴을 주시하다가, 이내 인자한 미소를 지으며 물었다. 이에 영인도 자세를 바로 하고 악호와 시선을 맞추었다.

"어제 운기해 보니 삼 성에 이른 것 같아서요. 그래서… 아무래도 자뢰심공에 대해 아저씨의 의견을 들어보는 것이 좋을 것 같아서요."

"벌써 삼 성에 이르렀다고? 허, 역시 낙뢰를 맞은 것이 주효했나 보구나."

악호는 영인의 말에 깜짝 놀랐다. 몇 개월 전에 이 성을 성취했다고 해서 기뻐한 적이 있지만, 그렇다고 이 정도로 빠르게 삼 성에 이를 줄은 생각하지 못했기 때문이다.

"그럼 뇌격십팔도는 얼마나 성취했냐? 설마 소성에 이른 것은 아니겠지?"

"그게… 아무래도 저번 주선진 전투 때 거의 죽다 살아난 이후 진전을 봤는데, 아저씨 말대로 소성을 이뤘어요. 그날 이후 초식을 펼치는데 좀 더 부드럽고 여유가 생기더라고요. 모두 아저씨의 세세한 가르침 덕분입니다."

"허허."

"……."

악호의 쓸쓸한 웃음에 영인은 자신도 모르게 고개가 숙여졌다. 악호가 거의 반평생 동안 익힌 것을 자신은 생각지도 않은 기연을 만나 성취한 것이기에 절로 미안해진 것이다.

한동안 말없이 허무한 눈으로 천장을 바라보던 악호가 마음을 추슬렀는지 영인을 향해 부드러운 미소로 말문을 열었다.

"역시 인연은 하늘이 열어주는 것인가 보다. 비록 그 비급이 내 손에 들어왔지만 빛은 네게서 보게 될 것 같으니 말이다. 하지만 너도 알겠지만 진정한 시작은 지금부터다. 자뢰격마공을 완벽하게 시전하기 위해선 자뢰심법과 자뢰마격검을 대성해야 하고, 그 본격적인 출발점이 삼 성부터임을 잊지 말아라. 그리고 또 잊지 말아야 할 것은 반드시 자뢰전구류비록을 깨달아야 한다는 것이다. 어쩌면 지금 네가 배우고 있는 것들이 그 비록을 익히기 위한 사전 공부일 수도 있기 때문이다. 알겠냐?"

"예, 저도 그렇게 생각하고 있습니다. 그러니 너무 염려하지 마세요."

"그래, 너라면 알아서 잘하리라 생각한다. 그러나 나이가 드니 자꾸 노파심이 생기는구나. 그러니 이 못난 늙은이의 한을 생각해서라도 네가 부디 그 비록의 끝을 봐주었으면 좋겠구나. 부탁한다, 영인아."

"그건 아저씨가 말하지 않아도 제 인생의 목표니까 걱정하지 마세요."

"그래, 그래."

송악호는 영인의 굳게 다물어진 입술에서 절대 꺾이지 않을 의지를 보았다. 그에 마치 스승이 애제자를 보는 듯한 흡족한 눈으로 영인을 바라보았다.

"흠! 그래, 오늘은 무엇을 물어보고 싶으냐? 이제 네 성취가 나와 비교했을 때 그리 낮은 편이 아니라 큰 도움이 될지 모르겠지만, 아는 것은 최선을 다해 알려주겠다. 어서 말해보아라."

"예. 어제 운기를 하면서 느낀 것인데, 일곱 개 혈(穴)에서 이상한 기운을 감지했습니다. 찌릿찌릿한 것이 그리 좋은 느낌이 아니어서 물어보러 온 것입니다."

"일곱 개 혈?"

"임맥의 관원(關元) 중완(中脘) 염천(廉天)과 독맥의 천주(天柱) 대추(大椎) 신주(身柱) 영대(靈臺)의 일곱 개 혈입니다. 마치… 혈 안에 걸러지지 않은 불순한 기운이 있는 것처럼 느껴졌습니다."

"흐음, 혈 자체가 임맥과 독맥의 중심이 되는 혈들이구나. 그런데 걸러지지 않은 불순한 기운이라……. 혹시 비급에 나온 일이 일어났느냐?"

"예. 운기를 마쳤다고 생각했을 때 관원혈에서 찌릿찌릿한 느낌이 났고, 곧이어 기해혈에서 빠져나간 진기가 석문혈(石門 穴)을 통과하여 관원혈로 내려갔다가 다시 기해혈로 역류했습니다. 이에 깜짝 놀라서 운기를 그만두었습니다."

"정말이냐? 정말 관원혈로 진기가 내려갔다는 말이냐? 아니, 정말 석문혈을 뚫었단 말이냐?"

석문혈.

말 그대로 혈도를 돌처럼 단단한 문으로 가로막고 있다 하여 지어진 명칭이다. 얼마나 단단한지 기해혈에서 진기가 밑으로 내려가는 것을 막아주며, 임독양맥이 뚫리지 않고는 절대 진기가 석문혈로 내려갈 수 없는 철벽의 관문이었다. 물론 절정의 고수가 임의로 뚫을 수는 있었다. 그러나 억지로 뚫은 것과 임독양맥의 유통으로 자연스럽게 뚫은 것과는 하늘과 땅만큼 큰 차이가 있다.

그리고 중원에서 이름난 대문파나 세가라 해도 임독양맥을 중심으로 심법을 연마하는 무공은 없었다. 아니, 어쩌다 특이한 심법이 있을지도 모르니 거의 없다는 것이 맞을 것이다. 그리고 대부분의 심법은 임독양맥이 아닌, 문파나 세가의 심법마다 독특하고 각각의 특성에 따라 특정적인 혈과 혈도로 진기를 운행하며 내공을 키웠다. 그런 후 어느 정도 내공이 쌓이면 큰마음을 먹고 임독양맥으로 도인해 하나씩 혈도를 뚫었다. 물론 대부분 일류를 넘어선 절정의 내공을 보유한 고수들에 한한 일이었지만. 그렇기에 악호가 처음 비급을 보고서 환호했던 것이고, 또한 기초밖에 연마하지 못하는 미비한 성취에 만족한 것이었다.

"예, 그동안 말은 안 했지만 심법을 연마하는 동안 기해혈과 관원혈이 이따금씩 함께 반응을 보이곤 했습니다. 마치 관원혈이 기해혈을 뒤에서 도와준다는 느낌이랄까? 뭐, 그런 느낌을 받곤 했습니다. 하지만 석문혈이 뚫릴 줄은 저도 몰랐습니다."

"허……."

악호는 영인의 설명을 들으면서 한동안 굳게 입을 다물면서 두 눈을 지그시 감았다. 바로 설명할 수는 없지만, 짚히는 것이 있었던 것이다. 그러나 석문혈이 뚫렸다는 것은 정말 놀라운 일이 아닐 수 없었다. 악호 자신도 아직 석문혈을 뚫지 못했기 때문이다.

"흠! 혹시 말이다. 네가 삼 성까지 빠르게 성취하게 된 원인이… 관원혈에 있는 기운의 영향을 받은 것이냐?"

"…아마도 그런 것 같습니다. 처음엔 그런 생각을 못했는데, 아저씨 말대로 삼 성까지 이를 때 관원혈에서 제 의도와 다른 움직임을 보였습니다. 당시엔 큰 의미를 두지 않았는데, 어제의 일로 맞다는 판단을 하게 되었습니다."

"허허, 그럼 너도 역시 나와 같은 생각을 한 것이란 말인데……."

"그렇기는 한데 과연 제 생각이 맞는지 알 수가 없어서요.

제가 심법을 제대로 익혀본 적이 있어야 말이지요. 하하하!"

"실없이 웃기는. 네 녀석이 그렇게 말하면 이 늙은이는 그 심법을 제대로 익히기나 했냐?"

"그렇기는 하네요. 그래도 혹시 압니까, 이대로 계속하다가 잘못해서 주화입마인가 뭔가라도 걸릴지? 돌다리도 두드리며 건너라고 했잖아요."

"맞는 말이다. 항상 조심하고 또 조심해도 세상일이란 것은 모르는 것이지."

"그래서 말인데, 정말 일곱 개 혈에 낙뢰를 맞고 나서 생긴 찌꺼기가 잔재해 있는 걸까요? 그렇다면 다행이지만, 그게 아니라면 괜히 잘못 건드렸다가 잘못되는 것은 아닌지……."

영인은 자신의 생각이 맞기를 바라면서도 걱정된다는 표정으로 악호를 바라보았다.

영인이 말한 낙뢰 찌꺼기.

이것이 정말 낙뢰로 인해 생긴 기운이라면, 악호가 자뢰심공을 삼 성 이상 익히지 못하는 원인이라 할 수 있었다. 그리고 서책엔 분명 낙뢰를 맞은 이후 일곱 개 혈에 뇌의 기운이 남을 것이며, 이 기운을 토대로 익히는 것이 자뢰심공이라 적혀 있었다.

"어허! 찌꺼기라니……!"

"에이, 그럼 뭐라고 합니까? 낙뢰의 기운이 제 몸을 통과하지 못하고 남은 거니까 찌꺼기죠. 안 그래요?"

"어찌 그것을 찌꺼기라는 말로 격하시키냐! 그건 네 몸이라는 매개체로 인해 정제된 정화이니라. 알겠냐?"

"정화나 찌꺼기나."

"어허! 그래도!!"

"아, 알았어요. 쩝."

"흠! 그 얘기는 그만 하고, 어찌 되었든 정황상 네 말이 맞을 것 같다. 그래도 혹시 모르니 여기서 한번 사 성으로의 진입을 시도해 보거라. 아무리 내가 삼 성에 머물러 있다고 해도 너보 단 밥 한 그릇이라도 더 먹은 내가 옆에서 지켜봐 주는 것이 좋 지 않겠냐?"

"그럼 저야 좋지요. 바로 시작할 테니까 잘못된 것 같으면 바로 도와주세요."

"그래, 걱정하지 말고 운기나 해보아라."

"알았습니다."

영인은 대답과 동시에 가부좌를 하고선 자뢰심공을 운기하 기 시작했다.

임맥으로의 진기 진입.

그동안 영인은 얼마 되지도 않는 진기로 임독양맥 외의 이 동 경로를 이용하여 간신히 소주천을 해왔다. 당연히 임맥과 독맥으로의 진기 유통뿐만 아니라 유동 자체는 꿈도 꿀 수 없 는 형편이었다. 그러나 오늘은 아니었다. 진기를 임맥의 혈로 진입시킬 것이기에.

'잘돼야 될 텐데…….'

처음엔 삼 성까지 익숙한 대로 거침없이 진기를 돌렸고, 그

후엔 조심스럽게 기해혈에서 진기를 뽑아서 심법에 적혀 있는 대로 관원혈로 내려 보냈다. 그러자 어제와 같은 반응을 보였는데, 마치 이날만을 기다리고 있었다는 듯 반갑게, 그리고 격정적으로 움직이기 시작했다. 그렇게 한동안 진기가 관원혈에 머물면서 조금씩 회전하더니 이내 무엇엔가 추진력을 받은 것처럼 기해혈로 거침없이 오르기 시작했고, 이내 기해혈을 통과해 음교혈의 벽을 거침없이 들이받았다.

쿵!

'큭! 제길, 무지 아프네.'

기해혈을 나온 진기가 임맥의 시작점이라 할 수 있는 음교혈의 문을 두드린 것이다.

세상 모든 만물의 이치가 그렇듯, 산골짜기를 흐르는 물처럼 진기 역시 위에서 아래로 향하는 것이 정석이었고 보편적인 흐름이었다. 그렇기에 인체 중 가장 중요하고 중심이 되는 척추를 기반으로 하고 있는 독맥의 많은 혈을 뚫기 위해선 반드시 임맥을 뚫은 후 모아진 힘으로 아래로 밀고 내려가야 하는 것이다. 그렇기에 임맥의 마지막 혈이자 독맥의 관문인 백회혈을 뚫었을 때 생사현관을 뚫었다고 하는 것이다.

그리고 백회혈을 뚫은 힘은 마치 홍수 때 좁은 골짜기를 헤집고 거침없이 흐르는 격랑과 같기에 좁은 혈도들을 넓히고 막힌 혈을 뚫으며 밑으로 내려가다가 회음혈을 거쳐 다시 임맥을 통해 기해혈에 이를 때를 임독양맥이 통했다고 하는 것이다. 즉 영인은 오늘 이런 역사적인 일에 첫발을 내디딘 것이다. 모든 무인의 소망이자 꿈의 길로.

음교혈은 기해혈을 통과한 진기가 세 번 두드리자 문을 열어주었다. 기뻤다. 비록 혈을 두드릴 때마다 속을 뒤집고 내장이 끊어질 것 같은 고통이 동반되었지만, 막상 문을 열고 들어가자 고통은 금방 사라지고 기운이 넘쳤다. 하지만 목표로 했던 중완혈까지는 멀고도 험난한 여정이 남아 있었다. 신궐, 수분, 하완, 건리혈 등 무려 네 개 혈을 뚫었을 때 중완혈이 반갑게 문을 열어줄 것이기 때문이다.

영인은 음교혈을 빠져나온 진기를 신궐혈로 향했고, 고통을 감수한다는 생각으로 거침없이 들이받았다.

쿵!

밖으로는 전혀 소리가 들리지 않지만, 영인은 영혼을 송두리째 쪼개는 듯한 느낌에 정신을 차릴 수가 없었다. 그렇게 고통을 감수하며 무려 다섯 번이나 두드렸고, 끝내는 포기하고 진기를 기해혈로 돌려야만 했다. 아쉬웠지만 너무나 고통스러워 영인으로서는 어쩔 수가 없었다.

"휴……."

"어찌 되었냐? 많이 고통스러워하던데……."

"역시 예상이 맞았습니다. 관원혈의 그 진기는 임맥을 열 수 있도록 도와주는 기운이었습니다."

"아~"

악호는 영인의 말에 입이 다물어지지 않았다. 그리고 자신이 얻었던 천운이 사실이었음을 다시 한 번 영인을 통해 확인받았다는 기분에 절로 흥분되었다.

"어, 어디까지 뚫은 것이냐? 어서 말해보거라. 어디까지냐?"

"음교혈은 뚫었는데, 신궐혈은 아무리 해도 뚫지 못하겠더라고요. 몇 번 더 시도해 볼까 했지만, 괜히 무리했다가 잘못되면 안 될 것 같기에 그만두었습니다."

"그래, 정말 잘했다. 비록 신궐혈은 뚫지 못했지만, 급하게 해서 탈이 나는 것보다야 백배 천배 좋은 일이다."

"네, 그래서 천천히 하려고요. 이제 제가 생각했던 것이 맞았음을 알았으니까 굳이 무리하면서 몸을 망가뜨릴 필요는 없죠."

"아무렴! 그리고 내 생각이다만… 중완혈을 뚫었을 때를 오성이라 하고 염천혈까지 뚫었을 때 칠 성이라 한 것을 보면, 결코 쉽지 않은 길이 될 것이다."

"아마도 그렇겠죠."

"하지만 말이다, 이후 백회혈까지 길을 뚫을 때는 급격한 성취를 이룰 수 있을 것이다. 비록 독맥의 혈들을 뚫는 것이 위험하긴 하지만, 비급에도 임독양맥을 모두 뚫어야 구 성에 이를 수 있다고 하지 않았느냐. 그만큼 백회혈까지가 어렵지 그이후엔 큰 문제가 없다는 반증이 아니겠느냐?"

"그게… 그렇게 생각할 수도 있겠네요. 그런데… 절대고수도 뚫기 힘들다는 임독양맥의 타통으로도 대성이 아니라면 그이후에 뭘 더 해야 대성하는 것인지 모르겠어요. 도무지 감을 잡을 수 없으니……."

"허허, 그건 그때 가서 생각해도 늦지 않을 것이다. 너무 앞서가는 것도 좋지 않다, 영인아."

"하하, 알겠습니다. 여하튼 발판은 확실히 마련했으니 이제부터는 쑥쑥 키워야지요. 아저씨, 잘 키우겠으니 끝까지 지켜봐 주세요. 아저씨의 염원, 제가 이루어 드리겠습니다."

"허허, 고맙구나, 영인아."

악호는 영인이 마지막 말을 함과 동시에 자신에게 크게 절을 세 번하자 자신도 모르게 두 눈에서 눈물이 흘렀다. 비록 제자가 스승에게 올리는 구 배는 아니었지만, 영인의 마음이 듬뿍 담긴 인사였기에 기꺼운 마음을 주체할 수가 없었던 것이다.

'그래, 이 못난 몸이 너라는 존재가 자라는 데 한 부분이나마 거들었다는 것을 세상에 알려주어라. 그것만으로도 내가 이 황폐하고 혼란스러운 세상을 살다가 갔다는 것을 남길 수 있지 않겠냐.'

*　　　*　　　*

사람의 마음을 훈훈하게 해주었던 따스한 봄이 조금씩 물러가려는 행동을 취하고, 더운 습기와 뜨거운 태양이 만연한 여름이 살포시 고개를 내밀기 시작하는 유월이 되었다. 당연히 이런 날 점심을 거하게 먹으면 잠이 솔솔 오면서 눈꺼풀을 들기 힘들게 만들었는데, 영인 역시 평범한 사람이라 힘겹게 내려앉으려고 하는 눈꺼풀과 힘겨루기를 하고 있었다.

"크~ 오늘 할 일도 많은데 너무 거하게 먹었나? 그나저나 명규 이 새끼는 어디 가서 아직 안 오는 거야? 이걸 때려죽일 수도 없고. 젠장."

팍!

영인은 탁자 위에 놓여 있는 종이 뭉치를 주먹으로 힘차게 내려쳤다. 그러면서도 몇 달 전의 일이 저절로 머릿속에서 떠올랐다가 사라졌다.

"휴~ 그날 정말 내가 왜 그랬는지 모르겠네. 분명 마음은 그렇지 않았는데 왜 손이 움직이지 않았을까? 귀엽고 예뻤는데, 아~ 아쉽다. 손이라도 잡아보았다면 이렇게 아쉽지는 않을 텐데. 쩝."

영인은 명규와 하룻밤 거하게 술판을 벌인 날 이후, 보위대에서 한동안 얼굴을 들고 다니지 못했다. 차려진 밥상도 먹지 못했다는 비난의 화살이 거세게 압박했던 것이다. 하지만 영인은 나름대로 대원들에게 자신의 정당성을 피력했다. 물론 그것이 전혀 먹혀들지 않았지만.

그날 이후 보위대에서 명규의 위치가 대주인 영인의 위상을 뛰어넘었다. 비록 명규의 장담과 달리 궁녀를 불러들이지 못하고 아쉬운 대로 은자 한 냥이라는 거금을 들여 기녀와 술을 먹었지만, 이자성이 머물러 있는 전각 안으로 기녀를 끌어들일 수 있었다는 것은 쉽게 할 수 없는 일인 것이다. 그에 대원들은 영인보다 명규의 명을 우선시하는 일이 종종 일어났다. 물론 아주 사소한 일에 국한되었지만.

하지만 영인은 오히려 명규가 자신의 일을 대신 처리해 주는 것이 많아 좋을 때도 있었다. 물론 명규가 기어오르지 않는다는 전제가 붙는 것은 당연한 일이었지만.

또한 명규가 한때 관병으로 일했던 경험이 있어서 그런지, 보위대의 일을 분류하고 대원들의 성격과 장단점을 파악하여 알맞게 일정을 관리하였다. 그리고 서류를 보기 좋게 정리하고 직속상관인 좌군사 이암에게 보고하였는데, 서류가 깔끔하고 상황을 파악하는 데 유용하게 활용할 수 있게 정리되었다고 칭찬이 자자했다.

처음엔 자신의 일을 명규가 빼앗았다는 생각에 기분이 팍 상했지만, 막상 명규가 하던 일을 하려고 책상에 앉아 끍적거린 이후 아예 손을 뗐다. 도저히 영인의 성격과는 거리가 멀었고, 복잡한 서류를 보면서 어떻게 결정하고 지시를 내려야 하는지에 대해 갈피를 잡을 수 없었던 것이다. 당연히 대원들의 이름조차 아직 완전하게 외우지 못하고 있는 영인이었기에, 서류를 작성하는 것은 둘째 치더라도 근무 일지조차 작성하는 데 상당히 애를 먹었었다.

그리고 영인은 이 일로 인하여 명규에 대한 인식이 새롭게 변했다. 자신과 같이 거칠고 칼밖에 모르며 틈만 나면 꼼수나 부리고 비리를 저지를 것 같은 하류무인으로 생각했던 명규가 섬세하고 명석하며 부하들에게 자상한 상관의 면모를 보였던 것이다. 가장 놀라운 점은, 명규가 자신보다 학식이 뛰어나다는 것이었다. 자신은 겨우 굴비에게 글을 배운 것이 다였고 다른 사람들에게 큰 티를 내고 다니지는 않았지만, 그래도 이런 난세에 글자를 안다는 것은 큰 자랑거리였다. 그러나 지금은 아니었다. 바로 명규 때문에 자존심이 팍 상했던 것이다. 어느 정도 글을 알고 있다는 것은 알고 있었지만, 그 정도가 영인의 생각 범위를 벗어나 있었기에 한동안 입이 다물어지지 않을 정도였던 것이다.

여하튼 그날 이후 영인은 명규가 상관의 칭찬을 듣든 욕을 먹든 상관하지 않았다. 오히려 자신에게 서류 뭉치가 넘어오는 날이면 명규를 달달 볶아 모두 처리하게 만들게 하는 계기가 되었던 것이다.

덜컹, 탁.

"여허~ 나 왔다."

"어디를 그렇게 쏘다니고 이제 들어오냐? 여기 서류가 쌓여 있는 게 보이지 않냐?"

"그거 놔둬라. 내가 금방 알아서 할게."

"흐음, 빨리빨리 해. 괜히 좌군사가 와서 이것저것 물어보게 하지 말고."

"하하, 알았다. 넌 아무 염려하지 말고 주머니 관리나 잘해라."

"쩝."

영인은 명규의 말에 할 말이 없었다. 어떻게 알았는지 명규

가 하남성과 호북성 일대에서 장사를 하는 상인들이 자신의
주머니 속에 꾹 눌러주는 전표가 얼마인지 환하게 파악하고
있었던 것이다. 하지만 삼월에 벌어졌던 라여재의 반란 사건
을 제외하면 영인에겐 양경에서 보내는 날들이 꿈처럼 평안했
다. 비단옷에 맛있는 요리, 그리고 자신의 주머니로 들어오는
누런 금덩이를 보고 있노라면 절로 흥겨운 웃음이 떠나지 않
았던 것이다.

"그나저나 이제야 정신없이 돌아가던 상황이 어느 정도 마
무리된 것 같다."

"그래? 그럼 반란자들을 모두 잡아들인 거냐?"

"윗선에선 그렇게 판단하고 있는 것 같다. 좌군사님도 더 이
상 보위대의 근무 강화를 논하지 않는 것을 보면."

"그럼 이제 대원들도 새벽 근무에 여유가 생기겠네?"

"그렇지. 이게 모두 내 공로가 아니겠냐. 그리고 여기."

"응? 뭐냐? 웬 전표?"

"좌군사께서 오늘 근무 열외·대원들과 술이라도 한잔 걸치
라고 내려주신 거다. 그동안의 노고를 인정해 주신 것이지. 물
론 내가 손을 싹싹 비비면서 열악한 근무 환경에 대해 피력한
노력이 주효했지만. 흠!"

"예, 예. 어련히 알아서 잘 하셨겠습니까."

명규의 속보이는 자화자찬에 영인이 웃으면서 맞춰주었다.
그리고 영인의 반응이 당연하다는 듯 명규는 환하게 마주 웃
어주었다.

여자를 옆에 끼고 술 한잔 함께 마신 이후 영인은 명규의 말을 곧잘 받아주었다. 그만큼 그날 서로 볼 것, 못 볼 것 다 보았다 할 정도로 막장까지 마셨기에 지금은 서로 웬만한 일이 아니면 허물없이 지내는 사이로 발전한 것이다. 그러나 무엇보다 상황이 이 정도로 호전된 것은 둘 다 세상에 대한 자신만의 생각과 성격이 서로 비슷하다는 것이 가장 컸다. 상관들 뒷다마 까는 것까지.

"그나저나 라여재를 반란으로 몰아낸 것은 역시 우군사지? 아니면 대군사가 전하의 의중을 따른 거냐?"

"쉿! 알면서도 모르는 척, 몰라? 갑자기 그건 왜 물어보는데?"

"모르니까 물어보는 거 아니냐. 아무리 생각해도 잘 모르겠거든. 그리고 병사들에게 당대의 조조라 불리는 라여재가 그처럼 어이없게 당할 줄 누가 알았겠냐?"

"하긴, 아무도 예상하지 못한 일이긴 하지."

"그래서 말인데… 도대체 누가 한 일인지 알아야 나중을 위해서도 준비를 할 것 아니겠냐. 그리고 너나 나도 언제 라여재처럼 당할지 모르지. 미리미리 준비하는 것도 나쁘지 않을 것 같다."

"하긴, 그건 네 말이 맞다. 준비해서 나쁠 것은 없지. 괜히 들켜 부스럼만 만들지 않는다면."

"내 말이 그 말이다."

"그건 그렇고… 아무리 우리 병력이 관군을 두려워하지 않을 정도로 대군을 거느리고 있다고 해도 그렇지, 실제로 전투에 투입될 수 있는 병사는 절반도 되지 않는데……."

"큭큭, 무리를 한 거지."

"……."

명규는 영인의 거침없는 말에 아무런 말 없이 고개를 끄덕였다. 자신이 생각하기에도 현 지도부가 무리를 하면서까지 일을 벌인 것이기 때문이다.

실제로 현재 이자성이 거느리고 있는 병력은 백만 명이 약간 넘었다. 관군을 두려워해야 할 상황이 아니라 오히려 관군이 이자성의 군대를 두려워할 상황이 된 것이다. 하지만 실제로 정예 병력은 기병 오만 명과 보병 삼십만 명 정도밖에 되지 않았다. 절반이 넘는 병력이 지금도 열심히 훈련을 하고 있는 것이다.

"그래도 조조라 불리는 라여재를 참수시킨 것은 너무했지. 병사 중에도 라여재를 따르는 인원이 적지 않았는데, 이번 일로 병사들의 사기가 많이 떨어졌을 거다."

"그래도 반란은 반란이다. 오히려 더 커지지 않은 것이 다행이지. 그리고 전하와 대군사 등 수뇌부에서 그렇게 결론을 내렸으니 우리가 왈가왈부할 것도 없는 일이지. 그건 그들의 일이니까."

"맞는 말이다. 그리고 라여재가 전하와 대군사가 하고자 하는 일에 이따금씩 딴지를 걸기는 했지. 사실 의견 충돌을 넘어선 행동도 했고."

"허, 언제는 라 장군의 행동이 보기 좋다고 했으면서."

"그때는 그때고! 이게 왜 갑자기 잘 나가다가 성질을 건드리고 지랄이야? 요즘 좋게 대해주니까 이젠 아예 내몰고 싶어지냐?"

"큭큭, 알았다. 그렇다고 그렇게 성을 낼 것까지야 없잖나. 누가 듣는다고."

"그래도 조심해야지. 혹시 아냐, 누가 듣고서 알릴지? 그러면 너도 나도 모두 개털 되는 거다. 라여재처럼 되지 않으려면 목 간수 잘해야지. 처신을 잘못하면 라여재처럼 되는 것은 일도 아니다. 그러니까 너도 실실거리고 다니지 말고 알아서 잘 처신해."

"홋, 내 걱정 하지 말고 너나 잘해라."

"흐음."

"그나저나 아까 네 말대로 아마 라 장군의 그런 행동들이 반란으로 몰린 직접적인 원인인 것 같다. 하지만 라 장군의 일은 대군사가 아니라 우군사가 전적으로 행한 일이다. 물론 전하께서 살짝 의중을 비추긴 했지."

"흐음."

"다른 장군들은 몰라도 라 장군은 자신의 입지를 확실히 만든 후 합류했으니까 황궁을 접수한 이후가 꺼려지겠지. 나 같아도 라 장군처럼 드러내 놓고 반대하는 일이 많아지면 없는 문제라도 만들어서 내쳤을 거다. 처신을 잘못한 거지."

"하긴, 라여재가 처신을 못하긴 했지. 그렇다고 반란은 좀…

이럴 때 쓰는 말이 뭐지? 토사…….”

“토사구팽(兎死狗烹).”

“아, 맞다. 그렇다고 토사구팽 시킨 것은 너무 빠른 것 아니냐?”

“이르긴 하지. 하지만 이번처럼 나중에 문제가 될 것 같으면 더 크기 전에 자르는 것도 좋은 방법 중의 하나다. 그나마 빠르게 마무리되고 병사들의 동요가 크지 않아서 다행이지.”

“그건 그렇다. 라여재의 일로 수하들은 물론 일반 병사들의 동요가 심상치 않았거든.”

영인도 명규의 의견에 동의했다. 이따금씩 전략회의 시간에 이자성의 옆에 서서 듣다 보면, 라여재가 대군사나 우군사의 의견에 반대하는 일을 종종 볼 수 있었던 것이다. 당시엔 아무것도 하지 않고 우두커니 서 있는 것 자체가 싫어 별 신경도 쓰지 않았지만, 막상 최고 지도부에 들지는 못해도 한자리 하고 있다 보니 여간 신경 쓰이는 것이 아니었다.

“그나저나 이번 일로 전하가 우군사에게 힘을 실어줄 건 분명하니 앞으로 우군사 눈 밖에 나지 않도록 행동에 조심해야겠다.”

“오~ 네가 웬일로 그런 생각을 다 하냐? 역시 사람은 높은 자리에 앉아봐야 세상이 어떻게 돌아가는지 깨닫나 보다. 하지만 걱정 마라. 이 형님이 옆에 있지 않냐. 유 장군님이 우군사와 친하고 좌군사가 우리 직속상관이니까 우군사도 쉽게 우리를 건드리지는 못할 거다.”

"그럼 다행이고. 자~ 오늘 하루도 얼마 남지 않았으니 넌 빨리 서류 정리해라. 난 대원들한테 오늘 저녁 시간 술자리 알아보라고 할 테니까."

"그래, 좋은 자리로 알아봐라. 좌군사께서 주신 전표가 자그마치 금 열 냥짜리다. 우리 보위대가 천오백 명이지만 조장들과 부조장들 모두 기녀들 옆에 끼고 실컷 먹어도 남는 돈이라고."

"컥! 저, 정말?"

팔랑팔랑~

'오늘 배 터지도록 먹어도 저 정도 돈이면 반 이상 남겠다. 큭큭큭, 당연히 남는 돈은……'

영인은 명규가 흔들어 보이는 전표를 보면서 입가에 활짝 미소를 그렸다. 아무리 상인들의 뒷돈을 받는다 해도 금 열 냥이면 무려 자신이 석 달 동안 이곳저곳 눈치를 보면서 슬쩍 받아먹은 금액과 맞먹는 돈이기 때문이다. 즉 자신이 한 달에 받는 녹봉이 금 두 냥이니 성인군자인 척 찔러주는 돈을 무시하고 청렴결백을 주장하다면 자그마치 다섯 달을 생고생해야 만져 볼 수 있을 정도로 결코 작은 돈이 아니었다.

삼월에 있었던 라여재의 반란 진압 이후, 이자성은 우군사인 우금성으로 하여금 빠르게 내부 정돈을 마쳤다. 그리고 장수들은 물론 여러 신하들과 함께 천하를 얻겠다는 취천하(取天下)의 정치적 목적, 즉 자신의 야망을 실현하기 위해 작전회의를 거듭했다.

현재 천하의 흐름은 마치 하늘이 이자성을 돕고 있는 것처럼 영웅이든 효웅이든 간에 마음먹은 대로 행하는 데 거칠 것이 없었다. 특히 행보에 가장 위협적인 병단(兵團)을 거느리고 있는 오삼계(吳三桂)는 북쪽에서 내려오려고 하는 청군을 방어하기 위해 녕원(寧遠)의 요녕흥성(遼寧興城)에 주둔해 있어 전혀 움직일 수 없는 상태였고, 좌량옥의 군사는 더 이상 이자성과 맞서 싸우기를 두려워하며 장강 이남으로 물러나 있었다. 물론 강서성과 복건성, 그리고 절강성이나 안휘성의 강남 관군이 있었지만, 이들은 아직 대규모의 병단을 형성하지 못하고 있었다. 그뿐만 아니라 사천성의 장헌충과 대립 또는 견제를 받고 있었기에 큰 힘을 쓰지 못하는 형편이었다. 따라서 총두전투에서 패전한 이후 섬서성 관중(關中)으로 퇴각해 있는 손전정의 군대만이 황제를 구원해 주기 위해 이자성과 맞서 싸울 수 있는 유일한 군대였다.

그에 이자성은 몇 달 동안 전략회의를 거쳤고, 이러한 군사적 상황에 근거하여 장군 겸 대군사의 작전참모 역할을 하고 있던 고군은(顧君恩)이 제시한 전략 방침을 택했다. 즉 고군은이 제시한 방법은 원수(元帥)의 상재지방(桑梓之邦)과 건국입업(建國立業), 그리고 방략삼변(旁略三邊) 후 산서(山西) 및 경사(京師)의 공략이었다.

이 전략의 중심은 두 개의 절차로 나누어 진행하는 것이었는데, 첫 번째 절차는 먼저 관중(關中)을 취하여 근거지로 삼고, 이후 북으로 확장해 삼변(三邊)의 관군을 이용하여 군사력을 키우는 것이다. 그리고 두 번째 절차는 산서성을 경유하여 황궁을 점령하고 명왕조를 뒤엎는 것이다. 따라서 이자성은 군사를 정비하고 주력군을 섬서성으로 이동시켜 관중에 들어갈 준비를 하고 있었다.

"이거 참, 황제가 아직도 미련을 버리지 못한 것 같구려."

"그렇습니다, 전하. 그러나 어쩌면 기회가 될 수도 있을 것 같습니다."

"기회? 대군사, 무슨 복안이라도 있소?"

"황제는 지난달 손전정을 병부상서(兵部尙書)로 진급시키는 한편 독사(督師)로 임명했습니다."

"병부상서에 독사라……. 황제와 대신들이 살려고 발버둥 치는군."

"그렇습니다, 전하. 따라서 손전정은 원하지 않아도 다시 한 번 우리를 공격해야만 합니다. 그것이 그를 독사로 임명한 황제와 대신들의 의도이기 때문입니다."

"그것은 당연하겠지. 만약 공격을 하지 않으면 황제의 명령을 거부한 항명죄와 반란죄로 참수될 테니까."

"그렇습니다. 하지만 손전정은 총두에서 패한 이후 아직까지 군영을 재정리하지 못했습니다. 다시 말해 정예 병력이 별로 없고 준비도 재대로 못한 상태인 반면, 우리는 섬서성을 공격할 준비가 거의 마무리된 상태입니다. 준비가 된 군과 그렇지 않은 군이 싸우면 생각하지 않아도 그 결과는 이미 나온 것이나 진배없습니다."

"하하, 역시 대군사의 설명은 명쾌하기 그지없구려."

"송구합니다, 전하."

이자성의 호쾌한 웃음에 송헌책은 허리를 숙여 보이며 예를 다했다. 하지만 준비가 되어 있다 해도 전략과 전술을 세우지 않으면 공허한 자신감에 지나지 않기에 송헌책은 옆에 시립해 있는 우군사 우금성에게 시선을 돌렸다. 운을 띄워놨으니 이후의 일은 우금성에게 일임하겠다는 눈짓이었다. 이에 우금성은 한 발 앞으로 나서며 이자성을 향해 말문을 열었다.

"전하, 황제로부터 병부상서라는 직함을 받은 손전정은 섬서성을 비롯하여 하남, 사천성과 호광성, 즉 호북성과 호남성 지역 일곱 개 성(城)에서 병력 약 십만 명을 소집, 또는 차출하고 있습니다. 어쩌면 한 달 전부터 관군의 소집과 더불어 장성한 백성들을 강제로 징집하였으니, 지금쯤 어떤 행동을 보일 시점이 되었을 것입니다."

"우군사, 겨우 한 달을 가지고 우리를 공격할 만큼의 병력이 만들어질 수 있겠나?"

"물론 아닐 것입니다. 그리고 손전정도 그러한 것을 잘 알고 있을 것입니다."

"그런데 어찌 공격할 수도 있다고 하는가?"

"시간이 없기 때문입니다. 물론 손전정도 징집한 병사들을 훈련시킬 시간이 있다면 좋겠지만, 우리 역시 그 정도 시간이 흐르면 모든 병사들이 훈련을 통해 강병이 되고도 남을 시간입니다. 그렇기에 다소 무리를 하더라도 공격할 수밖에 없는 것이 손전정의 현 입장이며, 황제의 의중이기도 할 것입니다."

"하하~ 무리한 공격을 명한 황제나, 무리인 줄 알면서도 명을 따르려고 하는 손전정이나 그 나무에 그 가지로구먼. 황제나 대신들이 주지육림에 빠져 헤어 나오지 못하고 썩어 있는 것이 얼마나 다행인가."

"천운이 전하께 있는 것이 아니겠습니까, 전하."

"하하, 천운이라……. 우군사의 말대로 이번 전투에 대승을 거둔다면 하늘은 본인을 황제로 생각하고 있는 것이겠구먼. 그렇지 않은가, 대군사? 어떻게 생각하는가, 그대들은?"

"전하의 의중이 소신들의 생각과 같습니다, 전하."

"핍박받고 헐벗은 백성들을 굽어 살피려고 하시는 전하의 뜻이 하늘에 닿은 듯하니 하늘의 뜻이 전하와 함께할 것입니다."

"하하하!"

이자성은 넓은 대전에 신하들이 일제히 부복하며 자신을 향해 목청을 높이자, 이내 대전이 쩌렁쩌렁 울릴 정도로 대소를 터뜨렸다. 그 후 이자성은 우금성이 전하는 상세한 전략과 전술을 들으며 연신 고개를 끄덕였다. 들으면 들을수록 매우 흡족한 방법들이 우금성의 입에서 흘러나왔기 때문이다.

第四章
젠장할 공력! 그놈의 내공!

우금성이 예상했던 대로 손전정은 일곱 개 성에서 소집한
병력 약 십만 명과 겨우 일주일간 훈련시킨 징집병 약 칠십만
명을 함께 나누어 하남성으로 진군을 시작했다. 비록 이자성
이 호북성 양경에 머물러 있다지만, 근간이 되는 병력은 주로
하남성에 위치해 있기 때문이다. 그러나 말이 팔십만 명이지
모두 하나의 군영으로 묶인 것이 아니라 각 성에서 명을 받아
움직이기 때문에 총병관들이 거느리는 병력은 많아야 십만 명
을 넘지 못했다. 그것도 정예 병력을 한 명도 거느리지 못하고
진군하는 총병관이 대부분이었다. 물론 자신은 아직 진군을
시작하지 않았고, 이자성의 대응을 살펴보고 전략을 수립하기
위해 서서히 움직였다.

양경에서 손전정이 움직이기만을 기다리고 있던 우금성은 이자성에게 상소를 하여 대응 전략을 진행시키기 위해 바로 부서를 개편하였다. 이에 일진은 하남성으로 들어오는 관군을 막기 위해 이금(李錦)을 령보(靈寶)에 파견해 맞서 싸우게 하여 관군의 주력을 중부 지역까지 유인하도록 했다. 그리고 이진에는 사천성에서 진입한 관군이 때를 같이하여 하남성으로 진입하는 것을 막기 위해 등주(鄧州) 내향현(內鄉縣) 일대와 서협(西峽)까지 수비를 강화하여 일진의 안전을 엄호하도록 했다.

바야흐로 이자성과 손전정의 두 번째 전투가 임박한 것이다. 이번 전투의 승패 결과에 따라 황제와 이자성의 희비가 분명하게 갈릴 것이고, 대륙의 주인이 바뀔 수도 있는 전환점이 되는 전투였다. 그만큼 손전정과 이자성의 마음가짐은 전과는 확연하게 달라질 수밖에 없었다. 황제를 지키기 위한 검과 황제의 목을 취하기 위한 검으로써.

우금성이 관군을 상대하기 위해 병사들을 하남성 이곳저곳으로 보내며 전략을 짜기 위해 분주하게 움직일 때, 오히려 영인과 보위대는 한가한 나날을 보내고 있었다. 보위대의 성격상 군주인 이자성이 움직일 때 무거운 엉덩이를 들어 올리는 부대이기 때문이다. 그만큼 영인에게는 무공을 연마할 수 있는 소중한 시간을 가질 수 있었고, 대원들 역시 나름대로 이후에 있을 전투를 감안하여 기량을 높이고자 부단히 노력하고 있었다. 당연히 전쟁이 한창 활발하게 벌어지는 상황에서 언제 어느 때 자신들에게 무슨 일이 일어날지 알 수 없는 상황이기에 수련에 임하는 자세는 진지할 수밖에 없었다. 물론 삼류에 머물러 있는 경지라 해도.

휘이익~

"하앗! 이얍~!"

획! 휘익! 획획~

"헛, 흠!"

"응? 누구? 아⋯⋯."

"수련하는 데 실례가 되었군. 오랜만이네, 보위대주."

스르릉~ 철컥!

"나도 오랜만에 보는 것 같소, 원 형."

영인은 한창 뇌격십팔도의 초식을 연마하고 있던 도중에 갑자기 기척이 들리자 신경질적으로 고개를 획 돌렸다. 가뜩이나 요즘 한창 물이 올랐는지 초식 면에선 거의 대성을 눈앞에 두고 있는 상태였지만 마지막 벽을 넘지 못해 신경이 날카로운 상태였기에 명규조차 영인이 무공 수련을 하고 있을 때는 살짝 다른 경로를 거쳐 집무실로 향할 정도로 피하는 상황이었다. 그런데 이런 분위기도 파악하지 못한 누군가가 보위대에선 하늘이나 마찬가지인 영인의 칼을 멈추게 했으니, 당연히 영인의 표정이 확 일그러질 수밖에 없었다. 그에 쌍심지를 켜며 상대를 향해 고개를 돌렸고, 상대를 확인한 후 살짝 놀란 표정을 지어 보였다. 그러나 이내 평정심을 회복하고 칼을 정리하고선 이마에 흐르는 땀을 닦았다.

"허, 원 형이라……. 몇 달 못 본 사이에 보위대주의 의기와 기세가 몰라보게 높아진 것 같구먼."

"그럼 뭐라고 불러야 하나? 그리고 내가 그쪽에 꿀릴 것이 없는데 굳이 저자세일 필요가 없지."

"하하, 혹시 스스로를 마치 금의위(錦衣衛) 도독(都督)이라도 된 것처럼 여기고 있는 것인가? 비록 보위대가 황제를 지키는 금의위와 같은 역할을 한다고 해도 아직 자네는 장군의 반열에 오르지 못한 천인대장급이 아닌가. 나를 너무 낮게 평가하고 있는 것 같은데?"

"낮게 평가하든 높게 평가하든 그것은 내가 판단할 사항이고. 그런데 굳이 이곳까지 무거운 걸음을 해서 시비를 거는 이유는 뭔가?"

"이거 참, 시비라……."

원승지는 영인의 태도에 잠시 할 말을 잃었다. 아무리 몇 번의 전투 이후 이자성의 신임을 얻고 있다 해도 자신을 대하는 영인의 태도로는 다소 지나친 감이 있었기 때문이다. 그러나 처음부터 시비를 걸려고 오지 않았기에 살짝 입꼬리를 비틀며 헛웃음 한 번으로 치솟는 분기를 가라앉혔다.

"자네를 보려고 온 것이 아니라 의형님을 만나러 왔다."

"의형… 님……?"

"그래. 듣자 하니 자네의 직속상관인 좌군사인 이암 형님이 이곳에 계시다고 하던데, 보위대 대주인 자네가 안내해 줄 수 있겠는가?"

"좌군사 이암?"

'제길! 좌군사가 저 멀대같은 새끼 의형이었어? 돌아버리겠네.'

원승지의 말에 영인의 인상이 팍 구겨졌다. 괜히 보기 싫은 녀석이지만, 어찌 되었든 직속상관의 의동생인 것을 알았으니 평소처럼 쉽게 말을 할 수가 없게 되었기 때문이다. 굳이 강수를 두고자 하면 상관이 없겠지만, 지금보다 더한 악감정을 만들 필요가 없기에 살짝 물러서야만 했다.

"흠! 좌군사를 만나 뵙고 싶다면 저쪽으로 가시오. 그럼 대원들이 안내해 줄 것이오."

"저쪽이라……. 자네가 안내해 줄 생각은 없나보군."

"내가 지금 그럴 형편이 아니라서 그건 힘들 것 같소. 조금 전에 막 칼을 들었는데 중도에 멈추면 기분이 찜찜해서……."

"하하, 무슨 말인지 알겠네. 나 같아도 수련을 하다가 중도에 그만두면 그런 기분이 드니까. 그런데……."

"……?"

"본의 아니게 자네의 수련을 보게 되었는데, 도법이 격정적이면서도 꽤 날카롭더군. 더구나 그날 이후 몰라보게 달라진 것 같은데……."

"흠!"

"하하, 오해는 말게. 글을 읽는 선비나 학자라면 괄목상대(刮

젠장할 공력! 그놈의 내공! 111

目相對)라는 말이 종종 통용되지만, 무공을 연마하는 무인에겐 결코 쉽지 않은 일이라서 그러네. 그동안 꽤 열심히 수련했나 보구먼."

영인은 원숭지가 굳이 자신의 경지에 관해 논하는 의도가 무엇인지 생각하기 위해 이마에 깊은 골을 만들었다. 하지만 진정한 의도가 무엇인지 원숭지의 느글느글한 얼굴 표정을 보아서는 알 수가 없었다.

사실 원숭지가 말하는 그날이란 주선진 전투 이후 화산파에 입문을 종용했던 날임을 깊게 생각하지 않아도 알 수 있었다. 아니, 죽는 순간까지 결코 잊을 수 없는 날이었다. 무지하고 무모한 혈기로 인해 덥석 떠안기는 복을 차버린 날이었기 때문이다. 송악호의 설명을 들으면서 애써 담담한 척했지만 이후 아쉬운 마음에 한동안 자다가도 속이 쓰려 일어나 냉수를 마신 날이 지속된 적이 있었다. 그렇기에 오늘 오랜만에 원숭지의 얼굴을 보자 그때의 일이 떠올라 자신도 모르게 공격적으로 말이 튀어나간 것이다.

"언제 전장에 나서야 할지 모르는데 죽지 않으려면 열심히 수련하는 것 빼고는 할 일이 없으니까."

"이유야 어찌 되었든, 무인에게 수련은 인생의 시작과 끝이지. 그나저나 그때 내 제의를 거절한 이유가 있었구먼. 당시엔 단순한 객기로 치부했는데, 오늘 보니 확실히 일가를 이룰 수 있을 정도로 뛰어난 도법임을 알겠네."

"흐음."

"어떤가? 의형님을 만나는 것도 내겐 중요하지만, 이렇게 오랜만에 만났으니 대련이라도 해보는 것이?"

"대련? 혹시 비무를 말하는 것이오?"

"무공의 고하를 논하는 비무라고 하긴 그렇고, 자네와 나 사이엔 그저 대련이라고 해야 옳겠지."

"……."

'젠장! 대련이나 비무나 그게 그거 아닌가? 싸우는데 무슨 의미를 그렇게 따져? 이래서 어릴 때부터 잘살고 잘 처먹었던 놈들하고는 깊게 대화하는 것 자체가 싫다니까.'

"예전에 자네가 부대주하고 싸울 때 얼핏 봤지만, 그때는 오늘처럼 검을 섞어보고 싶을 정도의 성취가 아니었지. 자질은 좀 뛰어난 것 같았지만 겨우 삼류를 갓 벗어난 낭인 정도였고, 당시의 분위기도 좀……. 하지만 오늘은 절로 흥이 나는구먼. 어떤가?"

"흐음."

비록 마지막 말이 귀에 거슬렸지만, 영인은 원승지의 갑작스러운 제안에 살짝 마음이 동하는 것을 느꼈다. 그만큼 귀가 솔깃한 제안이었기 때문이다. 그리고 일전에 악호로부터 원승지가 일류를 넘어선, 어쩌면 절정의 경지에 들어선 고수일지도 모른다는 말을 들었던 기억도 떠올랐다.

절정에 든 무인과의 대결.

원승지의 말대로 무공의 고하를 논하는 비무가 아니더라도, 고수일지도 모르는 원승지와의 비무는 대성을 눈앞에 두고 벽

에 가로막혀 있는 영인에게 약간이라도 도움이 될 것이 분명
했다. 그리고 비록 벽을 깰 수 없다 해도 고수와 겨뤄봄으로써
자신의 실력을 검증해 볼 수 있는 계기가 될 것이 분명했다.
그에 한동안 원승지의 얼굴을 쳐다보며 생각을 정리한 영인은
이내 마음을 굳히고선 입가에 미소를 그렸다.

"나와 대련을 해준다니 고맙소. 하지만 나는 지금까지 무인
들이 서로의 무공을 비교하는 대련, 즉 비무라는 것을 해보지
않았소. 오직 내 칼은 전장에서 적의 피를 마시며 성장했지.
당연히 나와 대련을 하려고 한다면 전장에서 치르는 격전을
예상해야만 할 것이오."

"하하, 무슨 말인지 알겠네. 그리고 어차피 비무라는 것 자
체가 치열해지면 자네가 말하는 전장에서의 격전이 아니겠
나?"

"좋소. 그럼 까짓것, 비무인지 대련인지 어디 한 번 해봅시
다."

"하하, 잘 생각했네. 앞으로 무인으로서의 삶을 살고자 한다
면 대련은 성장하는 데 꽤 유용한 수단이지. 더욱이 고수와의
대련은."

"젠장."

원승지와 대련하기 위해 연무장 중앙으로 발걸음을 옮기려
던 영인은 원승지의 마지막 말에 절로 인상이 찡그려지며 욕
이 튀어나오려는 것을 간신히 참았다. 비록 잇새로 힘겹게 삐
져나와 원승지가 들었을지 못 들었을지 모르지만, 칼을 쥐고

있는 손에 힘이 잔뜩 들어갔다.

'훗! 겨우 이런 치졸한 도발에 격분할 정도로 아직 괴팍한 성격을 고치진 못했구먼. 무인이라면 어떤 상황에서도 평정심을 유지해야만 하거늘……'

"자! 바로 시작하는 것이오, 아니면 좀 더 기다려야만 하는 것이오?"

"난 준비가 되었으니 바로 시작해도 상관없네. 다만… 이런 대련을 할 때는 서로 격식을 차리는 것이 먼저라네."

"격식?"

"그렇지. 아무리 검이나 칼과 같은 흉험한 병장기를 맞댄다고 해도 상대에 대한 예의를 소홀히 하다면 짐승을 잡는 백정(白丁)과 다른 것이 없지 않겠나? 글이나 읽고 붓으로 멋이나 내는 선비나 학자들만 예의를 차리는 것이 아니라네. 무인도 상황과 상대에 따라 나름대로 격식이라는 것이 있고 예의라는 것이 있네."

"젠장! 대련이든 비무든 서로 칼 들고 겨루면 되지, 무슨 놈의 격식과 예의를 들먹인단 말이오? 난 대련이 이번이 처음이고, 무식해서 그런 것은 모르오!"

영인의 말대로 정식으로 격식을 차리는 대련은 처음이었다. 어쩌다 명규와 티격태격하면서 몇 번 칼을 맞대긴 했지만, 그것은 싸움이었지 비무는 아니었기 때문이다.

"하하, 그런가? 뭐, 모르면 지금이라도 배우면 되는 것이니 너무 걱정 말게."

"누가 걱정한다고 그런 말을……."

"자~ 지금 설명해 주지. 우선 대련을 하기 전에 준비가 되었다는 의미로 포권을 취하는 것이 보통이지. 아! 물론 서로 간에 어느 정도 경지가 비슷할 경우에 한해서지만. 그리고 자네와 나의 경우처럼 차이가 확연히 구분되는 대련에선 하수가 먼저 고수에게 포권을 취한 후 배움을 청하는 것이 무인들 간의 대련 예의네."

"…지금 그 말이 사실이오?"

"자네가 보기에 내가 없는 말이나 지어내는 몰상식한 인간으로 보이는가?"

"흐음."

'젠장할 놈. 아예 처음부터 고개를 숙이라고 하지 대련을 핑계로 날 깔아뭉갤 생각이구먼. 괜히 대련을 하겠다고 했나? 만만하게 볼 놈은 아니었지만, 심계가 보통이 넘는 놈일 줄은 몰랐구나.'

무슨 생각을 하고 있는지 모르겠지만, 자신을 바라보고 있는 원숭지의 입가에 기분 나쁜 미소가 걸려 있는 것처럼 보였다. 그에 영인은 자신이 대련을 승낙한 것이 잘못된 결정이 아니었나 하는 후회가 들었다. 그러나 이미 물러서기엔 늦은 후였다.

"흠! 배, 배움을 청하오."

"그렇지. 처음이라 다소 어설프지만 그렇게 하면 되는 것이네. 자! 난 준비가 되었으니 이제 시작해도 될 것 같네. 자네의 무공이 얼마다 대단한지 빨리 견식해 보고 싶구먼. 오게!"

"좋소! 거칠더라도 배운 것이 그것뿐이니 피를 보았다 하여 괜히 얼굴 붉히지나 마시오."

"그럴 일이야 있겠나? 그리고 대련의 숨겨진 묘미가 그런 것이니 대련 중 피를 보는 것이야 다반사지."

"홍! 알겠소. 그럼!"

탁, 휘잉~!

영인이 말을 끝맺었을 때는 이미 원승지를 향해 몸을 날린 후였다. 칼을 힘차게 뽑아 원승지의 몸을 오른쪽에서부터 왼쪽으로 빠르게 그었다.

"좋군. 칼에 빠르기만 있는 줄 알았더니 힘도 실을 수 있구먼."

"이잇! 그럼 이것도 받아봐라~!"

휙, 휘휙~!

"칫! 언제까지 피하나 보자!!"

영인은 원승지가 자신이 전개한 초식을 비웃는 것처럼 상대하지 않고 피하기만 하자, 속에서 활화산과 같은 분기가 치솟아 올랐다. 처음부터 실력에서 차이가 날 것임을 알고 있었지만, 너무도 쉽게 피하자 호승심이 아니라 분노가 일었던 것이다.

영인의 초식은 처음부터 격하게 전개되었다. 마치 한 마리 맹수가 날카롭게 발톱을 세우고 앞발을 이리저리 휘두르는 것처럼 보일 정도였다. 그러나 이를 상대하고 있는 원승지의 의

복조차 건드리지 못하고 있었다. 이에 영인의 마음은 조금씩 분노가 자라 절정으로 치솟고 있었다.

"젠장할 놈아! 이런 것이 대련이냐? 대련이라면 피하기만 하는 것이 아니라 서로 병장기를 맞대는 것이지, 뭐가 이게 대련이란 말이냐~!!"

"헛, 성난 맹수가 따로 없구먼. 좋네, 어디 자네의 칼이 얼마나 강한지 보지. 하압!"

쨍~!

"컥! 크으… 뭐, 뭐야?"

금속과 금속이 마주쳤는데 무엇인가 깨지는 듯 거북한 소리가 위잉~ 하고 울렸다. 그와 함께 영인은 갑자기 속이 울렁거리고 다리에 힘이 쭉 빠지는 느낌에 깜짝 놀랐다. 겨우 한 번 마주친 것뿐이고 힘이라면 자신 있었는데 너무도 뜻밖의 상황에 정신을 차릴 수 없었던 것이다. 더욱이 칼과 검이라는 병기의 특성상 검보다 칼이 힘을 싣기에 적합한 병기임을 감안한다면 도저히 일어날 수 없는 일이 일어난 것이다.

'지랄 맞을! 이것이 내공의 힘인가? 일류로 접어들었다 생각했는데 겨우 이 정도에 불과했나?

"젠! 장! 하알~!"

퍅! 휘이익.

"이야아아압~!"

창! 차차창! 차창! 차아앙~!

"훗! 더 이상은 무리일 줄 알았는데, 의외로군."

"내가 겨우 이 정도로 쓰러질 것 같았냐! 어림도 없는 소리! 이제 시작이다!!"

"어릴 때부터 틈왕을 따라 전장을 전전해서 그런가? 성격은 입에 담기 거북할 정도로 개차반이지만, 그나마 최소한 무인으로서의 기개는 있군."

획! 휘이익!

창! 차창! 차아앙~!

"젠장! 좀 맞아라, 맞아~!!"

영인은 자신이 있는 힘껏 휘두르는 칼의 옆면을 검면으로 살짝 비틀면서 방향을 틀어버리는 원승지 때문에 죽을 맛이었다. 분명 휘두르면 맞을 것 같았는데, 막상 원승지 근처에만 가면 무엇엔가 든든한 막이라도 두른 것처럼 다가갈 수가 없었던 것이다. 마치 둥그런 공의 옆면을 때리면 미끄러지듯이 원승지에게 전혀 충격을 줄 수가 없었다.

영인은 시간이 흐르고 초식이 전개될수록 화가 났다. 지금과 같은 일이 벌어질 줄은 몰랐던 것이다. 분명 원승지의 허점이 보이고, 그곳으로 칼을 휘두르면 어느새 검이 다가와 엉뚱한 방향으로 밀어냈던 것이다. 그에 영인은 화가 머리까지 치솟았다. 아니, 말로 표현할 수 없을 정도로 화가 났다. 그에 두 손으로 손잡이를 있는 힘껏 잡고서, 마치 도끼로 장작을 내려쳐 쪼개듯 거침없이 원승지를 향해 내리쳤다. 자신의 칼을 빗겨내려면 해보라는 듯한, 막으려면 막아보라는 의지를 여과없이 온몸으로 표현했다.

창! 차앙! 깡! 까앙~!

픽!

"컥! 끄으~"

털썩.

"흐음, 좀 전에 한 말을 정정해야겠군. 무인으로서의 기개가 아니라 낭인들보다 못한 무식함이 몸에 배었군."

"크으……."

"아까 첫 번째 부딪쳤을 때 자네의 내공이 낮음을 알았고, 그에 자네 실력에 맞추어 내공을 배제하고 초식으로 상대해 주었네. 하지만 자넨 초식조차 제대로 전개할 수 없는 상황에 처했고, 지금 그렇게 땅바닥에 누워 있게 되었지. 과연 왜 그렇게 되었을까?"

"콜록콜록! 젠장, 그걸 지금 말이라고 하는 거냐? 당연히……."

"아, 물론 내가 자네보다 실력이 월등하니 당연하겠지. 하지만… 자넨 알고 있나? 날 상대하기 전에 이미 자네는 패했다는 것을?"

"…그것이 무슨 말이오? 내가 대련도 하기 전에 패했다니?"

영인은 원숭지의 말이 계속될수록 무언가 자신이 놓친 것이 있다는 것을 알았고, 친절하게도 원숭지가 그것에 관해 언급하려 한다는 것을 느낄 수 있었다. 깨달은 것이 있었던 것이다. 그에 좀 전까지 막말로 일관하던 것이 자연스럽게 멈추고, 부드러운 어조로 조심스럽게 물었다.

"훗, 궁금한가? 이미 깨달은 것 같은데?"

"흐음."

"말해주지 못할 것도 없지. 어차피 대련이란 그런 것이니까. 흠! 자네는 혹시 부동심이나 평정심이란 말을 들어본 적이 있는가? 당연히 들어봤겠지. 그런데 오늘 자넨 어떠했는가? 누워 있는 김에 숨 좀 고르면서 잘 생각해 보게. 과연 대련 전에 어떠했고, 시작하고서 자네의 행동이 어떠했는지 떠올려 본다면 내가 무슨 말을 하고자 하는지 알 수 있을 것이네."

"…크으, 역시 그렇군. 평정심을 잃고 있었어."

"맞네. 겨우 내가 떠본 말 한마디에 격분했고, 그것이 종국엔 이런 결과는 낳게 된 것이지. 흔히 무인들은 쉽게 흥분하고 격분한다고 하지만, 그것은 낭인들이나 하수들에 국한된 일이네. 흥분할 때나 분노할 때, 뭐 분노 자체가 흥분이란 말과 같으니까 흥분이란 말로 통일하지. 어찌 되었든 흥분하면 일반 사람들도 평소보다 큰 힘을 낼 수 있으니 무인들이라면 오죽하겠는가. 물론 고수들 중에도 특이한 심법을 연마했거나 심성에 영향을 주는 마공을 익혔을 경우 비슷한 현상을 보일 수도 있지만, 역시 대부분은 아까 말했듯 하수들이 쉽게 흥분하는 모습을 보고 일반 백성들이 하는 말이지. 알겠나? 무인들에게 약간의 흥분 상태는 좋지만 수위가 높아지면 오히려 역효과가 일어나네. 좀 전의 자네처럼. 그럼 진정한 무인들은 어떨 것 같은가?"

"……."

"부동심과 같은 경지는 거론하지 않더라도 어떤 상황에서도 냉철함과 평정심을 유지하기 위해 정신 수양을 하지. 어떤 상황에서도 감정이 이성을 넘어서는 일이 없도록 자신의 정신과 몸 상태를 최상의 상태로 유지시키기 위해 힘쓰는 것이 무인이라 할 수 있지. 알겠나? 절정의 경지, 또는 그 이상의 고수들에게 있어서 평정심이란 하나의 과제라 할 수 있고, 무공과 더불어 평생에 걸쳐서 수련해야 하는 동반자와 같네."

"흐으음."

'원숭지의 말이 맞다. 대련 전 원숭지가 내게 도발을 했고, 그에 격분한 나머지 초식을 전개한 것이 아니라 온몸으로 분노를 표출했구나. 흥분 때문에 초식이 흐트러지고 칼이 내 의지를 벗어났었어. 이거 참, 미운 놈한테 제대로 배우는구면.'

쓰으윽.

"끄응~ 쉴 만큼 쉬었으니 이제 제대로 한번 해봅시다."

"훗, 확실히 조금 전보다는 마음가짐이 좋아졌군. 어서 와보게. 하는 김에 제대로 해보지."

"그렇게 해주면 더욱 고맙고. 하아앗!"

휙, 휘이익~!

챙, 채채채앵! 채챙~!

평정심을 회복한 영인의 몸놀림은 몰라보게 달라졌다. 마치 좀 전과 다른 사람인 것처럼 칼에 힘이 실리고 초식과 초식의 연결이 자유로울 뿐만 아니라, 아까는 없었던 날카로움과 함께 힘과 변화의 묘가 실렸다. 그동안 꾸준히 수련했던 뇌격십팔도가 제대로 펼쳐지기 시작한 것이다.

"헛! 이제야 상대할 만하군."

"제대로 한다고 좀 전에 말한 것 같은데~!"

"이런! 하앗! 이번엔 꽤 날카롭군."

"계속 받아보면 그 말이 쏙 들어갈걸?"

창, 차차창~!

초식이 제대로 먹히기 시작하자, 전 초식이 후에 이어지는 초식과 연계되어 힘이 가중되기 시작되었다. 아직 공력이 약해 제대로 된 연환이 이루어지지 않았지만, 허초 속에 실초를 집어넣을 정도의 변화가 실리고 있었다.

"힘이 중첩되는 것 같은데, 초식에 연환의 묘가 가미된 것인가? 정말 놀라운 도법이구먼."

"맞다. 뇌격십팔도라고 하는 도법이지. 지금까지 칠초식을 펼쳤으니까 아직 십일초식이 남았다. 어디 끝까지 받아볼 수 있으면 해봐~!"

"정말 대단한 도법이다. 누가 가르쳐 주었는지 모르지만 초식 하나하나가 진초 외에 수많은 변초를 가미하고 있구나. 변초 역시 허상이 아니라 실상인 것 같고. 실로 뛰어난 도법이다."

"큭! 그렇게 감탄만 할 때가 아닌 것 같은데?"

"걱정해 주는 것인가? 병사들에게 전장의 혈마라 불리는 제광마가?"

"누가 제광마라는 거야? 누가아~ 앗!!"

창, 차차창, 차아앙~!

"훗, 또 흥분했군. 자주 흥분하는 것은 몸에 나쁘다네!"

퍼퍽! 퍼억~!

"컥!"

데구르르, 털썩!

"끄어억! 크으으~"

'젠장할, 분명 제대로 한 방 먹일 수 있을 것 같았는데……'

'이거 참, 잘못했으면 훈수 좀 해주려다가 망신만 당하고 갈 뻔 했구먼. 그나저나 뇌격십팔도라 했으니 아직도 후반 사초식이 남았다는 말인데… 이거 참, 이십사수매화검법(二十四手 梅花劍法) 최후 초식인 매화산개(梅花散開)로도 간신히 막을 정도라니 실로 뛰어난 도법이다. 그런데 마치 마교의 무공처럼 패도적이지 않은가. 음… 패도 속에 갈무리된 정기 같은, 아니, 현기인가? 모르겠군.'

"흐음, 괜찮나?"

"헉, 헉! 겨우 이 정도 가지고 숨넘어갈 것으로 보이오?"

"그렇다면 다행이군. 이번엔 나도 모르게 공력이 다소 실렸기에 자네가 일어서지 못할 줄 알았거든."

"크으……"

'젠장할 공력! 그놈의 내공! 어떻게든 내공을 빨리 높일 수 있으면 좋을 텐데, 그런 방법은 없나? 내공만 뇌격십팔도에 제대로 실을 수 있다면 저 녀석을 잡을 수 있을 것 같은데, 내공이 부족해서 오히려 땅바닥에 코를 박는 신세라니……'

"어떤가? 계속할 텐가? 무리한다 생각되면……."

"얼마나 했다고 벌써 끝낸단 말이오? 아직 움직일 수 있으니 내 몸은 걱정하지 말고 그쪽이나 걱정하시오. 하아앗!"

"훗! 용기라고 해야 할지 만용이라고 해야 할지 모르겠지만, 의지 하나만은 높이 살 만하군."

창! 차차창~!

휘이익, 획~

"헛, 이것도~!"

"좋군, 좋아."

퍽!

"큭, 젠장."

"이쪽도 빈틈……!"

퍼퍽!

"크으."

'어디, 갈 데까지 가보자. 지치면 한 번은 성공하겠지. 한 번이면 족해. 한 번. 아주 피를 한 바가지 흘리도록 해주겠다.'

영인의 속마음이 어찌 되었든, 영인을 상대하고 있는 원승지의 움직임은 처음처럼 영활하기 그지없었다. 의복에 약간의 먼지가 묻기는 했지만 이따금씩 아미를 찡그리는 것 빼고는 땀 한 방울조차 흘리지 않았다.

시간이 흐르고 초식이 중첩되며 대련이 길어질수록 두 사람 모두 움직임에 힘이 실리기 시작했다. 하지만 두 사람의 모습은 천지 차이였다. 대련을 시작한 지 반각이 넘어서면서

부터 검면으로 맞는 횟수가 늘어가고 영인의 입에서는 비명이 끊이지 않았다. 의복은 흙과 땀으로 범벅이 되었고, 온몸에 멍들지 않은 곳이 없을 정도로 처참하게 변했다. 종국엔 서 있을 힘조차 없는지 다리가 후들거리며 술에 취한 듯 비틀거렸다.

"아직이다. 아직 칼을 들 수 있는 힘은 있어~!"

"칼만 들었으면 무엇을 하는가. 움직이지 못하는 다리로 인해 고목나무에 불과한 것을."

"치잇! 아직이란 말이다~!"

"끝까지 하겠다면 이것으로 마무리 짓겠네. 오늘의 대련으로 깨달은 것이 있다면 좀 더 수련을 쌓은 후 찾아오게. 자네와의 대련, 꽤 재미있군."

"재미? 겨우 재미라고?"

스르르릉~ 휘익!

"헉!"

퍽! 퍼퍼퍽!

"커억!"

철퍼덕!

눈앞에서 매화가 산개하는 듯한 영상을 보았다 싶었는데, 어느새 화려한 변화를 보이던 검극이 사라지고 복부에 원숭지의 주먹이 자리해 있었다. 순간 시간이 멈춘 것처럼 영인의 뇌리에 원숭지의 손에서 화려하게 춤췄던 검극의 변화가 확연해졌다. 하지만 그것이 끝이었다. 더 이상 영인의 몸이 버티지 못하고 땅바닥에 쓰러져 일어나지 못했다.

"끄으으음······."

"휴~ 끈기 하나는 정말 대단하군. 이제 그만 할 텐가?"

"······."

"하하, 하기 싫어진 모양이군."

"······."

"이보게, 태 대주. 기절하고 있지 않은 것을 알고 있네."

"젠장, 끄으응."

쓰으으, 털썩!

"휴~"

영인은 원승지의 매몰찬 말에 인상을 쓰며 몸을 바로 눕혔다. 엎드려 있을 때 그냥 모른 척 넘어가 주기를 바랐는데 원승지는 자신의 마지막 바람에도 불구하고 아픈 곳을 푹 찌른 것이다.

"많이 아픈가? 하지만 오늘 많은 것을 얻었으니 내 수고비라 생각하게."

"빌어먹을, 수고비가 생각보다 센 것 같은데?"

"그나마 내공을 사용하지 않아 내상을 입지 않았으니 다행이지 않은가? 그리고 얼굴도 멀쩡하고."

"닝기미! 이미 개쪽이 났는데 얼굴이 문제인가?"

"하하, 역시 그 입담은 아직도 걸걸하구먼. 여하튼 좋은 대련이었소이다, 태 대주."

"그래, 좋은 대련이었다. 다음에 기회가 되면 다시 한 번 부탁하지."

"그렇게 하지. 그때는 좀 더 분발해서 도전했으면 좋겠는데⋯⋯."

"끄으응."

'빌어먹을! 젠장할!'

원승지의 말에 영인은 아무런 반박도 못하고 속으로 자신이 할 수 있는 욕이란 욕은 모두 가져다 붙이며 되뇌었다. 말이 대련이지, 고수가 하수에게 가르침을 주는 지도 대련보다도 못한 대련이었기 때문이다. 단 한 대도 맞추지 못한 것은 둘째 치고, 옷에 조그마한 흠집조차 내지 못했기에 할 말이 없었다. 그리고 더 이상 말상대해 봐야 좋을 것도 없었고. 그리고 긴장이 풀린 영인의 지친 몸이 자정 작업에 들어갔다. 서서히 정신이 느슨해지면서 잠에 빠져든 것이다.

원승지는 두 눈과 입을 굳게 다물고 숨 고르기를 하는 영인의 모습을 한동안 내려다보면서 자신만의 사색에 빠졌다.

'도대체 마지막 초식은 뭐였지? 매화 봉우리가 터지고 줄기가 꺾이다니⋯ 마치 칼이 아니라 검과 같은 움직임이었다. 날카롭기보다는 힘과 변화가 조화를 이루는 것이 내공만 제대로 받쳐줬다면 사부님의 자하검법(紫霞劍法)과도 충분히 어우러질 수 있을 것 같구나.'

원승지는 영인의 혜안을 넓혀줄 생각으로 매화삼십육신검형(梅花三十六神劍形) 중 매화검형(梅花劍形)을 펼쳤다. 조금 전 펼쳤던 매화산개와는 차원이 다른 초식이었다. 물론 매화검형이 완전한 위력을 발휘하기 위해선 자하신공(紫霞神功)을 동반해야만 했지만, 자하검법 및 독고구검(獨孤九劍)과 더불어 화산파의 삼대검법에 속하는 만큼 절정을 넘어선 초식이었다. 그런데 영인의 칼에 의해 막혔던 것이다.

이에 원승지는 깜짝 놀랐다. 만약 순간적인 기지를 발휘하여 자하일극(紫霞日戟)으로 전환하지 않았다면, 오히려 영인의 칼에 가슴이 뚫릴 뻔했기 때문이다. 이미 자하신공이 소성에 이르러 어느 정도 수발이 자유롭지 않았다면 큰일이 벌어졌을 정도로 아찔한 순간이었다.

"와~ 역시 원 공자(袁公子)의 실력은 대단하네요."

"응? 온 매(溫妹)? 온 매가 여긴 어쩐 일이지?"

갑자기 들려온 여인의 간드러진 목소리에 원승지는 주변을 둘러보았다. 나름 영인과의 대련에 집중해 있었기에 주변을 살필 수 없었는데, 온청청(溫靑靑)의 목소리에 놀라 주변을 살피니 많은 사람이 자신을 주목하고 있었다. 당연히 온청청을 제외한 사람들은 영인과 원승지의 대련이 일으킨 병장기 부딪치는 소리에 놀라 달려온 보위대 대원들이었다.

원승지는 자신을 부러운, 또는 경계하는 듯한 눈으로 바라보는 대원들의 눈을 피해 온청청에게 시선을 집중했다. 그리고 자신에게 다가오는 온청청을 향해 부드러운 미소를 지어주었다.

"어쩐 일이긴요, 원 공자를 찾다가 이곳으로 갔다고 하기에 왔지요. 그런데 마지막 일 초, 정말 감탄이 나올 정도로 대단했어요. 혹시… 말로만 들었던 자하검법인가요?"

"흐음."

"훗, 자하검법 맞지요? 와~ 직접 눈으로 보긴 처음이지만, 정말 대단했어요."

"온 매······."

"아아, 알았어요. 그런데 너무한 것 아닌가요, 원 공자? 도대체 저 사람과 무슨 일이 있었기에 이 정도로······."

온청청은 원승지를 향해 살짝 눈웃음을 지어주면서 한편 턱으로 쓰러져 있는 영인을 가리켰다. 마치 무슨 일로 두들겨 팼는지 묻는 듯했다. 그에 원승지는 별일 아니라는 듯 무표정한 얼굴로 온청청의 말을 받았다.

"아, 별일 아니오. 간단한 대련을 한 것뿐이오."

"대련이라고요? 저게요?"

"하하, 그게··· 흠, 생각보다 거칠어져서 그렇게 된 것이오. 그리고 실력이 생각보다 높아 대충할 수가 없었소."

"그래요? 그런데······."

온청청은 원승지의 말을 들으면서도 이해가 가지 않는다는 표정을 지었다. 원승지의 말과는 달리 의복이 너무도 깨끗했던 것이다. 하지만 의문점은 그것으로 족했다. 더 이상 생각할 필요도 없었고, 따지고 들기도 싫었다. 그에 싱긋 웃으며 원승지의 얼굴에 바짝 다가가서는 누가 들으면 안 된다는 듯이 소곤소곤 말했다.

"그렇군요. 난 또 원 공자에게 해를 입히려고 하려다 저렇게 된 것이 아닌가 했어요."

"하하, 이곳이 어딘데 그런 일이 있겠소?"

"쉿! 왜 이리 크게 말해요?"

"하하~ 비록 외모가 어려 보이긴 해도 보위대를 책임지고 있는 대주라오. 흠, 실제로도 어린가? 어찌 되었든 서로 간에 자주 만날 수 없어 허물없이 대하는 사이는 아니지만, 무공을 논하던 중 대련을 하게 된 것이니 그런 오해는 하지 마시오."

"호호~ 알겠어요, 원 공자."

"엇, 흠."

원승지는 온청청이 자연스럽게 자신의 팔을 잡으며 다가서자 민망해 헛기침을 하면서도 애써 뿌리치지 않았다. 비록 온청청의 숨은 의도를 알고 있어 껄끄럽기는 했지만 자신 역시 싫지는 않았던 것이다.

온청청은 원승지가 화산파에서 스승인 신검선원(神劍仙源) 목인청(木仁淸) 장문인으로부터 무공을 전수받던 중 우연히 산속을 헤매다 발견한 동굴 속 유골의 딸이었다. 즉 자신의 숨겨진 또 다른 스승 금사랑군(金蛇郞君) 하설의(夏雪宜)의 딸이었던 것이다.

금사랑군 하설의는 이십 년 전만 해도 마군(魔君)으로 불리며 악행과 선행을 함께 행했던 고수이다. 어릴 적 온가(溫家)에 의해 가족이 몰살당하고 참담한 상황을 경험했던 기억과 분노의 해소 방법으로 자신의 마음에 들지 않았다 하여 살인과 강간을 서슴없이 행했기에, 정파에선 그가 했던 선행은 잊어버리고 악행과 악명만 떠올릴 정도였다. 이러한 상황은 지금도 마찬가지였기에, 원승지는 하설의의 무공을 이었지만 애써 세상에 드러내지 않고 있었다. 그리고 무림에 몸담고 있는 무인들도 모두 알고 있었지만, 원승지가 화산파 장문인의 마지막 제자였기에 모른 척하고 있을 뿐이었고.

하지만 이런 하설의에게도 마군이란 별호에 어울리지 않게 정성과 자상함으로 대했던 한 여인이 있었다. 그것도 철천지 원수라 할 수 있는 온가 가주의 딸 온의(溫懿)였고, 바로 온청청의 모친이었다. 당연히 이런 사정은 온청청도 알고 있었다. 아니, 몰랐었다. 얼마 전에 온가의 어른들로부터 갖은 학대와 고통 속에 자결한 모친으로부터 듣기 전에는.

그러나 온청청은 자신의 성을 온(溫)에서 하(夏)로 바꾸지 않았다. 그리고 원승지 역시 온청청이 하청청으로 불리기 싫어하는 이유를 알고 있기에 굳이 그 사실을 입 밖으로 꺼내지 않았다. 또한 자신이 그 사실을 알고 있다는 것도 온청청에게 밝히기 싫었고.

"흠흠! 온 매, 이것 좀……."

"왜요?"

"아, 그저… 흐흠!"

"……."

"휴……."

'이거 참, 보는 눈이 많은데… 그런데 온 매가 본가에 다녀온 이후 뭔가 이상하구나. 혹시 그것 때문인가? 역시 본가로부터 무슨 소리를 들었겠지. 그나저나 온 매의 모친이 죽었으니 보물을 찾으면 온 매에게 금 십만 냥을 대신 전해줘야 하나? 온 매의 성격으론 모두 온가에 빼앗기고 말 텐데 걱정이로구나.'

원숭지의 짐작대로 온청청은 요즘 심한 갈등을 겪고 있었다. 바로 자신이 원숭지에게 접근했던 초기의 의도, 즉 본가로부터 맡겨졌던 임무를 조속한 시일 내에 마무리하라는 지시가 내려온 것이다.

보물 지도.

하설의는 죽기 전 명 황실의 보물이 숨겨진 장소가 표시된 지도를 지니고 잠적했었다. 비록 세상에 알려진 대로 잠적이나 은거가 아니라 목상도장(木桑道長)의 사제인 옥진자(玉眞子)와의 결투에서 얻은 부상과 내상의 후유증, 그리고 마지막으로 온의가 먹인 독약과 비녀 등에 의해 죽은 것이었지만.

"흠흠! 저기……."

"응? 아……."

"하하, 정식으로 인사드리죠. 보위대 부대주로 있는 나명규라 합니다."

"원숭지라 합니다. 일전에 봤었지요?"

"예. 제 얼굴을 잊지 않고 계셨군요."

"태 대주만 성취가 높아진 줄 알았는데, 오늘 다시 대하니 나 부대주의 성취 역시 그에 못지않은 것 같습니다."

"무슨 그런 말씀을. 전 대주와는 다릅니다."

"옛? 아, 하하하!"

"하하! 우선 쓰러져 있는 대장을 의각으로 옮기도록 하겠습니다. 그러니 좌군사께 가시려면 잠시만 기다려 주시지요."

"그렇게 하십시오."

"그럼."

명규는 원승지에게 말했던 대로 주변에 서 있는 대원들에게 영인을 의각으로 옮기도록 지시했다. 영인이 대주였기에 대원들과 함께 행동해야 옳았지만, 명규에겐 영인의 안위보다 다른 것이 중요했기 때문에 대원들에게 모두 일임한 것이다.

영인이 대원들에 의해 의각이 있는 방향으로 움직이자, 명규는 입가에 활짝 미소를 그리며 원승지와 온청청을 이암에게 안내하기 위해 돌아섰다.

"대주를 안전하게 옮겼으니 이제 저를 따라오십시오. 좌군사께서 언제 오시나 기다릴지도 모르니 빠르게 안내해 드리겠습니다."

"호호, 정말 말을 잘하시네요."

"아, 감사합니다. 그런데 성함이……."

"어머! 숙녀에게 이름을 묻는 것이 실례라는 것을 모르나요?"

"이런! 제가 그만 아리따움에 반해서 큰 실례를 저질렀습니다. 용서해 주십시오."

"호호, 아니에요. 그러니 이제 그만 길을 안내해 주세요."

"예, 알겠습니다. 그럼 저를 따라오시지요. 이쪽으로."

"원 공자, 저분을 따라가시지요."

"하하~ 그렇게 합시다, 온 매"

원승지는 아직 팔짱을 끼고서 풀지 않고 있는 온청청에 의해 발걸음을 옮겼다. 그러나 시선은 대원들에 의해 옮겨지고 있는 영인에게서 떨어지지 않았다.

'흐음… 거칠지만 초식에서 현기가 느껴졌다. 만약 저 거친 성격과 더불어 초식이 다듬어져 제대로 위력을 발휘하게 된다면, 그땐 쉽게 상대할 수 없을지도 모르겠구나. 거기다 내공까지 일취월장하게 된다면 실로 절정의 고수가 무림에 나올 수도 있겠어. 정말 대단히 뛰어난 도법이었어.'

원승지는 온청청과 명규 모르게 오른손을 살짝 들어보았다. 언제 그랬는지 매화 문양이 그려진 청색 의복의 소매가 길게 베어져 있었다. 착잡했다. 그리고 자신의 성취가 마음에 들지 않았다. 오히려 한 수 가르쳐 줄 요량으로 시작한 대련에서 원승지는 자신을 되돌아보게 되는 계기가 된 것이다.

하지만 이런 원승지의 마음과는 아무런 상관 없이 명규의 시선은 이따금씩 다른 방향으로 움직였다.

청초한 아름다움을 물씬 풍기고 있는 온청청.

명규는 앞으로 걸어가면서도 마치 뒤에 눈이 달린 것처럼 실눈을 뜨고 힐끔힐끔 온청청의 자태를 감상하는 것을 잊지 않았다.

第五章

후~ 입신양명이라…….

원승지와의 대련 이후 영인이 정신을 차린 것은 하루가 꼬박 지난 다음날이었다.

영인은 정신이 들자마자 주변을 살펴보았고, 자신의 방 침상에 누워 있음을 알았다. 그리고 자신을 향해 모여든 시선들을 의식했고, 시선들의 의도를 파악한 후 인상을 찡그렸다.

"내가 뭐라고 했냐? 눈에 보이는 것이 전부라고 했지?"

"타박상으로 하루 종일 기절할 정도라니, 쯧쯧."

"예전만 못한 것이지. 몇 달 전만 해도 하루 종일 전장을 헤매고 나서도 체력이 남아돌았는데 어찌 저리 됐는지……."

"왜긴, 대주란 직함을 달더니 수련은 안 하고 배에 기름만

끼었지."

"맞네. 대원들은 죽을 둥 살 둥 수련하는데 저 녀석은 매일 낮잠이나 자면서 정작 자신이 해야 할 일은 모두 명규에게 시켰으니 저리됐지."

"자네들에게 말은 안 했지만 내가 언젠가는 저리될 줄 알았다니까. 쯧쯧쯧."

"병 형도 그런 생각을 했는가?"

"전 형, 자네도?"

"당연하지. 모름지기 무인은 배가 부르면 안 되지. 항상 배가 고파야 돼. 내가 일전에 개방의 늙은 거지를 멀쩍이서 본 적이 있는데……."

"늙은 거지?"

"그렇네. 스스로 노화자(老化子)라고 했으니 당연히 개방의 인물이 아니겠나."

"그렇군. 스스로 노화자라고 지칭하는 거지는 개방밖에 없지. 그래서? 그 거지가 뭘 어쨌다고 자네가 목에 잔뜩 힘주며 얘길 꺼내는가?"

"흠! 잘 듣게. 그 거지가 싸우는 것을 봤는데, 아주 난리가 아니었지. 이리저리 술 취한 나비가 날아다니는 것처럼 움직이더니 시비가 붙었던 스무 명이 넘는 산적들을 패대기친 후에 뭐라고 했는지 아는가?"

"산적 스무 명? 어중이떠중이 왈패가 아니라, 정말 스무 명이 넘는 산적을 혼자서 처리했단 말인가?"

"오~ 자네 말이 사실이라면 그 거지, 정말 대단하군."

"그렇지. 그나저나 그 거지가 뭐라고 했는데 그러나?"

"하하, 아주 명언이었지. 난 그 말에 감동받았고, 내 좌우명으로 삼았지."

"좌우명?"

"그래. 얼마 남지 않는 인생이지만, 그 거지가 했던 말을 내 입으로 직접 할 수 있는 순간이 오기를 기다리며 그리 정했네."

"도대체 뭐라고 했기에 자네가 그리 정색을 하며 말하는가?"

"그래, 한번 말해보게. 도대체 뭐라고 한 거야?"

"잘 듣게. 거지가 쓰러져 신음하고 있는 녀석들 앞에 떡하니 가서 쭈그려 앉더니, '난 아직 배고픈데 더할까?' 라고 하더군."

"잉? 그게 무슨 말인가? 배가 고파서 더하겠다니?"

"그러게? 전 형, 그게 대체 무슨 말인가?"

이구의 말에 도길과 궁우는 순간적으로 '무슨 말 같지도 않은 얘기야!' 하는 표정으로 되물었다. 너무도 얼토당토않은 말이었기 때문이다.

"이런 사람들 하고는. 그럼 내 그 말의 뜻을 말해주지. 두 사람 모두 귀를 씻고 잘 들어보게. 흠! 그 거지가 한 말의 뜻은, '난 더 싸울 수 있으니 엄살 그만 떨고 일어나서 계속하자' 라는 말이네. 알겠는가? 비록 그때도 그렇고 지금도 내 입장이 그 산적들과 다름이 없지만, 언젠가는 그 거지처럼 나를 깔보는 녀석들에게 대놓고 '내가 우스워? 덤빌 테면 덤벼!' 라고 해보는 것이 소원이지."

"허, 내 자네 마음 잘 알지."

"쩝."

도길과 궁우는 이구의 말에 순간 입을 꾹 다물고선, 자신들도 모르게 천장으로 고개를 돌리며 지그시 눈을 감았다. 둘 모두 이구의 마음을 느낄 수 있었던 것이다.

"생각해 보면 멋있기는 한데, 도대체 그 거지가 한 말이 지금 영인의 상황과 뭐가 비슷하다고 자네가 그 얘기를 꺼냈는가?"

"그렇지. 상황이 맞지 않잖은가. 무슨 의도로 꺼낸 것인가?"

"허~ 정말 늙으면 머리도 멈추는 것인지, 왜 그리 생각들이 없는가? 거지가 왜 거지인가? 항상 먹고 또 먹어도 배가 고파서 거지가 아닌가. 그러니 배에 기름이 낄 날이 있겠는가? 당연히 아무리 개방의 고수라 해도 평생 늙도록 거지 생활만 했으니 배에 기름이 낄 정도로 평안한 생활을 할 날이 없었겠지. 안 그런가?"

"그야 그렇겠… 지?"

"거지니까 당연히……."

"그럼 잘 생각해 보게. 지금 영인이가 어떤가? 아까 말했지만, 생활이 갑자기 편해지니까 수련은 팽개치고 놀고먹으니 배에 기름이 잔뜩 끼었지 않은가. 그러나 영인이가 처음에는 어떠했나? 피죽 한 그릇도 먹지 못해 뼈만 앙상하게 남아 있었을 때와, 우리에게 무공을 배우면서 전장을 누볐을 때의 모습, 그리고 몇 달 전 병사들에게 전장의 혈마라 불렸던 제광마와 지금의 영인을. 어때, 이제야 내가 왜 이런 말을 하는지 알겠는가?"

"아……."

"그렇군. 그런 의미가 있었구먼."

"이제라도 알았으니 다행이구먼. 흠! 무인은 항상 승부에 굶주린 늑대와 같이 언제라도 싸울 수 있도록 수련하고 또 수련을 해서 자신의 몸 상태를 최상의 상태로 만들어야 하네. 당연히 영인이는 그런 것을 요즘 도외시했고."

도길과 궁우는 이구의 말에 연신 고개를 끄덕거렸다. 그러면서 병상에 누워서 자신들을 멀뚱멀뚱 쳐다보고 있는 영인을 향해 거지만도 못한 놈을 본다는 듯한 표정을 지어 보였다.

"역시 무인은 배가 고파야 검을 드는 것인가?"

"우리가 그렇지 않은가."

"큭큭, 그건 병 형 말이 맞네. 배에 기름이 차면 당연히 검을 놓아야지. 아암~"

"허허, 세 사람 모두 그만들 하게. 영인이가 듣고 있네."

"송 형, 내가 뭐라고 했나?"

"그렇지. 우린 별다른 말 하지 않았네."

"아암."

"허허."

"흠! 송 형, 내 일전에 저 녀석은 배때기에 기름이 잔뜩 끼어서 수련은 진즉에 종 쳤다고 하지 않았던가. 그날 봤던 도법을 저 녀석에게 가르치느라고 고생한 것은 알겠지만, 지금에라도 생각을 고치는 것이 좋을 것이네. 하는 것을 보니까 대성하긴 그른 놈일세."

"흐음."

"그만! 도대체 지금 무슨 말을 하는 겁니까? 그리고 모두들 근무는 안 하고 왜 쓸데없이 여기 모여서 정신없게 하는 겁니까?"

영인은 머리가 어지러웠다. 가뜩이나 막 정신이 들어서 어안이 벙벙한데, 말 같지도 않은 말을 듣고 있자니 더욱 정신이 멍해지는 것 같았던 것이다.

"흠흠, 그놈 참."

"에잉! 저놈의 지랄 같은 성질머리 하고는."

"그러게 말일세. 제놈 생각해서 안타까운 마음에 충고를 해주고 있는데, 그것도 못 알아듣고 저리 성질을 부리니……"

"누가 성질을 부렸다고 그래요! 그리고 누가 배에 기름이 끼었습니까? 내가 그동안 놀고만 있었는지 알아요? 저도 열심히 수련했다고요. 그나저나 어떻게 된 겁니까? 왜 의각이 아니라 제 방에 와 있는 거죠? 송 아저씨, 상황 좀 설명해 주세요."

영인은 도길을 비롯한 두 사람에게 성질을 한차례 부린 후, 이내 마음을 진정시키고서 악호를 향해 상황 설명을 부탁했다. 자신이 직접 악호를 지명해서 부탁하지 않으면, 괜히 도길 등이 나서서 이상한 소리를 할까 봐 심히 우려되었던 것이다.

"네가 쓰러지고 난 후 명규가 대원들에게 의각으로 데리고 가도록 명했었다. 그런데 도중에 굴비가 네 모습을 보고는 의각보다 이곳이 좋을 것 같다고 해서 이곳으로 온 것이다."

"굴비 형이요?"

"그래. 네 모습을 보더니 단순한 타박상이라 했다는구나. 내가 살펴보았는데 굴비의 말이 맞았다. 그에 지금까지 네가 깨어나기를 기다리며 있었던 것이다."

"그냥 타박상뿐이란 말입니까? 분명 당시 속이 울렁거리면서 피를 토했던 것 같았는데?"

"훗, 그건 네가 얼굴을 얻어맞아서 피가 난 것이지. 내상을 우려한 것이라면 전혀 걱정하지 않아도 된다."

"큭큭, 그렇지. 오히려 원숭지라는 화산파 제자가 천둥벌거숭이처럼 날뛰는 네놈을 왜 그리 봐주면서 했는지 모르겠다. 나 같았으면 아예 몇 달 동안 일어나지도 못하게 꽉 밟아버렸을 텐데. 안 그런가, 병 형?"

"당연하지!"

"젠장! 아저씨들은 제발 여기서 나가주세요. 정신이 하나도 없잖아요!"

"헛, 흐음."

"끄으응."

"허허, 그만들 하게. 이 정도 했으면 영인이도 생각이 있으니 무엇을 잘못했는지 알았을 것이네."

"생각이 있다면 그렇겠지. 그런데 저놈이 과연 생각이나 하고 사는 것 같은가?"

"머릿속도 아마 기름때가 덕지덕지 달라붙어 있지 않으면 다행이겠지. 아암."

"아아, 알았어요. 제가 잘못했어요. 그러니 제발 그만 좀 하세요."

"뭘 잘못했는데?"

"…너무 생각이 없었더군요. 제가……."

영인은 차마 자신의 입으로 사리 분별조차 하지 않고 날뛰었다는 말을 할 수가 없었다. 그저 두루뭉술하게 말하며 고개를 숙일 뿐이었다.

"큼! 만족할 만한 답은 아니지만 뭘 잘못했는지 깨달은 것 같으니까 더 이상은 말하지 않겠다. 하지만 한 가지는 꼭 말해주고 싶은 것이 있으니 너무 고깝게 생각하지 말고 듣거라."

"…말씀하세요. 모두 저를 위해서 그러시는 것이니까 새겨듣겠습니다."

"그래, 네가 그렇게 말해주니 편하게 말하마. 좀 전에 내가 했던 거지에 대한 얘기는 그냥 만담 정도로 생각해도 좋다. 그러나 말이다. 흠, 그날 보니까 네가 내공만 없다 뿐이지 확실히 초식 면에선 일류에 접어든 것 같더구나. 좋은 일이다. 내공이야 송 형이 제대로 가르쳤을 것이니 세월이 흐르면 자연스럽게 얻을 수 있을 것이고. 하지만 그전에 넌 무인으로서 지녀야

할 마음가짐이 잘못되었다. 아니지. 크게 잘못된 것이라고는 할 수 없지. 그렇지만 어제의 넌 늙은 거지가 아니라 산적에 지나지 않는 위치였다. 무슨 말인지 알겠냐?"

"……."

"거침없는 성격? 정말 좋지. 그것을 유지시켜 줄 수 있는 힘이 있다면 말이다. 무슨 말인지 알겠냐? 전장에선 네놈이 성취한 정도의 무공 정도면 최고라 불릴지 모르지만, 무림을 종횡하다 재수없이 어제처럼 강한 고수를 만나게 되면 아무짝에도 쓸모없게 된다는 말이다. 더구나 널 떠보기 위한 같잖은 도발에 바로 넘어가 흥분하고, 자신의 역량도 알지 못하고 무작정 끝장을 보자는 막장 성격! 이렇게 해서 네가 나중에 무림에서 제 명대로 살 수 있을 것 같으냐? 사람은 항상 자신의 역량을 알고서 아니다 싶으면 뒤로 물러설 줄도 알아야 한다는 것을 왜 몰라."

"끄응, 할 말이 없습니다."

"그래, 당연히 할 말이 없어야 정상이다. 그리고 말이 나온 김에 솔직히 말하마. 난 네가 강호 무림에 뜻이 있음을 알고 있다. 아니, 우리 모두 네가 무슨 생각을 하고 있는지 알고 있다. 확실히 송 형이 어떤 것을 가르쳐 주었는지는 모르겠지만, 무공을 배웠으니 당연한 생각이겠지."

"……."

"네가 뭐 때문에 무림인이 되려고 하는지 모르겠지만, 그런 것은 우리가 알 바가 아니니 거론하지 않겠다. 그리고 네 성격

을 모르는 것도 아니니, 세상이 어지러우니 정파랍시고 거들
먹거리는 인간들처럼 '정의와 인의를 위해 검을 들겠다'는 얼
토당토않은 짓은 생각해 보지도 않았겠지?"

"…예."

"그래. 그러면 무엇 때문에 무림으로 나갈 생각을 하고 있는
거냐? 그냥 갑자기 무공이라는 힘이 생겼으니 한번 써먹고 싶
어서? 아니면 무림인에 대한 막연한 동경심? 후~ 나뿐만 아니
라 우리 모두 네가 요즘 무슨 생각을 하고 있는지 모르겠다.
무공을 배워 꿈을 가지게 된 것은 좋지만, 현실을 생각하고 자
신의 능력을 제대로 아는 것이 먼저가 아닐까 한다. 이건 세상
을 너보다 좀 더 오래 산 늙은이들의 충고라면 충고다."

"……."

"영인아, 세상이 지금 어떻게 돌아가고 있는지 생각해 본 적
이 있냐? 예전에 꿰 형이 네게 '태평성대의 개가 될지언정 난
세의 사람은 되지 말라'란 말을 한 적이 있을 것이다. 기억 나
냐?"

"네."

"그래, 그런데 지금이 바로 그 난세다. 난세엔 관이나 무림
할 것 없이 중원에 살고 있는 모든 사람이 고생한다. 언제 무
슨 일이 일어나도 아무런 이상이 없는 세상이란 말이지. 이런
때 네가 무림에 나가서 무엇을 할 수 있을 것 같으냐? 내가 보
기엔 이곳만 못할 것이다. 그렇기에 우리가 이곳을 쉽게 떠나
지 못하는 것이고. 알겠냐? 휴~ 지금의 네 성격과 마음가짐은

무인의 삶이 아닌 전장에 더 어울려 보인다. 넌 아니라고 말할지 모르지만, 내가 보기엔 그렇다. 패기와 자신감? 좋지. 암투와 권모술수가 난무한다고? 그것은 무림이라고 다르지 않다. 사람이 사는 곳에 어찌 다툼이 없겠냐. 모두 그렇고 그렇게 살아가는 거란다."

"허허, 전 형이 내가 해주고 싶었던 말을 꼭 찍어서 해주는구먼."

"그렇지. 전 형 말대로 영인이가 무공을 익힌 후 군부보다는 무림에 뜻이 있음은 당연할 것이네. 남아라면 당연히 끌리는 것이 인지상정이니 뭐라고 말하겠나. 어디에 매이지 않고 자유롭게 능력껏 살아갈 수 있는 무림, 우리 역시 젊은 시절 그렇게 살아왔지 않은가. 하지만… 하지만 영인아, 우리가 너보다 좀 더 오래 살았던 경험으로 보건대, 넌 강호가 아닌 군부에 남아 입신양명을 하는 것이 어떨까 생각한다. 어찌 보면 이것도 기회가 아니겠냐? 한번 잘 생각해 보려무나. 끌끌."

"흐음."

"휴, 그래, 그만하자. 자네들도 그만하게. 더 이상 해봐야 우리 입만 아프고, 이젠 영인이도 알아서 하겠지. 우리 인생인가? 잘되든 못 되는 영인이 인생이 아닌가."

"그렇지. 에헴! 송 형, 난 이만 굶주린 배나 채우러 가야겠네. 어젯밤부터 저 녀석 곁에 있었더니 배가 요동을 치는구먼. 뱃속에 뭐가 들었는지. 에잉~"

"허허, 나도 같이 가세나."

"그래, 같이 가세. 그렇지 않아도 아까부터 배가 고파 죽을 맛이었네. 그나저나 전 형, 언제 그렇게 입에 기름칠했나?"

"기름칠이라니?"

"오늘 너무 말을 잘해서 깜짝 놀랐네. 완전 달변이던데?"

"하하, 내가 외양으로 보이는 모습이 보잘것없어서 그렇지, 원래 동네 훈장이 놀랄 정도로 말을 잘했었네."

"허허, 그런가? 난 오늘에서야 알았구먼."

"큭큭큭~ 그나저나 괜히 왔어. 별로 아프지 않은 놈, 피곤하게 병상이나 간호하고 있었으니. 쯧쯧."

"아직 움직이기 힘들 테니까 몸 관리나 잘 하면서 쉬어라. 우린 그만 가보겠다. 그리고 우리가 한 말, 한번 잘 생각해 보고. 병 형 말대로 기회라면 기회니까."

"예, 그렇게 할게요. 그리고… 고맙습니다. 이렇게 옆에 계셔주셔서."

"됐다, 이놈아. 그런 말보다 다음부터는 병상에 누워 있는 일만 만들지 마라."

"그래, 그게 우릴 생각해 주는 거다."

"큭큭큭~"

영인은 시끄럽게 떠들던 네 명이 방 밖으로 나가자, 이내 자신의 몸을 제대로 둘러볼 수 있었다. 살짝 움직였을 뿐인데, 이곳저곳 쑤시고 아프지 않은 곳이 없을 정도로 엉망이었다. 그에 절로 쓴웃음이 나왔고, 아프고 쑤신 만큼 원승지의 얼굴이 떠올랐다.

"화산파 장문인의 제자라……. 그 명성대로 그자의 실력이 대단한 것인가, 아니면 내 실력이 생각보다 부족한 것인가? 후, 역시 화산파라는 명성이 대단하긴 한 것인가 보구나. 아무리 장문인에게 절정의 무공을 전수받았다고 해도 옷조차 건드리지 못할 정도의 실력이라니……."

"야, 뭘 생각하는데 머리를 이리저리 흔들고 있냐?"

"크으~ 이번엔 너냐?"

영인은 고개조차 들지 않고 신음을 토했다. 고개를 들어 두 눈으로 확인하지 않아도 누가 자신의 방에 거침없이 들어와 목청을 높이고 있는지 알 수 있었기 때문이다.

"응? 그게 무슨 말이야?"

"쩝, 아니다."

"아니긴, 내가 얼굴 내비치니까 반갑냐?"

"뭐?"

"반갑다니 다행이네. 그런데 노인네들은 어디 갔냐?"

"노인네들? 아, 아저씨들을 말하는 거냐?"

"그래. 이 노인네들, 수련하기 싫으면 정문이라도 지키라고 했더니… 여기 안 있고 어디 간 거야?"

"응? 그게 무슨 말이냐?"

"뭐긴, 뭐냐. 다른 대원들처럼 수련하라고 했더니 늙은이들 뼈마디 부러뜨릴 일이 있냐고 해서 차라리 정문이나 지키라고 했지. 그런데 그것도 싫다고 하잖아. 그래서 네가 정신 차릴 동안 간병이라도 하라고 이리 보냈는데, 잘하고 있나 와봤더니… 도대체 이 노인네들, 여기 있지 않고 어디로 간 거야?"

"훗, 그런 일이 있었군."

"에잇! 내가 전하를 근방에서 보필하는 보위대 부대주로서 그 늙은이들, 반드시 보위대에서 내보낸다. 도대체 부대주에 대한 예의가 없어, 예의가."

"그러는 넌 나한테 존대를 하냐? 대주에 대한 예의가 한 번이라도 있는 적이 있었냐고?"

"왜 이래? 너와 나 사이는 별개잖아. 그리고 몇 번을 말했냐? 너하고 난 같은 천인대장급이라고. 별로 차이도 없으니 그냥 좋게 넘어가도 되는 사이지. 안 그러냐?"

"큭, 갖다 붙이긴 잘한다. 여하튼 그건 네 문제고, 아저씨들은 조금 전 밥 먹으러 나갔다. 내가 일어났으니 여기 있을 필요가 없어졌잖냐."

"그렇다면 나중에 보지. 그나저나… 몸은 움직일 만하냐? 그날 무지하게 깨지던데."

"움직일 만하긴, 쑤시지 않는 데가 없다. 에구, 굴비 형한테 가서 약이나 타와라."

"아마 조금 있으면 가지고 올 거다. 내가 미리 얘기를 해놨거든."

"그래? 너 요즘 눈치가 장난 아니게 돌아가더니, 오늘 같은 날엔 쓸모가 있네."

"훗, 나야 누구하고는 다르게 쓸모가 많지. 그런데… 그날 쩨 하더라? 저번하고는 많이 달라졌던데?"

은근슬쩍 영인의 옆으로 의자를 끌어당기며 앉은 명규가 의미심장한 미소를 그리며 말했다. 그때의 상황을 듣고 싶다는 생각을 은근히 내비친 것이다.

"꽤 해? 도대체 뭘 했다는 거야? 그냥 무지하게 두드려 맞은 것밖에 기억에 없는데, 괜히 시비를 거는 거라면 그만둬라. 어제 얘기라면 아예 기억에서 지우고 싶은 심정이니까."

"아니야. 대원들 모두 네가 어제 원승지를 상대할 때 펼쳤던 도법을 보고서 얼마나 놀라고 있는 줄 아냐? 공력이 부족해서 그렇지, 도법 자체는 일류급 무공이라고 난리도 아니다."

"그래? 그런데 겨우 일류급 무공? 쳇! 그 녀석들, 무공을 보는 눈도 삼류로군."

"홋, 그야 원승지에게 칼 한 번도 먹이지 못한 네 잘못이 크지. 하지만 모두 놀라고 있는 것은 사실이다. 지금까지 줄을 잘 서서 대주라는 자리를 차지했다고 생각했던 녀석들이 지금은 모두 네가 대주라는 것을 인정하는 분위기거든."

"인정? 내가 그놈들한테 어떻게 대했는데, 지금까지 그런 생각을 하면서 날 대했다는 거냐? 이놈들을 당장."

"아아, 아서라. 지금 무리하게 움직이면 덧난다. 큭큭, 그리고 사실 네가 행동을 좀 그렇게 했지 않냐. 지금까지 내가 모든 일을 처리해 와서 네 입지가 상당히 낮아진 것도 있지만, 너도 지금까지 잘한 것도 없다."

"하긴……."

명규의 설명에 영인도 고개를 끄덕였다. 아무리 아니라고 말하고 싶었지만, 그동안 자신이 대원들에게 해준 것이 별로 없었던 것이다.

처음 보위대 인원은 오십 명도 안 되는 소수에 지나지 않았다. 그러던 것이 총두전투에서 대승을 거두고 보위대의 위상이 커지면서 이자성과 이암의 적극적인 지원을 받아 천오백 명에 이르는 거대 조직으로 재탄생한 것이다.

하지만 대부분 강호를 떠돌며 전전하던 낭인들로 채워진 상태였다. 농민들의 봉기로 인해 중원뿐만 아니라 강호 무림도 어수선한 상황이었기 때문이다. 그에 돈을 목적으로 이자성의 군대에 지원을 했고, 최추산과 이암이 낭인 중 뛰어난 인물들을 선별하여 보위대에 우선적으로 집어넣은 것이다. 물론 이런 과정들을 거치던 시기에 영인은 모든 일을 명규에게 떠넘긴 후 무위도식하며 자신만의 사색에 잠겼었고.

"저기……."

"응? 할 말이라도 있냐?"

"어제 일, 혹시 좌군사도 알고 있… 냐?"

"그야 당연하지. 좌군사께서도 그날 창문을 통해 모두 보고 계셨는데 어떻게 모를 수가 있겠냐. 나도 혹시나 의제하고 대련을 핑계로 겨뤘다 생각하시면 어떻게 하나 했는데, 그냥 웃으시고는 지금까지 별말씀이 없다. 다행이지. 안 그러냐?"

"그렇다면 앞으로도 신경 쓰지 않아도 된다는 말인데… 잘됐군."

"응? 무슨 뜻이냐? 혹시 너……?"

"그래. 나중에 다시 한 번 붙어보려고. 어제는 내가 일방적으로 깨졌지만 한 몇 년 수련하고 붙으면 무작정 깨지지는 않겠지. 최소한 칼은 한 번 먹일 수 있을 것 아니겠냐."

"먹이긴 뭘 먹여? 괜히 헛꿈 꾸지 말고 그냥 얌전히 네 할 일이나 잘해라. 내가 좌군사하고 다른 사람들한테 원숭지에 관해서 들은 말이 있는데, 우리 같은 사람들이 아무리 노력해도 한 대 먹이긴커녕 목이 잘리지 않으면 다행이겠더라."

"빌어먹을! 어제 내공만 있었어도 어떻게 됐을 것 같은데……."

"내공? 크큭, 아서라. 나도 요즘 유 장군께서 알려주신 심법을 수련하고 있는데, 그게 마음처럼 수련한다고 해서 금방 높아지는 것이 아니더라. 뭐, 영약을 먹는다면 모르겠지만."

"영약?"

"그래. 영약도 일반 영약을 먹는다고 높아지는 것이 아니지. 원숭지 같은 절정고수를 상대할 수 있을 정도의 공력을 얻으려면 아마 만년삼왕이나 공청석유인가 뭔가 하는 걸 한 병은 마셔야 할걸. 족히 일 갑자는 넘겨야 겨우 맞상대할 수 있을 거다. 그러니까 얼토당토않은 꿈은 일찌감치 깨라. 그게 여러모로 네 정신 건강에 도움이 될 거다."

"흐음……."

'일 갑자라……. 내공이 일 갑자가 넘으면 상대할 수 있으려나?'

영인은 명규의 말을 한 귀로 듣고 한 귀로 흘려보내면서 자신만의 생각에 빠져들었다. 그리고 어떻게 하면 내공을 빨리 높일 수 있는지에 대해 생각해 보았다. 그러나 아무리 생각해도 지금으로서는 방법을 찾을 수 없었다. 그저 할 수 있는 방법이 있다면, 심법을 꾸준히 수련하여 임독양맥을 뚫는 길뿐이었다. 물론 임독양맥을 뚫는 것 자체가 결코 쉽지 않은 일임을 잘 알지만.

"제길, 정말 방법이 없나? 빌어먹을 세상, 정말 마음먹은 대로 되는 일이 하나도 없군."

"그렇게 비관하지 마라. 우리 같은 인생, 그런 영약을 보는 것 자체가 천운이다."

"크크, 먹는 것도 아니고 보는 것 자체가 천운이라……."

"어쩌겠냐. 처량해도 그게 우리 신세인데. 아! 혹시 모르겠다. 거기라면."

"응? 거기라니?"

"황궁 말이야, 황궁."

"황궁이 뭐 어쨌다고? 지금 그 지랄 같은 황제가 있는 데를 왜 꺼내는데?"

"아~ 정말 답답하네. 황제가 왜 황제라고 불리겠냐? 세상의 보물이란 보물, 고관대작이란 놈들이 어떻게든 구해서 황제에게 바친다. 뭔가 얻어먹을 게 없나 해서지. 권력이든 부귀영화든, 자기가 바친 것보다 더 좋은 것을 기대하며 바치는 것이 사람이다. 그들이 명예를 얻거나 황제가 말로만 하는 치하를 듣겠다고 바치진 않겠지. 뭐, 그런 놈이 있으면 미친놈이지."

"크큭, 그런 새끼는 얼빠진 놈이지. 그런데 네 얘기의 요점이 뭐냐?"

"요점이 뭐긴 뭐겠냐? 황궁에 있는 보물 중 영약이 있을지도 모르지 않겠냐는 것이지. 아니다, 아마 백이면 백 영약이 창고 가득 쌓여 썩고 있을 있을지도 모르겠다. 매일 후궁들 엉덩이 어루만져 주려면 황제가 그 영약들을 줄기차게 먹어야 힘 좀 쓰지 않겠냐?"

"그, 그렇겠다! 황궁이라면 내가 찾는 영약이 있을지도 모르겠다."

"있을지도 모르겠다가 아니라 내 말대로 분명히 있다니까 그러네."

"그래."

영인은 명규의 말에 표정이 밝아졌다. 내공을 높일 수 있는 영약이 있을 수도 있다는 희망이 생긴 것이다. 하지만 밝아졌던 표정이 금방 어두워졌다.

"응? 왜 또 그런 얼굴로 날 보는데?"

"황궁… 영약이 황궁에 있으면 그게 화폭 속 낭자보다 못한 것 아니냐? 어떻게 황궁에 들어가고, 또 그 영약들을 꺼내 올 건데? 젠장! 괜히 그런 말을 꺼내서 속을 뒤집고 지랄이야! 꺼져, 새끼야! 가뜩이나 안 아픈 곳이 없는데 머리까지 아파지잖아."

"큭, 정말 널 보면 머리가 있는 건지 없는 건지 모르겠다."

"뭐? 이게 정말……!"

"야! 지금 우리가 싸우는 상대가 누구냐? 우릴 죽이기 위해 대가리 피 터지게 덤비는 놈들이 누구냐고? 바로 황제야, 황제! 알겠냐? 황제 그 새끼가 우릴 죽이기 위해 지금도 하남성으로 관군들을 보내고 있잖냐. 그런데 우리가 관군들에게 목 내밀고 '죽여주시오' 하고 가만히 있겠냐고."

"그거야 당연히 아니지. 우리가 미쳤냐, 그런 짓거리를 하게?"

탁!

"그래, 당연히 싸우겠지. 그리고 여태까지 해왔던 것처럼 이기고 또 이겨서 관군들의 목을 치겠지. 하하, 그럼 우리 전하의 최종 목적이 뭐겠어? 황제가 있는 북경까지 쳐들어가서 황제의 목을 킥~! 아니겠냐?"

영인의 대답에 명규는 자신의 손바닥으로 허벅지를 치며 목소리를 높였다. 이제야 영인이 자신이 하고자 하는 말에 호응을 보이고 있었기에 절로 흥이 난 것이다.

"그, 그럼……?"

"아직 전세가 어떻게 흐를지 모르겠지만 우리 군대가 지금처럼 계속해서 관군을 이기고 북경까지 진격한다면 황궁을 접수하는 것도 가능할 거다. 그럼 황궁의 보물도 우리 것이 되겠지. 그러니까 벌써부터 똥 씹은 얼굴 하지 말고 기회를 기다리는 거지. 지금부터라도 전하께 잘 보이고 공도 세워 인정받게 되면 그때 뭐라도 하나 던져 주지 않겠냐?"

"공을 세워 인정을 받으라…… 한마디로 입신양명을 하란 말이군."

"지금으로서는 네가 원하는 영약을 얻기 위해선 그 방법밖에 없지. 이참에 확 마음 제대로 먹고 전공을 세우는 거다. 너와 내가 힘을 합치면 그까짓 관군 물리치는 것은 일도 아니지 않냐. 모름지기 남아로 태어났다면 한 번쯤은 세상에 이름을 날려야지. 아암~!"

"후~ 입신양명이라……."

영인은 자신도 모르게 입신양명이란 말을 몇 번씩 되새겼다. 생각해 보지 않은 것은 아니지만, 막상 명규의 설명을 들으니 마음이 동하기 시작한 것이다. 거기다 절정의 무공을 익히겠다는 꿈을 향한 길고 긴 여정의 징검다리 역할, 그 발판을 마련할 수도 있다는 기대감이 큰 몫을 했다.

영인은 이후 명규와 황궁에 있을 것 같은 보물에 대해 대화를 나누었다. 그런데 의외로 명규가 그런 쪽으로 해박한 지식을 가지고 있었다. 물론 명규가 말하는 것 모두 정확하다고 볼 수는 없지만, 아무것도 모르는 영인은 듣는 것만으로도 많은 지식을 얻을 수 있었다.

명규는 영인에게 자신이 강호와 관군에 있을 때 들었던 것들을 토대로 황궁에 대해서 설명해 주었다.

황궁보고.

옛날부터 강호의 무림인들이나 일반 백성들, 그리고 관에 몸담고 있는 관리 등 대부분의 사람들이 상상으로만 접할 수 있었던 진귀하고 희귀한 보물들이 수없이 쌓여 있다고 여기는 곳.

황궁보고에 대한 명규의 설명에 의하면, 우선 진귀한 서책들이 있는 서고와 무고, 그리고 황제를 위한 각종 영약이 있는 약고가 있다. 또한 간장이나 막사처럼 전설에나 나올 법한 명검과 보도들이 쌓여 있는 병기고 및 눈을 멀게 할 정도로 번쩍번쩍하는 금은보화가 쌓여 있는 진짜 보고, 즉 모두 다섯 개 정도로 구성되어 있다고 한다.

하지만 이런 것은 예전부터 호기심이 많은 무림인들이 문파나 세가 등에서 들었던 얘기들을 토대로 말한 것이며, 그리 신빙성이 없다는 것도 설명에 덧붙였다. 그만큼 명규는 자신의 개인적인 생각이 아닌, 이전부터 전해졌다는 말로써 영인의 관심을 높였다. 즉 소림사나 무당파 및 남궁세가 같은 거대 문파와 세가 등의 보물들이 있는 전각의 구성에서 영감을 얻거나, '혹시나 이렇게 구성되어 있지 않을까?'란 상상력에 의해 만들어지고 각색되어지면서, 마치 전설이 사실처럼 사람들의 입과 입으로 전해져 내려온 것이었다.

명규의 설명이 너무나 장황하고 사실적이어서 그런지 영인은 마치 이야기 전부가 사실처럼 생각되었고, 저절로 고개가 끄덕여졌다. 그만큼 명규가 평소와 다르게 너무도 진지하게 설명한 부분도 크게 작용했지만, 그것보다는 황궁보고에 대한 전설 같은 뒷얘기나 설화 등이 귀가 솔깃할 정도로 재미있었던 것이다. 따라서 시간이 흐를수록 영인의 머릿속에 황궁보고에 대한 내용이 차곡차곡 쌓여갔다.

"어때? 재미있지?"

"그래, 꽤 재미있었다."

"나도 오랜만에 너와 대화 같은 대화를 해서 좋았다. 큭, 대화는 아닌가? 여하튼 우리가 황궁만 접수하면 가능성이 있다는 말이다."

"네 말은 알겠는데, 과연 쉬울까?"

"당연히 쉬울 수 있겠냐? 중원은 넓고 황제의 힘은 생각보다 크다. 비록 우리가 지금 전장에서 승리하고 있기는 하지만 언제까지 이런 상황이 계속될지는 모르지."

"그래서 문제라는 거다. 내가 이곳에 계속 있어도 되는지 잘 모르겠고, 다른 한편으론 별 볼일 없던 내 인생에서 비상할 수 있는 기회를 잡은 것도 같고."

마치 독백을 하듯 영인은 자신의 솔직한 심정을 명규에게 털어놓았다. 사실 명규나 굴비가 아니라면 이런 말 자체도 하지 않았을 것이다. 그만큼 알게 모르게 명규의 비중이 영인에게 커져 있었던 것이다.

"오~ 그런 고민도 했어? 네 좌우명이 '인생 뭐 있어? 칼 맞아 죽지만 않으면 되지' 아니었냐? 대단한 발전인데?"

"장난하는 거 아니다."

"그래? 그래서 어떻게 결론을 내렸는데? 네 말을 들어보니까 아직도 결론을 못·내린 것 같은데, 맞냐?"

"아니. 어느 정도는 결론을 내렸다."

"그래? 뭔데?"

"어차피 이렇게 된 거, 그냥 한동안은 이대로 쭉 살아보면 어떨까 하는 쪽으로 결론이 났다. 방금."

"방금? 한동안은?"

"그래."

"정말로? 아니지. 지금 내 말을 듣고서 결정했다고 했냐?"

명규는 영인의 대답에 '뭐야?' 하는 표정으로 쳐다보았다. 방금 결정했다는 말은, 황궁보고에 대한 설명을 들은 후에 결론을 내렸다는 말처럼 들렸기 때문이다. 그리고 이 말을 되짚어보면, 무림에서 주유해 보겠다는 생각을 완전히 떨쳐 버리지 못했다는 것이 되었다. 그에 명규의 표정이 어정쩡해진 것이다.

영인은 명규의 표정을 보고서 무슨 생각을 하고 있는지 파악할 수 있었다. 지금까지 취해왔던 것과 차이가 없는데, 무슨 결정을 했다는 것인지 의아해하고 있는 것이다. 하지만 확연한 차이가 있었다. 바로 영인의 마음가짐이었다. 전에는 어쩔 수 없이 끌려가는 입장이었다면, 지금부터는 적극적으로 움직이겠다는 것이기 때문이다.

"그래, 지금은 현실적으로 어려우니 잠시 미루고 현실에 충실하겠다는 것이지."

"충실히? 뭐, 나야 좋기는 한데……."

"무림? 언젠가는 자유롭게 주유하고 싶기는 하다. 아직 젊어서 그런지 모르겠지만, 도저히 버릴 수 없는 꿈이다. 그렇지만 네 말대로 힘이 있어야 된다는 것을 어제 온몸으로 절감했지."

"그래서 지금은 전하께 충성하겠다고? 충성해서 입신양명이라도 하려고?"

"그래, 못할 것도 없지. 황궁보고… 네가 한 말도 이런 결정을 내리는 데 도움이 되었지만, 무엇보다 황궁보고가 큰 도움을 주었다."

"야! 황궁보고가 있다고 해도 그 안에 있는 보물을 네가 손이라도 댈 수 있을 것 같아? 너한테 가기 전에 태반이 없어지지 않으면 다행이다."

"물론 그렇겠지. 그래서 지금부터 권력의 핵심으로 부상해 보려고. 그럼 혹시 내게도 하나 떨어질지 모르잖아. 후후, 그리고 전적으로 네 말만 듣고서 이런 결정을 내린 것은 아니다. 조금 전에 아저씨들이 나가기 전에 해준 말이 계속 귀에 아른거려서 도저히 이런 어정쩡한 마음으로는 아무것도 못하겠더라고."

"아저씨들이? 도대체 그 노인네들이 네게 어떤 말을 했는데 네가 그런 결정을 내린 거냐? 얼마 전까지만 해도 무림으로 뛰쳐나갈 것 같았는데, 내 착각이었나?"

"아니다. 네 말이 맞다. 하지만 오늘 그 생각을 접었다. 그리고 무엇보다 아저씨들이 내 성격은 무림보다는 관부 쪽이 어울린다고 하더라. 그리고 지금 내 상황이 어쩌면 기회일 수도 있다고."

"기회? 무슨 기회? 아~ 기회는 기회지."

"너도 그렇게 생각하냐?"

"당연하지. 누가 너와 내가 이런 자리까지 올라설 거라고 생각이라도 했겠냐? 전장에서 칼 맞아 죽지 않으면 다행이고, 잘해야 백인대장에 오를 수 있으면 출세했다 생각하지 않았겠냐?"

"그… 렇기는 하지."

영인은 명규의 말에 찜찜한 기분이 들었지만, 어찌 되었든 맞는 말이었기에 동조를 해주었다. 지금까지 자신이 원해서 지금의 위치에 있는 것이 아니라고 생각했기에 더했다. 명규의 말처럼 처음부터 출세를 해보겠다는 생각으로 들어온 것도 아니었기 때문이다. 지금도 열심히 출세를 위해 이리저리 기웃거리며 상관한테 아부하는 영도처럼.

"맞아. 그러니 앞날도 어떻게 될지 모르지. 이럴 때 뭐라고 하나? 격세지감(隔世之感), 아니면 상전벽해(桑田碧海)? 에이, 모르겠다."

"그래, 정말 네 말대로 내 스스로 놀랄 정도로 많이 변했지. 예전엔 꿈도 꿀 수 없을 정도로."

"큭큭, 그렇지. 세상사 모두 새옹지마(塞翁之馬)라고 했다. 좋은 일이 있으면 나쁜 일도 있고, 나쁜 일이 있으면 좋은 일도 있다는 뜻이지. 내가 제일 좋아하는 말이다."

"새옹지마……."

"여하튼 잘 생각했다. 지금 꼭 무림에 나갈 필요는 없지. 그리고 지금은 여기 있는 것이 좋을 수도 있다. 비록 언제 관군에게 패해 죽을지 모르지만, 괜히 어정쩡한 실력으로 무림에 나갔다가 성질 더러운 고수라도 만나면 어떻게 되겠냐? 지금까지 노력한 것, 한순간에 수포로 돌아가는 것은 일도 아니지. 그리고 그런 새끼들이 가장 잘하는 짓이 뭔 줄 아냐? 바로 사지를 자르는 일이다. 마치 선심 쓴다는 듯이 '내 성질을 건드린 네 잘못을 잊어줄 테니까 살고 싶으면 팔 하나는 놓고 가라'는 개 짖는 소리를 떠들고 다니는 놈들이다."

"그… 런 놈들이 정말 많냐? 아무리 난세라지만 정도 문파가 많은데…….''

"훗, 정도는 개뿔! 예전에나 정도고 사파고 가렸지, 지금 그런 얘기를 하면 웃기는 소리 한다고 손가락질 받는다. 세상물정 모르는 촌놈이라고."

"크으."

"우리같이 무공을 익힌 경우, 어정쩡한 건 못한 것보다 독이 될 확률이 높은 것이 세상이다. 차라리 어떤 놈도 건드리지 못할 정도로 절대고수가 된다면 말리지 않겠다. 아예 짐까지 챙겨줄게. 그러니까 지금은 무림보다 이곳에서 잘 먹고 잘살면서 부귀영화 좀 누려라. 지금 누려보지, 언제 또 우리가 이런 호사를 누려보겠냐?"

"그렇긴 하지."

"그래, 지금까지 힘들게 살아왔으니까 앞으로 좋은 일만 있을 거다. 아까도 말했잖아. 새옹지마라고. 옛말 중에 하나도 그른 것 없다. 그러니까 힘내라. 이 형님이 옆에서 도와줄 테니까."

"쩝."

영인은 자신의 어깨를 탁탁 치는 명규의 행동과 마치 예전부터 알고 지내던 동네 형처럼 말하는 것이 어이없었다. 하지만 오늘은 그런 것을 가지고 눈에 힘주기 싫었다. 왜 그런지는 모르지만 그냥 슬그머니 넘어가 주고 싶었다. 그리고 인정하고 싶지 않지만 명규의 말에서 자신을 위로 하고자 하는 마음과 정을 느낄 수 있었기에 영인은 다른 생각을 하지 않고 고개를 끄덕이며 동조했다.

그리고,

입신양명이란 것.

한번 해보기로 했다, 명규의 말대로.

언제가 될지 모르지만 절대고수가 되어서 무림에 나가는 것이 여러모로 좋았기에, 혹시라도 나중에 황궁보고에서 나오는 찌꺼기라도 건질 수 있도록 전공을 세우기로 했다. 우선은 이자성으로부터 인정을 받는 것이 먼저였으므로.

第六章
추위를 이겨내고 피는 매화라…….

화려하지 않지만, 그렇다고 경건하지도 않은 분위기가 한껏
풍기는 내실.

　기다란 탁자를 중심으로 이자성과 이암, 그리고 송헌책과
최추산이 목인청 장문인의 수제자인 동필철산반 황진과 얼굴
을 맞대고 앉아 있었다. 그리고 이들과 약간 떨어진 자리에 우
금성과 이래형 및 화산파의 장로들과 더불어 산종의 종주인
손중수 등이 가지각색의 얼굴을 하고서 주시하고 있었다. 물
론 이자성의 근거리에서 보필하는 막중한 임무를 책임지고 있
는 보위대주 영인과 부대주 명규가 열 명의 대원들과 함께하
고 있었다.

　하지만 이들 중 그 누구보다 일그러질 대로 일그러진 표정

을 하고 있는 사람들이 있었는데, 바로 영인과 명규 및 보위대 대원들이었다. 하지만 영인의 옆에 서 있던 명규가 얼른 정신을 추스른 후 영인에게 주의를 주었다. 자신들의 임무가 수뇌부의 회의에 귀를 기울이는 것이 아닌, 이자성의 안위였기에 마음에 들지 않는 회의라 해도 충분히 주의를 들을 수 있는 근무 태만이었기 때문이다. 만약 명규가 영인에게 주의를 주지 않았다면 나중에 이암으로부터 추궁을 받을 것이 뻔했기 때문이다.

"근위대(近衛隊)?"

"그렇습니다, 전하. 지금부터는 전하께서도 주변에 대한 경계를 강화해야 할 시점이 되었다 생각합니다."

"주변 경계는 지금도 하고 있는데 더욱 강화해야 한단 말인가?"

"경계와 주의는 아무리 해도 모자란 법입니다. 혹시라도 살수의 접근이나 내부 반역자에 의한 암살이라도 벌어지면 어찌하시렵니까? 그렇기에 제가 어렵게 황 도장께 부탁을 드렸고, 황 도장께서 장로 분들과 협의하고 장문인께 고하여 허락을 받았습니다."

"그럼 목 장문인이 본인의 안전을 위해 도움을 주기로 했다는 것이오, 최 장군?"

"예, 전하. 전하를 지근거리에서 보필하기 위해 장문인의 명을 받은 화산십검(華山十劍)와 구궁검수(九宮劍手) 삼십육 명이 화산파에서 직접 이곳으로 왔습니다. 이들은 모두 무공을 익힌 일류고수들로, 전하를 보필함에 있어서 한 점 소홀함이 없을 것입니다. 무엇보다 전하의 안위를 확실하게 책임질 것입니다."

"무슨 말인지 알겠네. 하지만 천오백 명에 이르는 보위대도 있고 지금까지 아무런 문제가 없는데, 아무리 본인의 안전을 위한다고 하지만 그렇게까지 해야 할 필요성이 있나? 목 장문인이 신경을 써주는 것은 고맙기 그지없지만, 너무 도움만 받는 것이 아닌지 모르겠군. 이거 참, 좌군사, 근위대 창설에 대해서 어떻게 생각하나?"

최추산의 설명에 이자성은 고개를 끄덕이며 옆에 앉아 있는 황진을 슬쩍 쳐다보았다. 하지만 자신이 원하는 답을 황진이 내놓을 수 없었기에, 금방 이암에게 시선을 옮기면서 설명을 요구했다. 현재 자신 앞에서 열심히 설명하고 있는 최추산은 어찌 보면 이암의 대변자 역할을 하고 있었던 것이다. 즉 이번 일의 주관자는 최추산이 아니라 좌군사인 이암이었기 때문이다.

이암은 이미 이자성의 반응을 예상하고 있었기에 머뭇거림 없이 입을 열었다. 사실 이번 일이 발생하게 된 배경엔 며칠 전 있었던 영인과 원승지의 대결이었으며, 더불어 화산파의 입지를 높이기 위한 방법을 찾던 목 장문인이 황진과 원승지에게 지시를 내린 것이다. 그리고 이암에겐 의동생인 원승지가, 최추산에겐 조카의 스승인 황진이 목 장문인의 의중이 적힌 서신을 전했고. 물론 최추산이야 원래 화산파와 긴밀한 관계가 있기에 황진과 목 장문인의 의중을 따랐다. 그러나 이암은 아무리 원승지가 자신의 의동생이라 해도 타당성이 없다면 나설 인물이 아니었다. 그것을 잘 알고 있는 이자성이었기에 이암의 정확한 의중을 알고 싶었던 것이다.

현재 이자성은 하남성과 호북성 일대를 확실하게 손에 넣었다. 그리고 조만간 섬서성으로 세력을 뻗칠 것이고, 더 나아가 주변을 병탄하며 황제를 압박할 것이기에 목 장문인과 장로들의 근심이 커지게 되었던 것이다.

지금까지 화산파는 뒤에서 물심양면으로 이자성에게 도움을 주었고, 무림뿐만 아니라 황제를 비롯한 관군들도 화산파가 반역자의 수괴인 이자성을 돕고 있다는 것을 파악한 후였다. 당연히 화산파로서는 이자성이 황제의 인정을 받아 반역자의 굴레를 벗어나든가, 아니면 완벽하게 반역에 성공해서 황제의 자리에 올라야만 문파의 멸문을 면할 형편이 된 것이다. 그렇지 않으면 이자성이 몰락한 후 황제의 분노를 감당할 자신이 없었기 때문이다. 지금도 전국에 퍼져 있는 수많은 속가제자들이 황제의 분노를 여과없이 전해주며 무림이 관의 일에 관여하는 것에 대한 부당성을 피력하고 있었다.

하지만 목 장문인과 장로들은 이자성을 계속해서 돕고 있었고, 속가제자들의 불만을 잠재우는데 노력을 기울이고 있었다. 어차피 적극적으로 개입한 이상, 중도에 발을 뺀다고 해서 개입한 사실이 없어지는 것이 아니었기 때문이다. 그리고 처음부터 이런 문제가 발생할 것을 예상했었기에 지금은 오히려 담담하게 받아들이고 더욱 적극적으로 움직이게 되는 원동력이 되고 있었다. 또한 사천성의 당문이나 청성파 역시 팔대왕 장헌충을 돕고 있었다. 즉 화산파만 반란군들을 돕고 있는 것이 아니었다. 그에 부당성을 제기하며 지금이라도 손을 떼라는 속가제자들과 많은 무림인들에게 당당할 수 있었다.

따라서 현재 화산파가 진정으로 걱정하는 것은 따로 있었다. 기득권의 상실. 목 장문인이 우려하는 것은 바로 화산파가 애써 일구어놓은 기득권을 상실하는 것이었다. 비록 화산파가 아무리 대외적으로 고통받는 백성들의 안위와 부정한 관리들을 몰아내기 위해 이자성의 군대를 돕고 있다는 명분을 내세우고는 있지만, 세력 구도의 재편성이 벌어지는 난세를 활용하여 섬서성을 넘어 주변으로 세력을 확장하려는 야심이 있었던 것이다. 그렇기에 무당파나 남궁세가 등 다른 명성 높은 곳에서 이자성의 군대에 손을 뻗히기 전, 보다 확실하게 우위를 점할 필요성이 대두되었다.

더욱이 지금 화산파와 청성파를 제외한 구파일방 중 칠파가 무당파에서 보름 후 회합을 하기로 되어 있었다. 물론 오대세가와 군소 세가들, 그리고 수많은 문파도 자신들의 입장을 정리하고 앞으로의 진로를 논의하기 위해서 바쁘게 움직이고 있었다. 따라서 화산파로서는 상황이 급박해진 것이고, 나올 결과는 뻔했기에 지금처럼 여유가 없었던 것이다. 그에 지금과는 다른 적극적인 지원과 끈끈한 연결고리를 만들기 위해 귀중한 제자들을 이자성의 근처에 포진시키고자 하는 것이었다.

"전하께서도 아시겠지만 북방의 군대가 하남성으로 내려올 일은 벌어지지 않을 것이기에 지금 황제가 기대할 수 있는 것은 손전정의 군대가 전부입니다. 하지만 일전에 손전정이 우위를 점한 상황에서도 전하께 패한 일이 있고, 북경에 있는 황제와 고관대작들도 알고 있습니다."

"그렇겠지."

"전하, 상황이 이런데 황제가 과연 손전정만 믿고 모든 일을 맡기겠습니까? 암투와 권모술수가 난무하는 황궁에서 살아남은 대신들이 이대로 손전정의 승전보만 기다리며 세월을 보내겠습니까? 소신이 만약 대신의 입장이라면 절대 그렇게 하지 않을 것입니다."

"흐음, 그럼 좌군사의 말대로 정말 황제와 대신들이 본인에게 살수라도 보낸다는 말인가?"

"충분히 가능성이 있습니다. 그렇기에 목 장문인이 보낸 서신을 본 후 타당성이 있다 판단하여 조치를 취한 것입니다."

"그렇다는 말이지? 흐음."

"……"

이암의 설명을 들은 이자성은 한동안 고심을 하였다. 자신이 생각하기에도 충분히 타당성이 있었고, 무엇보다 이암은 지금까지 자신에게 해를 입히는 일이 없이 공명정대하게 일을 처리해 왔기에 믿을 수 있었던 것이다. 하지만 문제는 화산파와 산종의 의중이 어디에 있느냐는 것이었다. 그에 천천히 황진과 장로들, 그리고 손중수의 얼굴을 천천히 살피면서 차분하게 생각에 생각을 거듭했다. 그러면서 자신의 위치를 되짚어볼 수 있었고, 어렵지 않게 두 세력이 원하는 것을 알 수 있었다.

"좋군. 지척에서 살수들의 검을 막아준다면 본인으로서는 고마울 뿐이지."

'젠장! 마음먹고 충성 한번 해보려고 하니까 저것들이 뒤통수 치는 것도 모자라서 초를 치는구나. 그렇다고 덥석 받아 처먹는 저 새끼도 양심이 없지. 그래도 자기를 위해 지금까지 밤잠도 설치며 고생했는데, 개새끼. 휴~ 보위대 인원이 자그마치 천오백 명인데, 그럼 우린 앞으로 어떻게 된다는 거야? 그리고 나는?

"전하, 그럼 보위대는 어떻게 하시겠습니까?"

영인의 불편한 심기를 알았을까? 아니면 이자성의 뒤에 서 있는 보위대 대원들의 굳은 얼굴을 보았을까? 송헌책이 이자성을 보며 보위대의 향후 존폐에 대해 직접적으로 물었다. 비록 송헌책이 부드러운 어투로 물어보았지만, 어감과 표정에서 보위대의 폐지를 바라고 있음을 느낄 수 있었다. 그에 영인은 자신도 모르게 송헌책의 얼굴을 보며 인상이 찡그러졌다.

"글쎄, 보위대라……. 좌군사는 어떻게 했으면 좋겠는가? 어차피 좌군사가 근위대를 만들자고 했고, 또 지금 보위대도 책임지고 있으니 생각을 해보았을 것이 아닌가?"

"지금으로서는 그대로 유지하는 것이 좋을 것 같습니다."

'오~ 그래도 양심은 있네.'

"그래? 왜 그런 생각을 한 것인가, 좌군사?"

'뭘 물어봐? 그냥 알았다고 하면 끝나잖아!'

"오늘 이후로 근위대가 전하를 보필하면, 보위대의 위상이 격하되는 것은 당연한 일입니다. 어찌 보면 폐지를 시킨 후 전투부대로 재편성하는 것이 바람직할 수도 있습니다."

"그렇지, 본인도 그렇게 생각하네."

"하지만 근위대는 소수이고, 또한 한시적일 수도 있습니다."

"그게 무슨 말인가? 한시적이라니?"

"지금은 목 장문인이 전적으로 도움을 주고 있고, 또한 한쪽이 없어지면 불편한 공생의 관계입니다. 그러나 지금은 한 치 앞도 분간할 수 없는 난세입니다. 전하, 화산파는 아직 우리의 힘이 미치지 않는 곳에 위치해 있습니다. 언제 관군에게 공격당할지 모르고, 만약 공격을 당한다면 근위대로 편성된 화산십검와 구궁검수는 화산파로 복귀할 것입니다. 이들이겐 무엇보다 본 파의 안위가 우선일 것이기 때문입니다."

"흠! 본 파가 관군에게 공격을 당한다고 해도 화산십검과 구궁검수들이 움직이는 일은 없을 것입니다."

"황 도장, 그것은 쉽게 장담할 사항이 아닙니다. 아무리 황 도장의 마음과 의기가 그렇다고 해도 화산파가 멸문을 당할 수도 있는 위급한 순간이 온다면 어떻게 하시겠습니까? 그때는 아마 황 도장이 청하기 전에 전하께서 근위대 모두 화산파로 돌아갈 것을 명하실 것입니다. 그렇지 않습니까, 전하?"

"하하, 좌군사의 말이 맞다. 아무리 본인의 안위가 먼저라고 하나, 화산파의 위기를 알고도 모른 척할 수 있겠는가. 역시 근위대가 있다고 해도 만약을 위해서 보위대가 존재하는 것이 좋겠다."

"당연하신 말씀입……."

"전하, 보위대에 대해 한 말씀 드려도 되겠습니까?"

송헌책은 이암의 말에 호응한 이자성이 보위대의 존립을 허한다는 말이 나오기 전에 얼른 끼어들었다. 이자성이 군왕의 용좌에 오른 후 그 위엄을 세우기 위해 자신이 내뱉은 말을 쉽게 주워 담을 수 없는 위치다. 그렇기에 예가 아닌 줄 알면서도 확정되기 전에 중도에 끼어들어야만 했다.

"응? 대군사가 보위대에 대해서? 하하! 대군사가 관심을 가질 정도로 보위대가 비중이 있었나? 그래, 할 말이 있으면 해보시오, 대군사."

"어찌 소신이 전하의 안위를 책임지고 있는 보위대를 중히 여기지 않겠습니까. 그 무엇보다 전하의 안위가 먼저임을 모든 대소 신료가 알고 있습니다."

"하하~ 그냥 웃자고 농을 한 것이니 대군사는 크게 신경 쓰지 말고 어서 말을 해보시오."

"예, 전하. 보위대 유지에 관한 것은 소신도 좌군사의 의견에 찬성합니다. 그러나 지금과 같은 상태가 아닌, 좀 더 대원들 각자의 실력을 키워 황실의 금의위와 같은 세력으로 역량과 역할을 강화하면 어떨까 해서 중도에 나서게 된 것입니다."

"오~ 금의위와 같은?"

"그렇습니다, 전하. 금의위의 임무가 무엇입니까? 바로 황제의 안위를 책임지면서 황궁의 안과 밖의 경계를 철저히 하며 방비를 하는 것 아니겠습니까? 이와 같은 것은 보위대도 마찬가지입니다."

"보위대가 지금까지 그 역할을 했음은 본인도 잘 알고 있소. 하지만 그래도 금의위와 비교한다는 것은 좀……."

"맞습니다, 전하. 금의위 위사 개개인은 모두 무공을 익혔고, 무림인들도 쉽게 상대하기 벅찰 정도로 성취가 높습니다. 황제가 가진 진정한 검이라 할 수 있습니다. 따라서 현재 보위대와 금의위를 비교한다는 것 자체가 어불성설이고, 그만큼 황제의 위엄을 대변하는 세력이라 할 수 있습니다."

"그렇지. 영락제가 동창과 금의위를 창설한 이후 얼마나 대신들이 두려움에 떨었던가? 대군사 말대로 황제의 힘을 대변하는 세력이 이들이고, 금의위의 무력이 대단하다는 것은 삼척동자라도 아는 사실이지."

"맞습니다, 전하. 따라서 황제를 잡기 위해선 동창과 금의위를 물리쳐야 합니다. 하지만 어찌 그것이 하루아침에 되겠습니까. 다만 지금부터라도 준비를 한다면 전하께서 숭정제를 물리친 후 황제의 보위에 오르실 때쯤엔 금의위와 비교해도 손색이 없을 정도가 되지 않겠습니까? 그렇기에 말씀드린 것입니다."

"그럼 대군사는 보위대의 실력을 높일 수 있는 방법이 있다는 말인가?"

"그동안 생각하고 있었던 것은 있는데……."

"정말인가? 하하, 역시 대군사군. 그래, 그것이 무엇인가? 그렇게 뜸들이지 말고 말해보라."

이자성은 혹시나 하면서 송헌책의 말에 귀를 기울였는데, 송헌책의 입에서 대안이 있다고 하자 기쁨을 감추지 못하고 재촉했다. 아무리 무공을 익힌 낭인들을 받아들여 인원을 늘렸다지만, 생각했던 것보다 보위대의 무력이 높지 않았기에 걱정하고 있었던 것이다.

"그럼 말씀을 올리겠습니다. 좌군사, 지금 내가 하는 말을 듣고 오해는 하지 말아주었으면 좋겠네. 그리고 좌군사라면 아마도 내가 무슨 말을 하려고 하는지 능히 짐작하고 있을 것이니 전하께 허심탄회하게 말하도록 하겠네."

"그렇게 하십시오, 대군사."

"……?"

송헌책이 자리에서 일어서며 이암을 향해 정중하게 포권을 취해 보이며 양해를 구하자, 이자성은 무슨 일인가 하며 두 사람을 주시했다. 그러나 이암이 고개를 끄덕여 보이며 송헌책의 양해를 받아들이자, 다시 송헌책에게로 시선을 옮겼다.

"감사하오, 좌군사. 흠! 전하, 소신이 생각해 본 대안은 이렇습니다. 우선 지금 좌군사가 맡고 있는 보위대를 전하의 명령이 바로 대주에게 하달될 수 있도록 명령 체계를 단순화하는 것입니다. 비록 좌군사가 지금까지 잘해왔지만, 전하의 명령을 직접 받드는 것과 그렇지 않은 것은 보위대 대원들의 사기에 적지 않은 영향을 미치기 때문입니다. 더욱이 이번 근위대 일로 인해 사기가 다소 가라앉을 것이니 그것을 방지하기 위해서라도 이것은 반드시 시행하셔야 할 것입니다. 물론 근위대 역시 전하께서 직접 대주에게 명을 하달하는 것이 좋을 것입니다."

"흐음, 명령 체계의 단순화라……."

"예, 전하. 그리고 근위대가 창설된 지금, 보위대의 주 임무는 궁의 경계로 전환될 것입니다. 아마도 근위대가 사라지기 전에는 임무가 바뀌지 않을 것이고, 그렇다면 대부분 낭인들로 구성된 보위대의 기강이 일반 병사들처럼 헤이해질 수도 있습니다."

"그럴 수도 있겠군."

"전하, 어차피 근위대나 보위대 모두 전하의 안위를 위해서 있는 것입니다. 이들이 다른 것은 어느 곳이 전하의 근처에 더 가깝게 있느냐일 뿐이니, 그 임무는 마찬가지라 할 수 있습니다. 따라서 소신은 명 황실이 동창과 금의위를 경쟁시켜 힘을 키운 것처럼, 근위대와 보위대도 서로 경쟁을 시켜 스스로 힘을 키우도록 하는 것입니다."

"무슨 말인지 알겠지만, 과연 낭인들로 구성된 보위대가 근위대와 경쟁을 할 수 있겠소? 오히려 사기가 떨어지지 않으면 다행일 것 같은데……?"

"물론 처음엔 전하의 말씀대로 될 확률이 높을 것입니다. 하지만 전하께서 지원을 해주신다면 그 문제는 크게 문제가 되지 않을 것입니다."

"지원? 무슨 지원을 해주라는 것이오? 혹시 금전적인 지원을 말하는 것이오?"

"아닙니다, 전하. 물론 금전적인 지원을 한다면 사기야 높아지겠지만, 개개인의 실력이 어찌 높아지겠습니까. 소신은 보위대 대원들의 무공 지도를 근위대가 직접 하면 어떨까 생각해 보았습니다. 조금 전 최 장군의 설명을 들으면서, 근위대의 구성이 화산십검과 삼십육 명의 구궁검수임을 알았습니다. 물론 이들 중 실력이 뛰어난 화산십검이 전하의 곁에 붙어 있을 것이니, 구궁검수는 전하와 일정한 간격을 두고 경계를 할 것입니다. 그렇지 않소, 황 도장?"

"흠흠, 그렇긴 합니다. 무량수불."

"전하, 아무리 이들의 무공이 높다 해도 전하 곁에서 십이 시진 내내 붙어 있을 수는 없습니다. 당연히 이들도 조를 나누어 교대로 임무를 행할 것이고, 그렇다면 여섯 시진은 휴식을 할 수 있는 여유가 있지 않겠습니까? 그때 이들 중 몇 명만이라도 보위대의 무공 지도를 해준다면 얼마 지나지 않아 큰 성과가 있을 것입니다."

"근위대가 무공 지도를 한다……. 대군사가 무슨 의도로 그런 의견을 내놓았는지 알겠지만, 과연 그것이 가능하겠소? 최 장군은 대군사의 의견을 어떻게 생각하는가?"

"저, 그것이… 휴~ 솔직히 말씀드리면, 그것은 소장이 결정할 수 있는 일이 아닌 것 같습니다. 비록 목 장문인께서 도움을 주시기 위해 문도들을 보내주셨지만 무공 지도까지 언급된 것은 아니기 때문입니다."

"그런가? 하긴, 무림인들은 자파의 문도라도 제자가 아니면 무공 전수도 꺼린다는 말을 듣기는 했지. 하지만 대군사가 제안한 것도 있고 하니 한번 목 장문인께 물어보는 것은 어떠한가? 이곳에 화산파의 장로들이 있다고 하지만, 민감한 사안이니 결정을 내릴 수는 없지 않겠나?"

"그건, 흐음, 알겠습니다, 전하."

최추산은 이자성의 말에 침음을 흘리며 한 발 물러설 수밖에 없었다. 이자성의 언행에서 송헌책의 의견을 화산파에서 수용해 주었으면 좋겠다는 의도를 느낄 수 있었기 때문이다.

황진은 송헌책의 제안을 들으면서 기가 막혀 말이 나오지 않았다. 그것은 장로들 역시 마찬가지였다. 그러나 당장 이자성과 송헌책의 앞에 나설 수 없는 일이니 절대로 못하겠다는 말을 할 수가 없었다. 그저 최추산이 대리자 자격으로 좋게 마무리 지어주었으면 하는 바람으로 지켜보았다.

"그럼 무공 지도에 관한 것은 최 장군이 목 장문인과 잘 이야기해 보는 것으로 마무리 짓고, 대군사의 제안대로 근위대와 보위대는 지금부터 본인이 직접 관리하도록 하겠소. 지금처럼 좌군사가 잘해줄 것이라 믿어 의심치 않지만, 아무래도 이번에는 대군사의 의견을 따르는 것이 여러모로 좋을 듯싶구려. 그러니 좌군사는 너무 서운해하지 말고, 앞으로도 더욱 본인을 위해 성심을 다해주시오."

"아닙니다, 전하. 대군사께서 하신 말씀이 맞고, 소신 또한 전하께 그에 관해 말씀드리려고 했습니다."

"그런가? 그렇다면 정말 다행이구먼. 그럼 좌군사는 대주들과 상의하여 이후 문제가 없도록 조치하도록 하고, 오늘은 편안하게 본인과 약주나 하면서 환담이나 즐기다 가는 것이 어떤가?"

"그렇게 하겠습니다, 전하."

"하하, 그럼 오늘은 이것으로 회의를 끝내도록 합시다. 그리고 최 장군은 근위대 대원들에게 오늘은 푹 쉬고 내일 볼 수 있도록 조치를 하게. 먼 길을 달려왔으니 그동안 피로가 쌓였지 않았겠는가."

"예, 명을 따르겠습니다."

이자성은 의미심장한 웃음을 지으며 최추산을 바라보았다. 그러나 이내 이암과 함께 송헌책을 대동하고 대전을 나섰다.

*　　　*　　　*

"이 대인, 괜히 저희가 와서 곤란하게 된 것 같습니다."

"하하~ 아닙니다, 황 도장. 어차피 보위대를 전하의 직속으로 하려고 준비하던 참이었습니다. 그러니 신경 쓰지 않으셔도 됩니다. 오히려 군사로서의 본 임무에 충실할 수 있는 시간이 생겼으니 본인으로서는 좋을 뿐입니다."

"그렇게 생각해 주신다면 고맙지만, 미안한 것은 어쩔 수 없군요."

"하하하!"

이암은 황진의 말을 편안한 웃음으로 받아주었다. 그에 황진은 진정으로 고마운 마음이 들었고, 그것은 옆에 앉아 있던 원승지와 최추산 역시 같았다.

"그나저나 사형께선 전하의 의중을 따르실 생각이십니까? 아무래도 사부님께서 받아들이지 않으실 것 같은데……."

"그렇습니다. 목 장문인께서 아무리 전하를 위해 물심양면으로 도움을 주시고자 하시지만, 낭인들에게 무공을 지도해 주는 것을 허락하시지는 않을 것입니다. 하지만 전하께선 기대를 하고 계신 것 같으니 실로 걱정입니다."

"그래도 말씀을 드려봐야 하지 않겠습니까? 앞으로의 일도 있고 하니 본 파의 무공을 직접 전수하는 것이 아니고 약간의 지도 정도만 한다면 크게 걱정하지 않아도 될 것이라 봅니다. 그 정도는 사부님께서도 허락하시겠지요."

"그렇다면 다행이지만, 대군사가 이번에 화산파에 무리한 요구를 한 것은 사실입니다."

"최 장군께선 너무 신경 쓰지 마십시오. 대군사로서도 보위대의 존속과 사기를 진작시키기 위해선 어쩔 수 없었을 것입니다."

"흐음."

최추산은 이암이 송헌책을 두둔하자, 이내 말문을 닫고서 무거운 침음을 흘렸다.

최추산은 요즘 들어서 송헌책과 우금성이 이암을 대함에 있어 예전과 많이 달라졌음을 느끼고 있었다. 이것은 비단 최추산뿐만 아니라 이래형이나 왕소우 등 다른 장수들도 마찬가지였다. 다만 이암의 당부로 못 본 척하고 있을 뿐이었다. 물론 이암의 곧고 바른 성격과 이자성에 대한 믿음이 있었기에 지켜보자는 것이었지만.

"당신은 성격이 너무 곧고 바른 것이 문제에요. 이럴 때는 화도 내고 전하께 섭섭하다는 말도 하는 것이 좋다고요. 대군사가 왜 전하께 그런 말을 했는지 잘 알잖아요."

"하하, 부인도 많이 섭섭했나 보구려."

"섭섭한 것은 둘째라고요. 대군사와 우군사가 당신을 견제하고 있잖아요."

"그렇습니다, 좌군사. 장군들 사이에서도 그런 말이 심심치 않게 나오고 있습니다."

"최 장군께서도 그런 말씀을 하십니까? 지금은 모두가 한마음으로 단결해야 할 때이지, 그런 소문에 휩쓸려 분란을 만들 때가 아닙니다."

"당신은 최 장군께서 하신 말씀을 그저 그런 소문으로 흘려들으면 안 돼요. 소녀의 귀에도 들린다면 그게 어디 소문 정도겠어요. 안 그래요?"

"허허, 부인."

"하~ 소녀가 당신의 그런 바른 성품에 반했지만, 이번 문제는 제발 소녀의 말을 들어주세요. 아무리 대의를 위한다고 해도 조금이나마 대군사와 우군사를 견제하는 것이 좋다고요."

"그건 홍 낭자의 말이 옳은 듯합니다, 좌군사. 물론 그들도 대의를 위해 전하를 보필하고 있지만, 좌군사께서 올바른 방향으로 나아갈 수 있도록 견제를 해주는 것이 전하와 믿고 따르는 병사들에게 힘이 될 것입니다."

"흐음… 무슨 말인지 알겠습니다. 모두 제가 모자라서 생긴 일이니 앞으로는 좀 더 신중히 생각하도록 하겠습니다. 그러나 이번 문제는 어제 말했듯이 대군사가 아니었어도 보위대에 관해선 며칠 안으로 전하께 말씀 드리려고 했습니다. 그런 것을 어제 대군사가 먼저 말을 꺼낸 것뿐이니 앞으로는 이 문제를 더 이상 거론하지 마십시오. 그리고 여러분이 알고 있는 것은 전하께서도 알고 있다고 생각하십시오. 우리가 백성들에게 좀 더 나은 세상을 보여주기 위해선 무엇보다 전하를 믿고 따라야 할 것입니다."

"휴~ 알았어요."

"알겠습니다, 좌군사. 하지만 좌군사도 권력이란 요물이 어떤 것인지 생각해 보셨으면 좋겠습니다."

"그렇게 하겠습니다, 최 장군."

이암은 최추산의 여운이 담긴 말을 들으면서 고개를 끄덕였다. 자신 역시 송헌책과 우금성을 대함에 있어서 예전과 다른 묘한 이질감을 느끼고 있었기에, 부인인 홍 낭자와 최추산의 우려와 당부를 마냥 모른 척할 수가 없었던 것이다.

'휴~ 앞으로 가야 할 길이 멀고도 험한데, 어찌 한 발을 떼었다고 분란의 조짐이 보인단 말인가? 지금도 백성들은 배고픔에 허덕이고 있거늘…….'

"아우는 요즘도 왕안석(王安石)의 시를 좋아하는가?"

"하하, 소제가 제일 좋아하는 시가 무엇인지 잘 아시면서 그러십니까?"

"아직인가? 하하! 이제는 지겹지도 않은가?"

"소제가 우둔하여 그런지 아무리 읊어도 그런 마음이 들지 않더군요. 그리고 왠지 그 시를 읊고 있으면 마음이 편해지는 것이, 마치 화산에서 홀로 수련하던 때가 떠올라 기분이 좋습니다."

"그 정도였는가? 그럼 이 형을 위해 시를 청해도 되겠는가? 아우가 그토록 좋아하는 시를 듣고 싶구먼."

"물론입니다, 형님."

원승지는 자리에서 일어서며 이암을 향해 포권을 취했다.

원승지는 이암이 자신을 향해 질문을 던질 때부터 이암이 어색한 분위기를 바꿔보고자 한다는 것을 알았다. 누구보다 자신을 잘 알고 있는 이암이 송나라 재상이었던 왕안석의 시에 대해서 질문했다는 것은, 자신이 가장 좋아하는 왕안석의 매화(梅花)를 읊어 분위기를 전환하자는 의미가 담겨 있었기 때문이다.

"흠! 그럼."

장각수지매(牆角數枝梅), 능한독자개(凌寒獨自開)
담 모퉁이의 매화 몇 가지, 추위를 이기고 홀로 피었네.
요지부시설(遙知不是雪), 위유암향래(爲有暗香來)
멀리서도 눈이 아님을 알겠나니, 은은한 향기가 풍겨오누나.

"좋군, 좋아, 추위를 이겨내고 피는 매화라……."

이암은 오랜만에 원승지의 시 낭송을 들으며 두 눈을 감았다. 머리를 굴리며 생각하기보다는 그냥 마음으로 들으며 느끼고 싶었기 때문이다.

문장은 짧았지만, 그 속에 담긴 의미만은 절대 짧지 않았다. 엄동설한 속에서도 은은한 향기를 뿜어 자신의 존재를 알리는 매화, 이암은 매화라는 시를 통하여 꺾일지언정 굴하지 않는 선비의 절개를 느낄 수 있었던 것이다.

이암의 의도대로, 원승지의 시 낭송이 끝난 이후 분위기는 한결 부드러워졌다. 그러면서 자연스럽게 정치와 같은 경직된 이야기가 아닌, 일상생활과 같은 사소한 이야기들이 주제가 되어 이따금씩 웃음이 터져 나오는 화기애애한 상황으로 흘러 갔다. 그리고 날이 어두워지기 시작할 무렵엔 원승지에 의해 영인에 대한 얘기들이 자연스럽게 나왔다. 물론 개차반 같은 성격에서부터 시작했지만, 이후엔 무공과 성장 가능성에 대한 얘기들로 바뀌어갔다. 당연히 이암과 최추산, 그리고 황진에게 태영인이란 이름이 조금씩 자리를 잡게 되는 계기가 되었고.

第七章
이해가 안 되면, 그냥… 그러려니 해라

근위대가 창설되었다. 이자성이 대전에서 모든 대소 신료 앞에서 공포를 한 것이다. 회의가 있던 날에 보위대의 무공 지도라는 난제가 해결되지 않아 며칠이 걸릴 줄 알았는데, 황진이 어떤 방법으로 목 장문인과 서신을 왕래했는지 모르지만 일주일 만에 결과를 이자성에게 전해준 것이다.

　이자성과 대신들은 목 장문인을 대신한 황진의 입에서 허락한다는 말을 듣고는 크게 기뻐했다. 내심 힘들 줄 알았는데, 예상 외로 쉽게 좋은 결과가 도출된 것이다. 이에 이자성은 이암으로부터 넘겨받은 보위대의 지휘권을 바탕으로 근위대 대원들에게 처음으로 임무를 명했다. 바로 보위대의 무공 지도였다.

이자성의 명을 받은 근위대 대주는 화산십검 중 첫째인 매화검(梅花劍) 왕구(王丘)였고, 왕구는 황진의 사질로서 사부인 귀신수(歸辛手) 양조위(楊調暐)의 사형이 바로 황진이었다. 이에 왕구는 사제이자 부대주인 매검화(梅劍和) 유배생(劉培生)에게 이자성의 명을 전했고, 자신과 이 교대로 나누어 근위대의 본 임무에 충실함과 동시에 보위대의 무공 지도를 맡아서하게 되었다.

많은 사람이 훈련을 받기에는 턱없이 작은 연병장.

그렇기에 일정한 간격을 유지하며 병장기를 움직일 수 있는 인원이 한정될 수밖에 없었다.

"하앗! 합!"

"이얍!"

연병장에 모인 보위대 대원들의 힘찬 구령 소리.

삼백의 인원이 누군가가 선창하는 구령에 맞추어 똑같이 복창하며 자신의 손에 들린 칼을 휘두르고 있었는데, 그 모습을 보고 있는 영인의 이마에 깊은 골이 파여 있었다. 만약 다른 사람들이 보았다면 엄숙함 속에 경건한 힘이 배어 있어 장관이라 할 만한 경치였는데, 전후 사정을 너무나 잘 알고 있는 영인에겐 한심한 모습으로밖에는 보이지 않았던 것이다.

"젠장, 너무 적잖아!"

"하지만 어쩌겠냐? 인원을 최대한 줄이라고 하는데 맞춰 줘야지."

"그래도 천오백 명 중 삼백 명이라니, 이게 말이 되냐?"

"그럼 네가 전하께 말해보든가."

"빌어먹을!"

명규의 핀잔에 영인은 그만 입을 다물었다. 속에선 불평불만이 계속 반복되었지만, 명규의 말대로 자신들의 힘이 미약하기에 더 이상 떠들면 입만 아플 뿐이기 때문이었다.

이자성의 명을 받은 황진은 보위대의 인원을 제한했다. 자신들의 임무도 있고 하니 전체 인원을 감당하기 벅차다는 핑계를 댔던 것이다. 그에 이자성도 황진의 제안이 타당하다 생각되었기에 우선적으로 무공이 높고 가능성 있는 인원을 선별하여 지도를 부탁할 수밖에 없었다. 물론 앞으로 자신에게 충성할 수 있는 날들이 많은 젊은 층에게 기회를 부여했고.

지금 연병장에 열심히 구슬땀을 흘리고 있는 이들의 평균 연령은 스물여섯 살이었다. 대충 둘러보아도 서른두 살이 넘는 대원은 없었다. 아무리 현재 다른 대원들보다 실력이 뛰어나다고 해도 나이가 있기에 그 이상의 성취를 기대하기가 어렵다고 판단했기 때문이다.

황진의 명에 따라 왕구와 유배생이 대원들을 지도한 지도 삼 주가 지나가고 있었다. 태양이 기승을 부리는 한낮은 조금만 몸을 움직여도 땀이 흐를 정도로 무더웠다. 그러나 연병장에 있는 대원들은 자신들에게 기회가 왔다는 것을 알고 있다는 듯이, 일체 불평불만 하나 없이 최선을 다해 칼을 휘두르고 있을 뿐이었다.

"그런데 왜 우리보고 저 녀석들 명령을 들으라고 하는 거냐?"

"누가 명령을 들으라고 했냐, 이참에 우리들에게 명문 정파의 하나인 화산파 고수들의 지도를 받아보라는 거지. 그리고 전하의 명이잖냐, 하라면 해야지."

"누가 안 하겠대? 그런데 왜 하필 근위대주에게 받아야 하냐고. 나도 명색이 왕구하고 같은 대주인데, 이건 말이 안 되잖아. 같은 대주끼리 친하게 지내는 것은 좋지만, 허리를 굽실거리고 존대를 하면서까지 받을 필요가 없잖아. 안 그래?"

"그렇기는 하지. 명색이 자존심이 있는데. 차라리 황 도장이라면 이해를 하겠지만……."

"내 말이 그 말이야. 지금 우리가 전하의 명에 따르면, 앞으로 보위대는 근위대 밑에서 굽실거릴 수밖에 없다고. 완전히 급수가 달라지는 거잖아."

"하지만 어쩌겠냐, 이미 전하의 명은 떨어졌는데. 그리고 아침에 유 장군께서 하신 말이 있는데……."

"유 장군이? 뭐라고 했는데?"

"확실한 것은 아닌데, 대군사께서 지금 근위대는 한시적인 단체라고 했단다. 앞으로 상황이 호전되면 모두 화산파로 돌아가도록 한다고 하더라."

"그래? 한시적이라고?"

"그렇게 말하는 것을 듣기는 했는데, 그것이 몇 달이 될지 몇 년 후가 될지는 모르지."

"흐음."

"하지만 확실한 것은 있지. 지금 보위대가 둘로 나눠져 있잖냐. 이번에 무공을 배우는 삼백 명의 실력이 어느 정도 향상되면 이후 근위대로 차출될 거란다. 그리고 남은 인원은 지금처럼 보위대로 남아 경비와 순찰을 담당하게 될 거고."

"그럼 뭐야? 좋은 게 아니잖아?"

"좋을 수도 있고, 나쁠 수도 있지. 화산파 문인들이 모두 물러나면 우리가 그 자리를 차지할 것이니 좋고, 그렇지 않고 인원만 빠져나가면 말만 보위대지 힘은 하나도 없는 쭉정이가되는 거지."

"휴~ 그렇겠지. 그런데 영도가 이번에 보위대로 온다고?"

명규의 설명에 영인의 고개가 무겁게 끄덕여졌다. 확실히 일리가 있는 말이었다. 그렇지 않아도 굳게 마음먹고 입신양명을 하기 위해 노력할 생각이었는데, 아무리 보위대의 대주라 해도 힘과 권력이 배제되면 말짱 꽝이었기 때문이다. 거기다 생각지 않게 껄끄러운 인물이 자신의 밑으로 온다고 하자 영인의 인상이 자꾸만 찌그러질 수밖에 없었다.

영인과 명규 등이 보위대에 있는 동안, 영도는 유종민의 휘하 백인대장으로 있으면서 무공을 배우고 있었다. 그런데 갑자기 보위대로 온다고 하니 여간 신경 쓰이는 것이 아니었다. 가뜩이나 도길 등과도 사이가 그리 좋은 편이 아니었고, 영인 역시 굴비가 있기에 쉽게 막말을 할 수가 없었던 것이다. 물론 이런 일반적인 상황에 따를 영인이 아니었지만.

"여기서 지금 뭐 하는 것입니까?"

"응? 누……."

"아, 오 대원이로군."

"흠! 사백께서 두 분을 찾고 계시니 어서 따라오시지요."

"뭐? 이……."

"영인아, 쉿! 참자, 참아."

언제 다가왔는지 모르지만 갑자기 들려온 오상의 깔보는 듯
한 말에 영인이 순간적으로 치솟는 분기를 참지 못하고 욱하
려고 하자, 이에 깜짝 놀라며 명규가 영인의 팔을 잡고서 말렸
다.

영인은 명규의 간절한 마음이 담긴 팔을 떼어낼 수가 없었
다. 또한 자신의 신세가 예전과 같지 않음도 다시 한 번 깨달
을 수 있었다. 아니, 화산파라는 문파의 위상이 어떠한지 알게
되었다. 더불어 이자성의 보위대와 대원들, 그리고 자신에 대
한 생각이 어떠한지를.

'젠장, 오늘은 참는다. 그러나 네놈들이 목에 힘주는 날이
언제까지 갈지 지켜보겠다. 화산파의 위세가 천년만년 이어지
진 않을 테니까.'

영인은 자신을 향해 한마디 하고 돌아서서 걸어가는 탈극
검(脫極劍) 오상(吳償)의 뒤통수를 힘껏 째려보다가, 명규의 이
끌림에 어쩔 수 없이 발을 움직일 수밖에 없었다.

오상의 안내에 영인과 명규는 근위대가 자리 잡고 있는 전
각 안으로 들어갔다. 그리고 바로 황진을 볼 수 있었는데, 황진
은 왕구로부터 어떤 설명을 듣고 있었는지 귀를 기울이고 있

었다.

"흠! 이제야 오시는구려."

"흐음."

"하하, 누구를 좀 기다리고 있다가 좀 늦었습니다. 황 도장께서 우리를 많이 기다리고 계셨습니까?"

마치 아랫사람을 꾸중하는 듯한 황진의 말에 영인의 인상이 찌그러지자, 명규가 얼른 앞으로 나서며 황진의 말을 받았다.

"그렇습니까? 그래, 누구를 기다리다 늦었습니까?"

"오늘 아침에 유 장군께서 휘하의 백인대장 한 명이 보위대로 가게 되었다고 그러더군요. 그래서 그를 기다리고 있었습니다."

"흐음."

명규의 설명에 황진은 알겠다는 듯 고개를 한차례 끄덕여 보였다. 그러나 그것이 다였다. 그 후로 한식경이 흐르는 동안 한마디 말도 없이 옆에 앉아 있던 왕구와 조용히 밀담을 나누었다. 하지만 살짝 집중해서 귀를 기울인다면 충분히 들을 수 있을 정도의 밀담이었다. 당연히 밀담이라고 할 수도 없었고, 영인과 명규는 자신들을 무시하는 듯한 느낌과 무슨 이야기들을 하는지에 대한 호기심에 귀를 기울였다. 그리고 두 사람의 밀담을 들으면서 영인과 명규는 얼굴이 조금씩 붉어졌다. 바로 자신들에 대해서 어떻게 처리할지를 상의하고 있었던 것이다.

'젠장할 놈들! 네놈들이 이렇게 대놓고 면박을 줄 줄은 몰랐구나. 이것이 소위 명문 정파라는 화산파의 인심이더냐? 너희들이 이 정도라면 다른 문파들이 어떻게 행동할지는 안 봐도 뻔하다. 나중에 내가 무림에 발을 디디게 될 경우, 너희 같은 놈들은 아예 고개도 들지 못하게 목을 분질러 주겠다.'

'빌어먹을! 혹시나 했는데 역시나군. 이래서 낭인들 사이에서 명문 정파나 명가에서 배운 콧대 높은 놈들하고는 상종을 하지 말라는 소문이 자자했구나. 소문만 들었지, 이렇게 내가 당하게 될 줄은 몰랐군.'

"흠! 그렇게 할 말이 많았으면 좀 더 늦게 올 것을 그랬소이다."

"영… 흠! 황 도장, 대주께서 바쁜 일정에도 불구하고 오신 것이니, 하실 말이 있으면 좀 서둘러 주시길 바랍니다."

"하하, 실례를 했습니다. 마침 사질하고 얘기가 끝났으니 이리로 앉도록 하시지요. 그리고 왕 사질은 유 사질에게 내가 일러준 말을 그대로 전하고, 앞으로 차질이 없도록 철저히 준비하게 하거라."

"알겠습니다, 사백님."

왕구는 황진에게 허리를 숙여 예의를 차린 후 조심스럽게 방을 나섰다. 그러나 나가면서 영인과 명규를 날카로운 시선으로 쳐다보았는데, 눈에서 불이 번쩍이는 듯한 착각이 들 정도로 매서웠다.

영인과 명규도 왕구의 눈빛을 보았다. 그러나 영인은 별로 신경 쓰지 않았다. 다만 명규만이 앞으로 있을 왕구의 무공 지도를 생각하며 몰래 한숨을 내쉬었다.

"전하께서 두 분께 따로 언질을 하셔서 아시겠지만, 오늘부터 조금 전에 나간 왕 사질과 부대주인 유 사질이 무공 지도를 해줄 것입니다. 그에 두 분께 할 말이 있어서 바쁜 시간에도 불구하고 이렇게 보자고 한 것입니다."

"무슨 문제라도 있는 것입니까?"

"아닙니다, 태 대주. 다만… 빈도가 오랜 세월 스승님을 모시고 산에서만 있다 보니 괜히 사소한 일에도 걱정이 되어 오늘 이런 시간을 마련하게 되었습니다."

"흐음."

"황 도장께서 이렇게 신경을 써주시니 감사할 뿐입니다."

"무량수불."

황진의 말에서 영인과 명규는 무엇을 말하고자 하는지 파악할 수 있었다. 괜히 자존심을 내세워 분란을 일으키지 말아달라는 당부를 돌려서 전하고 있는 것이다. 그리고 아무리 영인의 성격이 막장 개차반이라고 해도 화산파를 대신하여 이자성과 담화를 나눌 수 있는 황진의 말을 일개 대주가 무시할 수는 없었다. 의도를 뻔히 알면서도 어찌할 수 없기에 굳게 다문 입에선 무거운 침음만 흘러나왔다.

"그럼 어떤 방식으로 저희에게 무공 지도를 하실 생각이십니까? 설마 일반 대원들과 함께하라는 것은 아니겠지요?"

"하하, 어찌 그렇게 할 수 있겠습니까. 오늘 부대주가 한 분 더 배정되었다 하니 세 분이서 함께하시게 될 것입니다. 왕 사질과 유 사질에게 미리 그에 대한 준비를 시켰으니 내일부터 시작하시면 될 것이고, 한 가지 빈도가 두 분께 당부를 하고 싶은데……."

"어차피 그 말을 하기 위해 오라고 한 것이 아닙니까?"

"그냥 편하게 말씀하시지요, 황 도장."

"무량수불… 이미 전하께 말씀을 드렸고, 두 분도 어느 정도 무공을 익히고 있음을 알기에 편하게 말하겠습니다. 흠! 무공이라고 하는 것이 누군가의 지도를 받았다고 일순간 높은 성취를 보이는 것이 아닙니다. 물론 배울 사람이 성장할 준비가 이미 되어 있고, 마침 그것을 파악한 고수가 알맞은 방법으로 지도해 주었을 경우, 빠른 성취가 가능할 수도 있습니다. 하지만 전적으로 이것은 예외적인 일이며, 보통의 경우는 아니지요. 두 사제가 지금 교대로 사형제들과 함께 삼백 명의 대원을 지도하고 있지만, 그들이 만족할 만한 성취를 보이려면 족히 반년에서 일 년은 꾸준히 수련해야 할 것입니다. 하지만 본 파의 진산절기를 가르칠 수도 없기에 이 기간은 더 늘어날 수도 있습니다."

"흐음."

"……."

"다시 말하지만, 아무리 본 파의 문도들이 지도를 한다고 해도 본 파의 진산절기를 가르치는 일은 없을 것입니다. 물론 본 파에 피해가 가지 않는 한도 내에서 최대한 노력을 하겠지만, 두 분도 그 점을 숙지하시고 계셨으면 좋겠습니다. 사실 무공이라는 것이 누가 가르치라고 해서 아무나 가르칠 수는 없는 것이 아니겠습니까? 그러니 너무 섭섭해하지 마시고 성취를 높일 수 있는 방법을 함께 찾아보도록 합시다. 무량수불."

"후후, 무슨 말을 하시고자 하는지 알겠습니다. 그리고 어차피 화산파의 진산절기를 배울 수 있다는 기대도 하지 않고 있었으니 황 도장의 말대로 섭섭할 것도 없습니다. 그러니 너무 걱정하지 않으셔도 될 것입니다. 다만 한 가지 물어보고 싶은 것이 있는데, 답변해 주시겠습니까?"

"흐음, 그렇게 생각하고 계셨다니 빈도의 마음이 한결 가벼워지는 것 같습니다. 그래, 태 대주께서는 무엇이 궁금하십니까?"

"감사합니다. 당장 궁금한 것이 몇 가지 있지만, 한 가지만 질문 드리겠습니다. 아까 대원들이 만족할 만한 성취를 보인다면 꽤 시간이 걸린다고 했는데, 그 만족할 만한 성취라는 것이 누구의 기준을 말하는 것입니까? 저입니까, 아니면 황 도장입니까?"

"하하, 당연히 전하께서 만족하셔야 하지 않겠습니까? 아무리 빈도나 여러 장군 및 신료들이 만족한다고 해도, 그리고 태 대주가 만족한다고 해도 전하께서 아니라면 아닌 것이지요. 그렇지 않습니까?"

"그… 렇기는 하지요. 그럼… 전하께서 대원들의 성취를 어느 정도까지 예상하고 계신지 알고 계십니까? 근위대 대원들의 실력이 모두 일류이거나 그에 근접했다고 알고 있는데, 전하께서 삼백 명 모두 일류 이상의 성취를 생각하고 계시다면⋯ 황 도장께선 어떻게 하시겠습니까? 이들을 몇 년 안에 전하께서 원하는 정도로 성장시킬 가능성이 있다고 보십니까?"

"그들 모두를 말입니까?"

"그렇습니다. 어차피 지금의 근위대는 한시적이라 들었습니다. 그렇다면 당연히 삼백 명이 그 임무를 대체할 인재들이라 할 것이니, 현 근위대보다 못한 실력이라면 전하께서 만족하시지 않겠지요. 그렇지 않습니까?"

"흐음, 일류라⋯⋯. 무량수불, 솔직히 빈도는 오 년 안에 그 정도의 성취는 힘들다고 생각합니다. 아니, 십 년을 투자해도 모두 그 정도의 성취를 보일 수는 없을 것입니다. 무공은 배우는 시기가 있습니다. 너무 어려도 안 되고, 그렇다고 나이가 너무 많아도 안 됩니다. 그런데 지금 삼백 명은 새롭게 무엇을 하기에는 나이가 너무나 많습니다. 그저 지금까지 배운 것을 세밀하게 다듬고 스스로 성장할 수 있도록 바탕을 만들어주는 것이 전부입니다."

"그래서요? 지금 황 도장께서 하신 말씀을 들으면 아무리 세월이 흘러도 모두 일류의 경지까지는 오르지 못한다는 것입니까?"

"아닙니다. 어찌 인간의 노력과 성장이 한 개인이 판단할 수 있는 일이겠습니까. 다만 빈도가 말하고자 하는 것은, 그들 모두 그만큼 성장하려면 생각보다 많은 세월이 필요하다는 것입니다. 무량수불."

"그렇습니까? 알겠습니다. 그런데 과연 전하께서 그때까지 기다려 주시겠습니까? 아니, 황 도장은 물론 화산파가 과연 그 많은 시간을 전하와 대원들에게 투자하실 수 있겠습니까?"

"그, 무슨……."

"제겐 아주 중요한 문제입니다. 그러니 황 도장께서 심기가 불편하시더라도 저와 대원들을 위해 확실한 답을 해주셨으면 합니다."

"흐음, 무량수불……."

"…흠! 답을 주시기가 쉽지 않은가 봅니다. 여하튼, 최소한 그들이 근위대나 그 이상의 역할을 하려면 시간이 많이 걸린 다는 것인데… 그렇다면 앞으로 십 년 이상을 황 도장과 화산 파 문인들이 전하의 곁에 계속 머물러 계신다는 것이군요. 그 렇습니까, 황 도장?"

"…무량수불."

황진은 영인의 말이 계속될수록 자신도 모르게 두 눈을 감 으며 도호를 읊어야만 했다. 영인이 자신을 비롯한 화산파 문 인들을 껄끄럽게 생각하고 있다는 것을 잘 알고 있었다. 당연 히 보위대 대주로 잘나가고 있던 위치를 흔들어 버린 것이 근 위대였고, 그 핵심이 화산파와 자신이었기에 반발심이 크다는 것을 알고 있었다. 하지만 막상 영인의 질문에 쉽게 답할 수가 없자 당황스러웠고, 가만히 생각해 보니 질문의 내용이 그냥 흘려듣기엔 중요한 의미를 담고 있었다. 십 년의 세월, 결코 짧 지 않은 시간이었기 때문이다.

"…그렇게 되지는 않을 것입니다. 아무리 스승님께서 전하를 위해 물심양면 도움을 주시지만, 세속의 일에 십 년 이상 문도들을 내보내기는 힘들 것입니다. 무량수불."

"그래… 요? 그럼 둘 중 한 가지겠군요. 대원들의 무공을 빠른 시일 안에 높이든가, 아니면 전하의 윤허를 받든가. 하지만 근위대의 창설을 주장한 것이 황 도장과 화산파이니, 아무래도 대원들의 무공을 높여 놓은 후에 권리나 이권을 주장하는 것이 맞겠군요. 그것이 전하와 화산과 모두 이득이니. 황 도장께선 어떻게 생각하십니까?"

"그, 그건… 흐음, 무량수불……."

영인이 생각보다 너무나 직설적으로 물어보자, 이를 듣고 있는 황진은 쉽게 답을 내놓을 수가 없었다. 물론 영인의 입에서 나온 권리나 이권이란 말이 귀에 거슬렸지만, 근위대 창설의 배경과 목적이 그것이기에 뭐라고 반박할 말이 없었다.

'허, 보위대 대주로 있다 하나 나이가 어려 편하게 생각했는데 실제로 보니 만만하게 상대할 인물이 아니지 않은가. 원 사제가 일전에 대련을 했다고 했는데, 그때 너무 매몰차게 대했던 것인가? 눈빛이 날카로운 것이, 본 파에 대한 반감이 적지 않은 것 같구나.'

황진은 한식경 동안 아무런 말 없이 영인의 눈동자를 주시했다. 영인 또한 황진의 시선을 외면하지 않고 끝까지 받아주었고, 이를 곁에서 지켜보고 있는 명규만이 흥미진진한 표정으로 사태의 흐름을 파악하고자 하였다.

지금까지 사십육 년이라는 적지 않은 세월을 살아온 황진은
한 문파를 책임지고 있는 스승의 수제자로 많은 경험을 쌓았
다. 그만큼 매사에 신중하고 노련했기에 영인의 말속에서 무
엇을 원하는지 의도를 파악할 수가 있었다. 화산파의 진산절
예는 아니더라도, 대원들과 자신들을 지도하기 위해선 일반적
인 기초로 그치지 말라는 의도가 명백했다. 권리와 이권을 주
장하려면 그에 합당한 성과가 있어야 한다는 것이니 할 말도
없었다.

　"좋습니다. 태 대주의 의중대로 대원들의 지도에 좀 더 신경
을 쓰도록 지시하겠습니다. 그러니 대주도 전하께 충성한다는
생각으로 사질들의 지도에 성심껏 따라주시기 바랍니다."

　"알겠습니다. 그럼 앞으로 잘 부탁드립니다."

　"그럼 서로 할 얘기는 다 한 것 같군요. 빈도가 바쁜 관계
로……."

　"저희들도 바쁜 시간에 왔으니 이만 가보겠습니다. 다음에
찾아뵐 때도 좋은 얼굴로 뵙게 되기를 바랍니다. 부대주, 이만
가도록 하지."

　"응? 아, 예."

　영인은 황진에게 포권을 취한 후 바로 명규를 데리고 밖으
로 나섰다. 들어올 때는 다소 머뭇거리는 감이 있었지만, 나갈
때는 발걸음에 거침이 없었다. 오늘 일로 서로 주고받을 수 있
는 사이로 발전될 가능성을 확인했기에 전혀 꿀릴 것이 없었
던 것이다.

근위대를 완전히 빠져나오자, 명규는 영인의 등을 탁 치면서 웃음을 터뜨렸다. 그러면서 영인을 다시 봤다는 듯 엄지손가락을 치켜들어 주었다.

"하하, 야! 네가 웬일이냐?"

"왜 이래? 뭐 잘못 먹었어?"

"주눅 들지 않고 할 말 다 하고 나온 것이 신기해서 그러지. 그리고 아무리 네가 거침없는 성격이라지만, 그게 저들에게까지 통할 줄은 몰랐거든. 아니, 황 도장에게 그렇게 말할 줄은 꿈에도 몰랐다. 정말 네 배짱은 알아줘야 한다니까."

"그 정도 가지고 뭘."

"아니야. 오늘 일은 무림인들이 안다면 꽤 황당해할 거다. 황 도장이 누구냐? 다음 대 장문인으로 내정된 사람 아니냐. 자그마치 콧대가 하늘을 찌르는 구파일방 중 한 파의 장문인 후보라고. 그런데 네가 오늘 뭘 했냐? 하하! 황 도장이 네 질문에 반박도 하지 못하게 만들지 않았냐. 오늘 정말 대단했다. 완전히 다시 봤어."

"계속 다시 봐라. 난 태영인이니까."

"…그게, 무슨 말이냐?"

"이해가 안 가냐?"

"당연하지. 갑자기 그런 말도 안 되는 말을……."

"이해가 안 되면 그냥… 그러려니 해라. 언제부터 네가 날 이해해 줬다고 그러냐? 그리고 오늘 난 이만 퇴청한다. 그러니까 네가 애들 알아서 신경 쓰고, 오늘 근무조 이상 없도록 알아서 서류 깔끔하게 정리하고 준비시켜라. 괜히 분위기도 어수선한데 술 퍼마시게 하지 말고. 특히 영도한테는 알아서 기라고 말해놔라. 어정쩡하게 만들어서 나중에 골치 썩게 하지 말고. 알겠지?"

"그래, 알았다."

"수고~"

"홋~"

뒤도 돌아보지 않고 걸어가면서 살짝 손을 흔들어주는 영인의 모습에 명규는 자신도 모르게 실소를 흘렸다. 확실히 조금 전, 정확히 황 도장과의 얘기가 잘되고 근위대 산문을 나선 후부터 영인의 기분이 많이 들떠 있음을 행동 하나로도 확인할 수 있었다.

'그나저나 내일부터는 좀 힘들어지겠지? 오늘 일을 들었을 테니. 무더위에 땀으로 목욕할 정도만 아니었으면 좋겠는데. 아니지. 그 도사들 눈빛이 살벌한 것이 분위기가 예사롭지 않았는데… 이거 앞으로 고생문이 훤하게 열리겠구먼. 빌어먹을! 홋, 그래도 오늘 기분은 좋군. 역시 언제 쪽박 날지 모르는 권력이라고 해도 권력은 말 그대로 권력이구나. 확실히 힘과 권력은 세면 셀수록 좋은 것이여. 물론 돈도 많으면 좋겠지만……'

명규의 우려가 현실로 드러난 것은 당연했다. 아무리 왕구와 유배생의 정신 수양이 높다고 해도 평소 존경하던 사백과

있었던 얘기를 알고 난 상태에서 영인과 명규를 좋게 대하지
는 못했던 것이다. 성인군자가 아니었기에 당연한 반응이었
고, 영인은 자신이 황진에게 한 말이 있기에 묵묵히 따를 수밖
에 없었다. 상황이 어찌 되었든, 영인은 두 도인이 지도하는 대
로 열심히 따르겠다고 했으니 심하게 굴린다고 반박할 수가
없었던 것이다.

처음 왕구가 영인과 명규에게 시킨 것은 검을 다루는 검사
로서의 마음가짐과 태도에 대한 끝없는 설교와 당부였다. 중
도에 영인과 명규가 자신들은 검이 아닌 칼을 사용한다고 끊
지 않았다면, 첫날 대부분의 시간을 설교로 끝났을 뻔했다. 그
러나 왕구가 영인과 명규의 불만을 받아들인 것은 아니었다.
비록 화산파의 유일한 도법인 반양의도법(反兩儀刀法)이 있었
지만, 누가 뭐라고 해도 화산은 검을 숭상하고 수련하는 명문
종파였기 때문이다.

한마디로, 칼이나 검 등 모두 병장기이니 손의 연장선으로
생각하라는 말로 되받아주었다. 즉 지금까지 사용하고 있는
병장기에 연연하지 말고, 자신의 지도에 절대적으로 따를 것
을 당당하게 주문한 것이다. 만약 영인과 명규가 아닌 다른 무
인들 같았으면 왕구를 향해 삿대질을 하며 언성을 높여도 백
번을 더 높였을 상황이었지만.

처음에 가졌던 반감을 제외하면, 영인도 왕구의 말에 더 이
상 토를 달지 않았다. 어차피 자뢰격마공 상의 자뢰마격검을
수련해야 할 시점이었기에 겸사겸사 고수의 지도를 받으며 검

에 대해 알게 된 것에 만족해했기 때문이다.

물론 명규의 생각은 전혀 반대였다. 만약 대주인 영인이 꿀 먹은 벙어리처럼 가만있지 않았다면 당장에 왕구의 멱살을 잡아 쥐고 죽자 살자 달려들었을 정도로 불순한 의도가 명백했다. 즉 지금까지 배운 무공을 모두 버리고 새로 시작하라는 말과 진배없었기 때문이다.

하지만,

영인과 명규 및 삼백 명의 대원들은 여름 땡볕을 벗 삼아 열심히 끈적끈적한 땀방울이라는 열매를 몸 밖으로 배출하였다. 무공 지도라는 확실하고도 명백한 명분을 핑계로 가차없이 굴리는 왕구와 유배생으로부터 벗어날 날만을 꿈꾸며.

*   *   *

겹현에서의 패전 이후 손전정은 전력을 회복하기 위해 여러 가지로 노력을 기울였다. 그리고 이자성과의 전력 차이를 줄여줄 마지막 수단으로 화기를 탑재한 전차인 화차(火車)를 제조하는 데 총력을 기울였는데, 서쪽 바다를 건너서 왔다는 화란의 화포를 본떠서 만든 홍이포였다. 말이나 소가 끌 수 있도록 수레에 홍이포를 실었으며, 손전정의 명을 받은 백광은 이 홍이포 오십 문으로 이루어진 화차영(火車營)의 지휘를 맡았다.

팔월에 접어든 지 육 일째 되던 날, 드디어 손전정이 재건

중에 있던 본진이 관중의 부대를 이끌고 동관을 나섰다. 우성호와 노광조(盧光祖)가 선봉에 서고, 중군은 고걸이 맡았다. 또한 백광은이 화차영을 이끌었으며, 왕정(王定)과 관무민(官憮民)이 이끄는 연수(延綏)와 영하(寧夏)의 병력이 후원으로써 그 뒤를 이었다.

손전정의 작전은 이러했다. 우선 하남성으로 이미 진격해 들어간 진영복(陳永福) 등의 군대와 본진이 합동하여 낙양으로 들어가고, 사천총병 진익명(秦翼明)이 섬서성 남동부에 있는 상락(商洛)으로 진출한다. 또한 좌양옥이 남쪽으로부터 호북성 양양으로 진입함과 동시에 적의 후퇴 시 하남성으로 진격하며, 여양 부근에서 이자성을 세 방향에서 협공한다는 것이었다. 그러나 이때까지 손전정의 명을 받은 좌양옥과 진익명은 움직이지 않고 있었으며, 오로지 진영복 등 오월에 먼저 움직였던 선발 부대만이 손전정의 명을 충실히 이행하고 있을 뿐이었다.

손전정의 전략대로 관군은 어렵지 않게 문향(閿鄕)에 이르렀다. 이자성의 군대가 막아섰으나 무슨 이유 때문인지 싸우다가 퇴각하기를 반복하며 섬주(陝州)를 거쳐 민지(澠池)를 지나 낙양과 겹현까지 퇴각했다. 즉 우성호의 선봉은 낙양 부근에서 유적군을 연파하면서 기분 좋게 여주(汝州)까지 추격하였다.

하지만 이때 이자성은 송헌책과 우금성이 짜놓은 전략대로 정예 병력을 하남성 양성(陽城)에 집중시켰고, 여주, 보풍, 겹현 등의 지역에 부대를 배치하였다. 그리고 병사들의 동요를 막기 위해 가족들을 후방이라 할 수 있는 당하(唐河)에 남겨두었는데, 말이 후방이지 실제로는 전장의 한복판이 될 수도 있는 곳이었다. 하지만 병사들을 관리하기 위해선 어쩔 수 없었다. 병사들 중 반 이상이 강제 징집병이기 때문이었다.

그러나 이런 이자성의 노력과 달리, 아쉽게도 손전정이 여주까지 추격하는 동안 군위(軍尉) 이양순(李養純)이 관군에 투항하는 일이 발생했다. 뜻밖의 난제였는데, 군위란 군정 업무를 총괄하던 자리였기에 이양순은 손전정에게 자신이 알고 있는 이자성 군대의 배치와 전략을 상세하게 알려주었던 것이다.

이자성으로서는 천려일실이었다. 전반적인 작전에 대해 알고 있는 소수 지휘부의 보안만 신경 썼지, 이번 작전으로 인해 발생될 수도 있는 휘하 장수들과 병사들의 불안과 동요까지 신경 쓰지 못했던 것이다. 그저 위에서 시키면 시키는 대로 따르는 것이 병사들이고 장수들이라 생각하고 있었는데, 전혀 생각지도 못한 이양순의 배신으로 상황이 급박하게 돌아가기 시작했던 것이다.

이양순의 배신 이후, 천인대장 및 그 휘하 병사들의 동요가 심각한 수준에 이를 정도로 커졌다. 그동안 보여주었던 기세와 기백이 모두 어디로 달아났는지 호랑이와 같이 기세등등하던 이자성의 군대가 관군의 진격을 한 번도 막지 못하고 전투가 벌어지면 백이면 백 후퇴했기에 불안은 시간이 흐를수록 가중되었던 것이다.

손전정은 이양순이 제공한 정보를 근거로 동관을 떠난 후 삼 일째 되던 날 여주를 공격했다. 그리고 주력군을 양성까지 바짝 공략하여 겹현 서남에 이르도록 명을 내렸고, 일부 군사를 보풍과 당하로 보내면서 지름길에서 습격하도록 했다. 더이상 농민들이 이자성의 군대에 가담하거나 도와주지 못하도록 하기 위해서였다.

이때 하남성과 호북성의 백성들 사이에서는 '그들이 먹이고 입혀줄 것이니 대문을 열고 틈왕을 맞이하자. 틈왕이 오면 양식을 빼앗기지 않아도 된다', 또는 '아침에는 오르는 것을 구하고 저녁에는 합하는 것을 구하니, 요즘의 가난한 백성들은 살아가기가 어렵다. 아침마다 문을 열고 틈왕을 배알하여, 모든 사람이 기뻐하고 있다는 것을 알려주자' 라는 말이 입과 입으로 전해지고 있었기 때문이다. 당연히 손전정으로서는 이를 경계할 수밖에 없었기에 백성들을 가혹하게 징계하며 진군하였다.

쾅!

"도대체 일을 어떻게 처리했기에 군위였던 이양순이 배신을 했단 말이오! 대군사, 어디 입이 있으면 말을 해보시오!"

"송구합니다, 전하. 소신들도 이군위가 투항할 줄은 생각지도 못했습니다."

"생각지 못했다니, 그게 대군사로서 할 말인가! 전략을 수

립함에 있어 모든 것을 살피고 또 살피는 것이 대군사가 할 일이 아닌가! 도대체 이 난관을 어떻게 극복할 것인가! 어떻게!"

쾅! 쾅~!

얼굴이 붉게 달아오른 이자성이 탁자를 두 주먹으로 사정없이 내려쳤다. 이렇게라도 울화를 분출하지 않고는 도저히 끓어오르는 분을 식힐 수가 없었던 것이다.

이자성의 분노가 대전 안을 고요 속으로 한 식경 이상 내몰았다. 모든 대소 신료들이 입이 있어도 말을 할 수가 없었던 것이다. 그저 묵묵히 이자성의 분노가 가라앉기를 기다리며 각자 타개책을 생각하느라 분주했다.

"아직인가? 그렇게 있지 말고 뭐라도 말을 해보란 말이다! 흐음, 부처님 손바닥 안에 있는 손오공으로 생각했는데, 배신자 하나로 인해 완전히 상황이 역전되었군. 이건 적을 유인한 것이 아니라 오히려 이점을 살리지도 못한 배수진이 되어버렸구나. 이 일을 어찌하면 좋겠는가? 아무나 좋으니 생각나는 것이 있으면 거침없이 말하라! 당장!"

"……."

"흐음."

"끄으응~"

"허, 아무도 없는가? 정말 이 난국을 타개할 비책이 하나도 없다는 말인가? 우군사! 좌군사!"

"전하, 잠시만 진정하십시오."

"좌군사, 본인이 지금 진정하게 되었는가? 사태가 용상에 엉덩이조차 걸칠 수 없을 정도로 심각한데 어떻게! 어떻게……!"

"어찌 그것을 모르겠습니까. 그러나 지금은 그리해서는 아니 됩니다. 오히려 전하께서 차분하게 성정을 가라앉힌 다음 냉정하게 사태를 파악하시는 것이 먼저입니다. 이미 장군들이나 신료들 모두 말은 하지 않고 있지만 상황을 파악하고 있으니 머리를 맞대다 보면 분명 해결책을 찾을 수 있지 않겠습니까?"

"좌군사, 우리가 어떻게 이 자리까지 왔나. 수많은 난관을 극복해 오지 않았는가? 이대로는 끝낼 수 없지. 겨우 이 정도로 본인의 앞길을 막을 수는 없다는 말일세. 절대로! 그렇지 않은가?"

"그렇습니다, 전하. 상황이 급박하기는 해도, 대군사와 우군사라면 충분히 해결책을 찾을 수 있을 것입니다. 그러니 이만 진정하십시오. 그래야 여러 신료들도 안심하고 논의를 하지 않겠습니까."

"크으흠… 휴~ 알겠네. 그렇게 하지. 본인이 심기가 좋지 않아 흥분한 것 같다. 그러나 이제 스스로 다스릴 수 있을 정도가 되었으니 신료들은 본인은 생각하지 말고 해결책에 대하여 논의를 하라."

"전하, 이번 우리 전략이 큰 난관에 봉착했지만, 그것은 모두 배신자로 인해 생긴 일입니다. 즉 전략 자체는 상당히 뛰어났고, 성공 가능성도 충분했습니다. 비록 대군사와 우군사가 휘하 군위를 제대로 살피지 못해 생긴 일이지만, 그래도 병법에는 우군사가 능하니 실수를 만회할 기회를 주심이 어떻겠습니까?"

"…좋다, 그렇게 하라."

"감사합니다, 전하."

"전하, 기회를 주셔서 감사합니다. 충심을 다해 타개책을 찾도록 하겠습니다."

"반드시 찾아내라. 본인은 물론 그대와 여기 있는 모두의 목숨이 걸린 일이다."

"알겠습니다, 전하."

"흐음!"

우금성을 필두로 모든 신료들이 대전 밖으로 성큼 나서는 이자성의 뒤를 향해 깊숙이 허리를 숙였다.

이자성이 나간 후, 대전은 잠시 어색한 침묵이 흘렀다. 그저 서로 얼굴만 바라볼 뿐, 먼저 입을 여는 사람이 없었다. 방심하다 몰릴 대로 몰려 버린 상황이라 '이렇게 하면 좋지 않을까?'라는 것이 통용되지 않는 확실한 해결책이 필요한 시점이기 때문이다.

가장 먼저 입을 연 사람은 이암이었다. 이암은 쫘악 가라앉아 있는 분위기를 없애고, 또한 신료들의 참여를 높이기 위해 우금성이 회의를 주관할 수 있도록 탁자를 앞으로 이끌었다.

"감사합니다, 좌군사."

"아닙니다. 지금은 사태를 해결하는 것이 급하니 신료들과 함께 전략을 수립하십시오. 그래야 전장에 있는 장수들과 병사들의 혼란을 잠재울 수 있을 것입니다."

"그렇지요. 그렇게 하겠습니다. 흐음! 우선 여러분께 죄송하단 말을 해야겠지만, 그것은 나중에 따로 자리를 만들겠습니다. 그러니 지금은 이미 발생한 일에 대한 것은 접고, 앞으로의 일에 대해서 논의하겠습니다."

"흐음, 그렇게 하는 것이 좋겠습니다. 여러분은 어떻게 하시겠습니까?"

"유 장군 말대로 지금 잘잘못을 따질 때가 아니니 우선은 우군사 말대로 관군을 상대할 전략이나 짭시다."

"좋습니다. 그렇게 하지요."

우금성은 유종민과 고일공 등 대전에 있는 장군들과 신료들이 동의하자 깊숙이 허리를 숙이며 고마운 마음을 표했다.

"감사합니다. 그럼 회의를 시작하겠습니다. 이미 상황이 어떻게 되었고, 지금 상황이 어떤지 잘 아시고 계실 것입니다. 흠! 여주가 공격당하고 있지만, 지금까지 이금 장군이 잘 막아주고 있습니다. 그러나 문제는 보풍과 당하로 향하는 군대와 겹현 일대를 장악하려는 군대입니다."

"거기까지는 모두 알고 있는 사실이니 우군사는 그들을 막을 방도가 있으면 말해주게. 오늘은 우군사의 전략에 대한 당위성을 따질 상황이 아니니 굳이 서론이 길지 않아도 대소 신료들이 이해할 것이네."

"대군사께서 그렇게 말씀해 주시니 그럼 제가 생각한 것을 허심탄회하게 말씀드리겠습니다. 관군은 지금 세 방향으로 나뉘진 상태입니다. 바로 여주와 보풍, 그리고 겹현입니다. 당하 쪽으로 향하는 관군은 당분간 왕소우 장군이 막아줄 여력이 되니 지금은 굳이 거론할 필요는 없을 것 같습니다."

"그렇지. 왕 장군이 등주에 있으니 당분간 시간은 벌 수 있겠지. 잠시만! 시간, 시간이라……."

"……?"

"……."

우금성의 말을 받아주던 송헌책이 무엇인가 생각난 것이 있는 듯 깊게 숨을 들이쉬면서 눈을 감았다. 그에 좌중은 쥐 죽은 듯 고요해졌고, 모든 시선이 송헌책의 얼굴로 모였다.

"우군사, 우리에게 한 달 정도 시간이 주어진다면 어떻게 되겠는가? 승리할 수 있겠는가?"

"한 달이라……. 한 달이라면 혹시? 대군사께선 수비로 시간을 벌면서 군수 물자를 차단하실 생각이십니까?"

"그렇지! 역시 우군사로군. 지금 관군의 진격 속도는 그들의 의도보다 빠를 것이네. 우리가 그들의 의도와는 달리 빠르게 퇴각했기 때문이지. 지금까지 퇴각하는 대로 추격해 왔고, 당연히 보급품이 이들의 진군 속도를 따라가지 못했을 것이 분명하네. 안 그런가?"

"맞습니다, 분명 그러할 것입니다. 현재 우리의 주력이 겹현과 양성 일대에 있으니 이들이 공격을 철저히 배제하고 수비만 한다면 충분히 한 달은 버틸 수 있을 것입니다. 더욱이 겹현과 양성 사이엔 깊은 골짜기가 있으니 수비를 하는 데는 금상첨화일 것입니다."

"좋구먼. 골짜기라……."

"골짜기와 높은 보루에 의탁하여 수비만 하고 싸우지 않는다면 충분히 가능성 있고, 또한 관군을 지치게 하는 효과도 있을 것입니다. 그리고 기동성이 뛰어난 별동대와 철기대를 파견하여 보급을 철저히 차단한다면 식량이 부족한 관군은 병사들의 동요로 인해 큰 혼란이 야기될 것입니다. 이때 건곤일척을 노린다면 충분히 승리할 가능성이 있다 생각합니다."

"흐음… 여러분은 어떻게 생각합니까? 우군사의 전략이 가능하다 판단하십니까?"

"지금으로서는 우군사의 전략이 먹히기를 바랄 수밖에 없지 않습니까?"

"소장은 가능하다고 생각합니다. 그러나 문제는 별동대와 철기대가 보급을 완벽하게 차단할 수 있냐는 것이 아니겠습니까? 그래야 관군의 동요가 있고 혼란이 있을 것이니, 이에 대한 철저한 준비가 있어야 할 것입니다."

"고군은 장군의 의견이 옳습니다. 이를 위해선 정보도 중요하고, 빠른 기동성과 무력도 갖추어져야 할 것입니다."

"허허, 우선은 가능성이 충분하다면 되었습니다. 여러분 모두 동의를 하십니까?"

"동의합니다, 대군사."

"흐음… 동의하겠습니다."

"소장도 동의합니다. 길목을 막는 것쯤은 소장이 별동대만 이끌고 간다면 충분합니다."

"하하, 어찌 이 장군만 고생을 시키겠습니까. 철기대도 모두 일당백이니 이후로 보급을 받는 관군은 없을 것입니다."

"허허, 알았습니다. 그리고… 이렇게 대군사라는 자리에 있지만 실수가 잦은 노부를 믿어주시니 정말 고맙습니다. 고맙습니다, 여러분."

송헌책은 장군들과 신료들이 모두 동의하자, 만면에 활짝 웃음을 지으며 자리에서 일어나 신료들을 향해 일일이 포권을 취했다. 지금의 난관을 일으킨 자신과 우금성의 의견에 불만 없이 동의해 준 것에 대한 감사의 표시였다.

이후 우금성이 여러 장군들과 함께 밤늦게까지 식음을 전폐하면서 세밀하게 정황을 살피며 작전을 짰고, 울적하고 불안한 마음에 술을 먹고 있던 이자성에게 우금성이 보고하면서 일이 일사천리로 진행되었다. 이자성이나 우금성으로서도 자신들의 포부와 야망을 지키기 위해선 반드시 성공해야 하는 만큼, 최대한 동원할 수 있는 정예병은 모두 동원하기로 했다. 특히 무공이 뛰어난 화산과 문인들과 산종의 병력이 정찰과 정보 수집의 임무를 맡을 정도였다. 그만큼 현 상황이 이자성에게 위기로 느껴질 만큼 부담을 주고 있었던 것이다.

당연히 주군인 이자성이 불안에 휩싸여 있는 만큼, 몇 달 동안 경계만 서고 있던 보위대도 출정 명령이 떨어졌다. 아무리 무공을 연마하고 있다지만, 그 인원은 전체 인원의 이 할에 불과한 삼백 명이었다. 즉 이들 말고도 가용할 수 있는 인원이 천이백 명이며, 지금은 근위대가 이자성의 안위를 철통같이 지키고 있기에 전부 투입해도 상관없는 전투부대인 것이다. 더욱이 대부분 낭인들로 이루어졌기에 언제든지 모집할 수 있다는 장점도 있으니, 이자성으로서는 생각할 것도 없이 이번 작전에 투입하도록 명한 것이다.

第八章
아직도 내가 네놈 밥인 것 같냐?

스으윽.

사악, 사아악~

틱!

"젠장! 누구야!"

"……."

"주의해라! 다시 한 번 말하지만 개념없이 움직이다가 또 소리가 나면 오늘 저녁에 모두 죽여 달라는 말이 나오게끔 해주겠다. 알았냐?"

"……."

'젠장할 놈들, 이럴 땐 한 놈쯤 대답을 해야 할 것 아냐. 또 부관이란 놈은 어디 간 거야? 썩을 놈들! 휴~ 그나저나 명규

하고 영도는 잘하고 있나 모르겠네.'

달빛조차 파고들지 못하는 울창한 숲 속.

영인은 얼굴조차 보이지 않는 대원들을 향해 버럭 욕이라도 한마디 하고 싶었지만, 앞에 관군들이 진을 치고 있기에 속으로 화를 식힐 수밖에 없었다. 아무리 보급품을 운반하고 후방을 지원하는 병사들이라 해도 자신으로 인해 기습할 수 있는 절호의 기회를 놓칠 수는 없었기 때문이다.

영인이 보위대를 이끌고 하남성의 이곳저곳을 누비며 관군들의 보급품을 털기 시작한 것이 오늘로 정확히 한 달째였다. 아니, 자정이 넘었으니 한 달이 넘은 것이다.

높은 하늘과 선선한 바람이 숲을 알록달록하게 만들어주는 구월에 접어들고도 팔 일이 지났다. 낮에는 아직 뜨거운 햇빛이 살갗을 태우지만, 아침과 저녁엔 시원한 바람이 식혀주는 완연한 가을인 것이다.

병장기가 난무하고 피가 튀는 난세가 아니라 밝은 웃음과 풍족하고 여유로운 삶을 살 수 있는 태평시대였다면, 가을 경치가 물씬 풍겨나는 산과 들 사이사이에 선남선녀들이 서로 어우러지며 애틋한 사랑을 나누는 공간이 되었음 직한 곳. 축시로 접어들기 시작하는 숲 속엔 어둠을 벗 삼아 뿌연 안개가 서서히 피어오르고 있었다.

이자성의 군대는 송헌책과 우금성의 전략에 따라 별동대와 철기대, 그리고 보위대가 관군의 보급품을 무차별적으로 약탈

하는 맹활약을 펼치면서 한 달이란 시간을 버틸 수 있었다. 아니, 버텼다기보다는 필사적으로 관군의 발목을 잡고 늘어졌다는 표현이 적당할 정도로 후방을 교란시켰다.

　현재 보위대 대원들의 운용은 영인과 명규, 그리고 새롭게 부대주로 온 영도가 하고 있었다. 이자성의 명을 받고 양양에서 나올 때 보위대에서도 정예라 할 수 있는 삼백 명 모두를 대주인 영인이 이끌었다. 그리고 명규와 영도가 각각 오백 명씩 대원들을 배정 받았으며, 도길과 악호 등 나이가 많으나 실력이 있다고 판단되는 대원들을 중심으로 이백 명을 추려 양양에 남아 본 임무인 경계 근무를 하게 되었다. 이런 사항 모두 영인이 주장하여 이자성과 우금성이 수락한 것으로, 최소한 보위대의 임무가 이자성의 안위에 있음을 명확히 하고자 한 것이다. 즉 영인은 자신이 살아남았을 경우, 돌아올 곳이 없어지는 것을 원치 않았던 것이다.

　스으윽~
　"쉿! 모두 정지."
　"……."
　"정찰 나갔던 인원은?"
　"아직 오지 않았습니다. 조금 있으면 돌아올 시간입니다, 대주."
　"그래? 으음… 부대주들은?"
　"시간상으로 보면 지금쯤 자리를 잡고 있을 것입니다."

"그렇단 말이지."

영인은 자신의 말에 바로바로 대답해 주는 부관의 얼굴도 보지 않고 정면을 주시하며 말끝을 흐렸다. 오늘은 자꾸만 짜증이 나는 것이, 예전에나 느껴보았던 불안감이 엄습하고 있었기에 신경이 예민해 있었다. 그렇기에 자꾸만 상황을 파악할 수 있는 정보를 얻고자 부관에게 물었지만, 오히려 불안감은 시원하게 해소되지 않고 차곡차곡 쌓여만 갔다.

"부관, 자네 이름이 뭐라고 했지?"

"이식(李食)입니다. 오늘… 세 번째 물어보시는 겁니다, 대주."

"그런가? 미안하군. 내가 사람 이름을 잘 외우지 못해서. 그런데 부관은 얼마나 되었나?"

"칠개월이 조금 넘었습니다."

"다 고만고만할 때 들어왔구먼. 그럼 무공은 사문을 두고 익혔나? 부관이 삼백 명 중 가장 돋보이는 실력을 지녔다고 나 부대주가 그러던데."

"그렇습니까? 하지만 그게……"

이식은 영인의 질문이 계속 이어지자, 다소 곤란한 표정을 지으며 주변을 살펴보았다. 이에 영인이 이상하다는 듯 이식을 쳐다보았다.

"왜 그러는가? 뭐, 말하기 싫으면 관두고."

"아, 아닙니다. 사실은… 호북성 형주(荊州)에 있는 흑사방에서 몇 수 배우긴 했습니다."

"흑사방? 꽤 흔한 이름이네? 그런데 말하려고 했으면 바로 할 것이지 왜 그렇게 뜸을 들여?"

"그게… 흑사방이 사파라서……."

"참나, 이런 난세에 무림에선 아직도 정파, 사파를 구분하고 있나? 웃기는 놈들이구먼. 그런데 흑사방인가 뭔가에선 얼마나 있었어?"

"한 십 년 정도 있었습니다."

"그래? 십 년 정도 했으면 거기서 지위도 꽤 높았겠는데?"

대화를 시작할 때는 몰랐지만, 계속 진행될수록 영인의 마음이 한결 가벼워졌다. 유익한 정보 같은 것을 얻을 수 있는 대화는 아니었지만, 그냥 편안해지는 것이 좋았다.

그러나 영인과 달리 이식의 마음은 점점 불편해지기 시작했다. 처음엔 불안감을 해소하기 위해 시작한 대화였지만, 어느새 취조를 하는 형태로 바뀌어 있었기 때문이다. 이에 대답을 하는 이식의 이마에 땀방울이 맺히기 시작했고, 주변에 있던 대원들도 조금씩 흥미를 일으키고 있었다. 영인이 오늘처럼 부하 대원과 말을 많이 한 적이 별로 없었기 때문이다.

"나오기 전 부향주로 있기는 했는데……."

"부향주? 부향주라……. 어이! 그래, 너 말이야. 거기서 멀뚱멀뚱 눈만 부릅뜨지 말고 이리 와봐."

"예, 대주님."

"이봐, 부향주가 우리 식으로 따지면 어느 정도 위치냐?"

"옛? 그게 무슨……?"

"자네 부관이 무림에서 흑사방이란 곳에 있었다잖아. 거기다 부향주, 그 부향주란 직위가 어느 정도 위치냐고 지금 묻고 있잖아."

"그게… 대주님, 아무래도 문파의 규모에 따라 다른지라……."

"대충, 대충 몰라? 어차피 사파라고 했으니까 정파처럼 대놓고 규모를 키우진 못했겠지. 그럼 크게 잡아도 중급으로 보면 되겠고. 가만, 중급이면 문인 수가 얼마나 될까? 한 오백 명정도 되나?"

"그 정도까지는 아닙니다, 대주."

"부관은 가만히 있어봐. 음… 한 오백 명 정도로 보고서 십인대장이나 백인대장, 아니면 천인대장, 뭐, 이런 식으로 비교하면 어느 정도인지 알 수 있잖아."

"그렇다면… 향주라면 백인대장급은 될 것 같습니다."

"백인대장급? 그래? 그렇다면 거기서도 이부관의 말발이 꽤 먹혔다는 거네?"

"흐음……."

이식은 영인이 자신을 향해 이상한 눈빛을 하자 몸이 저절로 움츠러들었다. 평소 영인의 성격이 개차반이란 것을 알고 있었기에 자신을 향해 어떤 짓을 벌일지도 모른다는 걱정이 번개같이 스쳐 지나갔다. 물론 이런 이식의 생각은 금방 현실이 되었다.

"마침 잘됐군. 그렇지 않아도 자네를 보낼까 말까 고민하고 있었는데, 이미 수하들을 부려보았다니 조금은 걱정을 덜게 되었다."

"그 무슨……?"

"오늘 내 기분이 완전 꽝이다. 오랜만에 느껴보는 더러운 기분이지. 뭐라고 할까? 불안감, 아니면 오싹함? 이 더러운 기분의 원인이 저 녀석들인 것은 분명한데, 그 이유를 모르겠거든."

"그럼 혹시 저보고……."

"맞아. 자네한테 백 명을 딸려 보내줄 테니까 신호를 하면 공격을 해봐. 그 정도는 충분히 할 수 있겠지?"

"아……."

이식은 영인의 말에 순간 욱하는 마음에 욕이 입 밖으로 나올 뻔했지만, 그것을 꾹 눌러 참아야만 했다. 명색이 상관이고, 근 한 달 동안 같이 움직이면서 더러운 성격을 몸소 체험했기 때문이다. 더구나 무공 실력도 꽤 되었기에 함부로 나설 수도 없었다.

"괜찮아. 그냥 찔러보는 거니까 아니다 싶으면 바로 도망쳐도 돼. 으음… 보급품을 실은 수레가 오십 대지만, 보병 숫자가 겨우 이백 명밖에 안 되니까 그 정도면 충분할 거야. 기병도 없잖아. 안 그래?"

"그럼 대주께서 직접 공격하시는 것이 좋지 않겠습니까? 수레 모두 식량을 싣고 있으니 상부에 보고할 때 대주님의 전공에도 도움이 되지 않겠습니까?"

"전공은 무슨. 저 정도 병력이면 부대주들이 받쳐 주지 않아도 될 정도인데, 이런 것을 전공이라고 하면 장군들이 웃는다. 그러니까 이번에 자네가 전공을 세워봐."

"그… 예, 그렇게 하겠습니다."

"단, 명심할 것이 있다. 아까 말했지만, 조금이라도 위험하다 싶으면 바로 튀어. 마음 같아서는 그냥 불화살로 공격하고 싶지만, 어차피 우리도 식량이 필요하니까 공격하는 거다. 전공이 문제가 아니라 이 전쟁터에서 목숨을 부지하는 것이 먼저야. 무슨 말인지 알았나?"

"명심하겠습니다, 대주."

영인의 명이 확정되자 이식은 어쩔 수 없다는 표정으로 백 명을 이끌고 천천히 관군들이 머물러 있는 곳으로 조심스럽게 향했다. 그러나 영인이 마지막 말에서 조금 위안을 삼을 수 있었다. 하지만 불안감이 완전히 사라진 것은 아니었다. 오히려 영인의 말속에서 위험이 감지되었고, 생각하면 할수록 괜히 등골에서 식은땀이 흐르고 불안감이 엄습했다. 이것은 뒤를 따르는 대원들도 마찬가지였는데, 뒤에 남아 이들의 모습을 보고 있던 영인이 자신의 귓구멍을 연신 파야 할 정도로 욕을 해대고 있었다.

관군들이 모두 단잠에 빠져 있는지, 경계 근무를 서고 있던 경계병조차 이식 등이 접근하는 것도 모르고 꾸벅꾸벅 고개를 끄덕이고 있었다. 거기다 주변을 밝히고 있던 화톳불조차 듬성듬성 놓여 있었고, 새벽안개에 조금씩 몸을 움츠리며 그 영역이 좁아지고 있었다.

'이 정도면 그냥 공격해도 되겠군. 그런데 대주는 뭐가 위험하다고 한 거지? 그리고 상관이란 사람이 불안하다고 부하를 보낸다는 것이 말이 되는 일인가?'

생각이야 어찌 되었든, 이식은 처음 목표로 했던 곳에 도착하자마자 대원들을 둘러보았다. 모두 각자 준비를 마친 후 공격 신호만 기다리고 있었다. 그동안 함께 지내온 동료들이라 보는 것만으로도 마음이 든든했다. 그에 이식은 멀리서 자신을 주시하고 있을 영인에게 고개를 돌렸다. 이제 준비가 다 되었으니 신호만 있으면 바로 공격해야 하기 때문이다.

그런데 일각이 흐르고 또 일각이 흘러도 영인으로부터 공격 신호가 떨어지지 않았다. 그에 처음엔 불안감에 주변을 한 번 더 둘러보기도 했으나, 시간이 흐를수록 불안감보다 짜증이 솟구쳤다. 그러나 다시 일각이 흐른 후, 드디어 기다리고 있던 영인의 공격 신호가 떨어졌다.

"지금부터 공격한다. 최대한 조용히 움직이고, 혹시라도 발각되면 최대한 적을 사살하도록. 식량은 최대한 보존하도록 하고, 적을 먼저 처단한다. 알겠지?"

"알았소."

"알겠네. 이미 몇 번 해본 것이니 걱정하지 말게."

"좋아, 그럼 모두 앞으로~!"

스르룽.

스으옥~

사아악~

이식이 명을 내리자, 대원들은 수중에 검을 꺼내 들고서 관군들을 향해 천천히 전진했다. 관군들은 대부분 수레 옆에 기대앉아 졸고 있지 않으면 밑에 기어들어 가 자고 있었다. 그렇기에 혹시라도 큰 소리가 나면 모두에게 발각될 수 있기에 대원들은 조심하면서 한 명씩 맡아서 목에 검을 찔러 넣었다.

푹, 푸욱, 푸우욱!

"헉!"

"끄으윽."

"큭~!"

"조심해서……."

"헉! 뭐야~!"

"젠장! 발각됐다."

"벌써? 빌어먹을! 모두 공격~!"

"죽어라!"

푹, 푸욱, 푸우욱~!

"컥! 끄으웅~"

"와~ 공격하라~!"

"공격~!"

챙, 채채챙, 채에에엥~!

"커억!"

"끄아아아~!"

이식이 발각되자 영인은 주변에 대기하고 있던 명규와 영도에게 공격 신호를 내렸다. 몰아붙일 때는 확실한 것이 좋기에 얼마 안 되는 인원이지만 백 명에 천 명이 가세한다면 지금보다 훨씬 수월하게 마무리할 수 있기 때문이다. 물론 대원들의 피해도 적어지는 것은 당연했고. 하지만 영인은 끝내 앞으로 나서지 않았다. 그리고 뒤에 남아 있는 이백 명의 대원들 역시.

명규와 영도가 대원들을 이끌고 합류하자, 관군들은 어찌할 줄을 몰라 허둥거리며 수레를 중심으로 모여들었다. 아니, 영인의 입장에서 보면 수레를 중심으로 대원들이 관군들을 포위하고 있었다.

쾅! 파파, 파파파아앙~!

"응?"

"뭐, 뭐야?"

"헉! 사, 사람이……!"

"이놈들! 그렇지 않아도 기다리고 있었다!"

"네놈들이 겁도 없이 황제 폐하의 병사들에게 가야 할 식량을 탐하는 도둑이더냐? 오늘 본관이 직접 응징하겠다!"

"저 새끼들은 뭐야?"

"목소리가 듣기 거북한 게… 호, 혹시?"

이식을 비롯한 대원들은 수레에 실려 있던 쌀가마가 굴러 떨어지면서 그 속에서 사람들이 일어서자 깜짝 놀랐다. 더구나 귓속을 파고든 목소리는 사람의 것이 아닌 것처럼 남자도 아니고 여자도 아닌, 평소 절대로 들을 수 없는 이상한 목소리였다.

척, 처처척!

"응?"

"헉!"

"피, 피해~!"

"쏴라~!"

획, 휘휙! 휘이이익~

푹, 푸우욱, 푸욱~!

"컥!"

"끄억~"

"캑!"

"크아악~!"

팡! 파아앙~!

쑤아아아앙~

"끄억~"

"캑!"

"크아악~!"

수레 위에서 튀어나온 정체불명의 괴인들.

머리엔 도관처럼 보이는 사각모를 쓰고 있었는데, 의복 앞
에 동창(東廠)이란 황금색 글씨가 횃불에 번쩍거렸다.

모두 이백오십 명 정도 되었는데, 지휘관으로 보이는 자의
명에 따라 위사(衛士)들이 수중에 들고 있던 암기들을 날리고
폭통을 폭발시켰다. 그에 수레 근처에 있던 대원들이 속수무

책으로 당했는데, 그들 중에는 관군의 모습도 어렵지 않게 찾아볼 수 있었다.

암기를 모두 소비한 위사들은 빠르게 검을 뽑은 후 대원들을 향해 신형을 날렸다. 모두 동창위사들의 독문 신법인 포접행(抱蝶行)을 사용하면서 창천십오검(蒼天十五劍)을 시전하는 것이, 도저히 대원들이 상대할 수준이 아니었다.

별동대와 철기대가 보름 전 여주(汝州) 서북에 있는 백사(白沙)를 습격하여 점령하면서 관군의 식량 운반 길을 차단하였는데, 이로 인해 전투에선 계속 승리를 하고 있었지만 병사들의 식량 보급이 원활하게 이루어지지 않으면서 손전정은 매우 곤란한 상황에 직면해 있었다. 더구나 주변으로부터 식량을 조달할 수 없는 상황까지 되어버리자 사정은 더욱 나빠지게 되었고, 더 이상 지켜만 볼 수 없는 상황이 된 손전정이 직접 산서성에 동창부로 달려가 첩형(貼刑)에게 지원을 요청한 것이다. 물론 황실의 안정이 우선이니 황제의 신하된 도리로 모든 인원을 지원해 달라는 요청은 아니었다.

이에 산서성 동창부의 책임자였던 첩형(貼刑)은 고민하지 않을 수 없었다. 상서성 역시 토호들과 백성들의 동요로 한창 힘든 상태였기 때문이다. 그러나 상황이 상황인지라 어쩔 수 없이 손전정의 요청을 묵살할 수 없었기에 한 가지 작전을 짰는데, 적을 피하는 것이 아니라 유인하여 몰살시키겠다는 것이었다. 만약 실패하더라도 한두 번 정도 대응해 주며 피해를 입힌다면 앞으로 적들도 쉽게 공격하지 못할 것이고, 이것은 식량 문제로 어려움에 처한 손전정의 숨통을 틔워주는 역할까지 할 수 있다는 판단을 내린 것이다.

그에 휘하에 있는 당두(堂頭) 세 명을 포함하여 번역(番役)과 위령(衛令) 삼십 명, 위사들을 보냈다. 첩형으로서는 최대한의 성의였다. 산서성 동창부에 있는 고수 전부라 할 만한 인원이었기 때문이다.

위사들이라 해도 모두 이류 정도는 거뜬히 넘는 수준이라, 대원들은 속수무책으로 당할 수밖에 없었다. 가뜩이나 넓은 벌판에서 벌이는 대규모 격전도 아니었기에, 대원들은 위사들과 일 대 일로 격전을 치르는 것과 같은 상황에 직면할 수밖에 없었다. 당연히 대원들은 몇 합을 겨루지도 못하고 위사들의 검에 생을 마감해야 하는 상황이 빈번해졌고, 이를 지켜보는 명규의 입에선 연신 욕만 튀어나왔다.

"젠장! 태영인 이 새끼는 어디 처박혀 있는 거야?"

"크아아~!"

"제엔장~!"

챙, 채엥엥, 체엥!

"흐음."

'하늘이 정말 날 돕기라도 하나, 아니면 귀신이라도 씌었나? 어떻게 위험한 순간이 오면 불안감이 들까? 내게 이런 재주가 있었다니, 여하튼 세상 참 오래 살고 볼 일이라니까.'

명규의 처절한 외침이 전혀 들리지 않는 곳에서 자신만의 생각에 빠져 있던 영인은, 명규를 비롯한 대원들의 처절한 비명 소리에 현실로 눈을 돌릴 수 있었다.

처절했다. 아무리 동창의 무공이 높다고 해도 몇 배나 되는 병력으로 밀어붙이는 것이 전혀 통하지 않았다. 오히려 시간이 갈수록 쓰러지는 것은 대원들이었다. 상황이 이렇자 명규는 영인의 이름을 부르며 찾고 있었다. 자신이 독단적으로 퇴각 명령을 내릴 수 없기에 영인의 이름을 부르짖을 수밖에 없었던 것이다.

"영인아, 어디 있냐? 이 개새끼야, 어디 있냐고~!"

"뭘 그렇게 두리번거리나! 여기 내 검이나 받아라!"

"빌어먹을 놈아! 저리 꺼져~!"

"입담이 걸출한 놈이로군. 어디, 그 입담처럼 실력도 있나 보자!"

"야, 이 개잡놈아! 내가 그렇게 만만해 보이냐? 사내새끼도 아닌 놈이 어디다가 불쏘시개를 들이대고 지랄이야!"

"뭐, 뭐라?"

"귓구멍이 막혔냐? 황제에게 아부나 하려고 부랄도 자른 놈이라고 했다!"

"주, 죽어라!"

"누가 죽어! 네놈이나 죽어라!"

휘익~!

챙, 채챙, 채에엥~!

"제법이구나!"

"중심도 못 잡는 놈이 입은 살았냐?"

"네놈의 입을 반드시 지져 놓고 말겠다! 하앗~!"

"흥! 불알이 없는데 중심은 어떻게 잡냐? 모름지기 무공은 중심부터 배우는 건데!"

"이이익! 어디서 주둥일 함부로 놀리느냐! 이놈! 내가 누군지 아느냐?!"

"내가 너 같은 고자새끼를 어떻게 알아? 불알 없는 놈들은 대낮에도 다 그놈이 그놈처럼 보인다던데, 네놈도 그러냐?"

"크아아! 오늘 네놈만은 반드시 죽여주겠다. 이노옴~!"

"지랄한다! 네놈 손엔 안 죽는다고 했잖아!"

챙, 채챙, 채에엥~!

명규가 한창 동창의 번역들 중 한 명과 격돌하고 있던 시각, 사방에선 대원들의 힘겨운 비명 소리가 메아리치고 있었다. 숫자가 많아도 동창의 상대가 되지 못했다. 더욱이 관군 역시 위사들 틈에 끼어 창을 찌르는 통에 대원들은 제대로 방어조차 하지 못하고 쓰러지는 숫자가 늘어만 갔다.

"살려줘~!"

"크아아~!"

"젠장할 놈들! 위험하다 판단되면 무조건 튀라고 했잖아!"

영인은 대원들이 공격을 받고 쓰러지자, 이내 고함을 지르며 앞으로 튀어나가려 했다. 그러나 자신이 나간다고 해도 대원들을 구할 수 없을 것 같았다. 그에 얼른 뒤에 대기하고 있던 대원들을 향해 활을 준비시켰다. 그런 후 평정심을 회복하기 위해 크게 심호흡을 했는데, 불안하게 만들었던 원인을 눈으로 확인하자 심적으로 크게 안정되었다. 하지만 동창의 검이 워낙 날카롭고 빨라 대원들이 빠르게 쓰러지고 있었기에 서둘러 정신을 수습했다.

"흠흠, 대주."

"흠! 모두들 준비됐나?"

"옛!"

"좋아, 내가 쏘라고 하면 모두 전면을 향해 쏴라. 무조건 전면이다. 대원들이 달려와도 상관없다. 알아서 피하지 못하면 죽는 것이고, 그렇지 않으면 살아남는 거다."

"…옛, 알겠습니다."

"좋다, 그럼 대기하도록."

"옛."

"큼! 대원들은 들어라! 모두 후퇴한다! 후퇴~! 부대주들은 대원들을 이끌고 모두 이곳으로 퇴각하라~!"

"퇴각! 퇴각하라~!"

"이제서야 퇴각이냐? 젠장! 뭐 해? 어서 퇴각해라~!"

"예! 퇴각이다! 모두 퇴각하라~!"

영인으로부터 퇴각 명령이 떨어지자, 명규와 영도가 얼른 대원들을 향해 퇴각 명령을 내렸다. 그런 후 자신들도 뒤로 몸을 빼고자 했는데, 영도는 몰라도 명규는 상대가 쉽게 놓아주지 않고 끈질기게 잡고 늘어졌다.

"야, 이 고자 놈아! 오늘은 그만 하자니까!"

"네놈이 살아날 수 있을 것 같으냐? 오늘 네놈을 잡아 그 주둥이를 인두로 지지고야 말겠다."

"그러니까 나중에 만나서 하자고. 지금은 그만 하자, 이 빌어먹을 고자새끼야!"

"오늘 네놈이 죽든 내가 죽든 결판을 내고야 말겠다. 크아아압~!"

"에잇! 도저히 네놈과는 대화가 안 된다. 오늘은 그만 하자고!!"

챙! 챙! 채엥! 채에에엥~!

"크윽!"

팍!

"끄으으~"

"내가 시간이 없어서 그냥 가지만 다음에 만나면 죽었다 생각해라, 이 빌어먹을 놈아! 없어서 그런가, 왜 이렇게 끈질겨? 젠장!"

획~!

"끄아아~ 잡아라! 저놈을 잡아라~!"

"양 번역님, 괜찮으십니까?"

"저놈을 잡아! 무조건 잡아라!"

"예, 알겠습니다. 저놈을 잡아라~! 절대 놓치지 마라~!"

"한 놈도 놓치지 말고 모두 죽여라~!"

"죽여라~!"

"와아~!"

영인은 자신의 명을 받고서 엉덩이에 불을 달고 뛰는 망아지처럼 열심히 도망치는 대원들을 바라보고 있었다. 아직 퇴각을 못한 대원이 여럿 있었지만, 상황이 그들의 안전까지 보장해 줄 수 있을 정도로 여유가 있지 않았다. 그에 영인은 결단을 내려야만 했고, 대원들을 향해 한 손을 들어 보였다.

"불!"

화르르르~

"헉헉, 대주님."

"영인아, 넌 안 가냐?"

"무조건 앞만 보고 달려라. 나도 곧 따라가겠다."

"야, 이 미친 새끼야! 여기 남아서 뭘 하려고 그래?"

"내가 하긴 뭘 한다고 그래? 가라면 가!"

"젠장할 새끼. 괜히 지랄 떨지 말고 같이 가자."

"씨팔, 내가 먼저 도망치면? 그럼 뒤에 처진 녀석들은 어떻게 하라고!"

영인은 자신의 팔을 잡아끄는 명규의 팔을 쳐내며 목청을 높였다. 그러나 명규는 자꾸 뿌리치려는 영인의 팔을 잡으면서 대원들이 뛰는 방향으로 이끌려고 했다.

"네가 무슨 영웅이냐? 왜 갑자기 안 하던 짓을 하려고 그래?"

"누가 영웅이라고 그래?"

"이 새끼가 정말! 야, 정말 개죽음당하고 싶어? 네가 언제부터 대원들을 위했다고 이 지랄이야!"

"한 놈이라도 살려야 할 것 아니냐. 내가 명령을 내렸는데 막아주진 못해도 도망칠 수 있는 시간은 벌어줘야 하잖아."

"네 실력으로 얼마나 시간을 벌 수 있다고 지랄이야?"

"저놈들보단 낫잖아. 조금이면 돼. 그러니까 먼저 가 있어."

"……"

"내가 없는 동안 네가 저 녀석들 다독여서 처음 지정해뒀던 목적지까지 가 있어. 그럼 바로 뒤따라갈 테니까."

"휴~ 네놈 고집을 누가 꺾겠냐. 알았다. 하지만 늦지 않게 와라."

"…그래."

"그리고 절대 당두들하고 맞상대하지 마라. 내가 번역들 중한 놈하고 상대해 봤는데, 실력이 장난 아니었다. 알았지? 절대, 절대로 당두들과는 상대하지 말고 무조건 피해. 괜히 객기 부렸다가는 정말로 끝이야."

"걱정 마라. 내가 미쳤다고 그런 새끼들과 상대하겠냐. 자! 어서 가. 빨리!"

"그래. 그럼 이따가 보자."

명규는 영인의 굳은 표정을 슬쩍 본 후 이내 대원들이 뛰는 곳으로 신형을 옮겼다. 그러나 몇 번씩 뒤를 돌아보았는데, 명규의 시선엔 영인의 뒷모습이 잡혀 있었다.

'젠장할 새끼. 자기가 무슨 소설 속 영웅이라도 된다고 개폼을 잡고 지랄이야. 도망칠 때 같이 가면 좋잖아. 제기랄.'

영인의 모습이 시야에서 완전히 사라지자, 명규는 앞을 향해 무조건 뛰었다. 이제 영인에 대한 생각은 접어야 했고, 대원들의 생사가 자신의 판단에 달려 있었기 때문이다. 그에 대원들 속을 파고들어 전면에 나섰고, 어느새 가장 앞에 달려가고 있는 영도가 보였다.

영인은 어느 정도 대원들이 빠져나간 후, 그 뒤를 이어 동창의 위사들이 표범처럼 신형을 날려오자 들어 올렸던 손을 거침없이 내렸다. 이미 준비하고 있었기에 아무런 망설임도 없었다.

"모두 준비! 대원들이 눈앞에 있어도 망설이지 마라! 알겠나?"

"옛, 대주!"

"이때다! 쏴라!"

휙, 휘휙! 휘이이익~

푹, 푸우욱, 푸욱~!

"컥!"

"크아악~!"

"캑."

"끄억~"

"모든 대원은 순차적으로 화살을 쏘면서 퇴각한다! 아끼지 말고 쏴라! 그러나 무턱대고 쏘지 말라! 화살 하나에 고자새끼들 목숨 하나다! 알겠나?!"

"옛, 대주."

"좋다. 가장 선두에 선 대원들부터 퇴각한다. 그리고 화살이 떨어지면 거추장스런 짐은 모두 버려라. 그까짓 짐들, 아껴봐야 개죽음뿐이다."

"옛!"

"절대 진형을 흩트리지 마라. 너희들이 아무리 무공을 배웠다고 해도 저 녀석들과 일 대 일로는 상대가 안 된다. 알겠나?"

"알겠습니다, 대주!"

"좋아, 너희들이 얼마나 막아주느냐에 따라 네놈들 동료들이 도망칠 시간을 벌어줄 수 있다. 최대한 살아남아라. 여기서 죽지만 않는다면 내 사비를 털어서라도 네놈들 배 터지도록 실컷 술을 먹여줄 테니까."

"꼭 살아남겠습니다, 대주!"

"와~!!"

대원들은 영인의 말에 목청을 높여 함성을 질렀다. 그러면서 빠르게 화살을 쏘아댔다. 수중에 지니고 있던 화살이 삼십 개도 안 되었기에 생각보다 금방 소모되었다. 하지만 어차피 예견했던 상황이고, 대원들은 화살을 모두 소모한 후 망설임 없이 거북한 짐들을 버리고 뛰기 시작했다. 겨우 자신의 목숨을 지켜줄 최후의 무기인 검 하나만을 들고서.

휙! 휘이익, 휘익~!

팍! 파파, 파아악!

'제길, 화살이 금방 떨어지는군. 이렇게 되면 꼬리가 붙을 텐데… 어쩔 수 없이 부딪칠 수밖에 없나? 하지만 도망갈 수 있는 데까지는 가봐야겠지?

"전원 퇴각하라! 퇴가악~!"

"퇴각하라! 퇴각하라~!"

날아오는 화살이 줄어들자 나무 사이를 오가며 화살을 피하던 위사들이 빠르게 접근했다. 그에 영인은 대원들을 향해 전원 퇴각을 명했고, 자신 역시 대원들과 함께 퇴각하기 시작했다.

"적들이 도망친다! 위사들은 서둘러 저놈들을 추격하라! 한 놈도 놓쳐서는 안 된다! 어서~!"

"옛, 당두님!"

"모두 나를 따르라~!"

획, 휘익~!

격전을 치른 후인데도 위사들의 체력은 전혀 떨어지지 않았다. 오히려 피를 보았다는 흥분에 사로잡혀 있어 피로조차 느끼지 못하고 있었다. 그만큼 발걸음도 가벼웠고, 먹이를 노리는 맹수처럼 쫓는 자의 쾌감이 온몸을 휘감고 있었다.

어느덧 인시가 가까워지고 있었다. 날이 서서히 밝아지기 시작한 것이다. 하지만 태양이 모습을 드러낸 것은 아니고, 그저 시야가 조금씩 밝아진 것을 느낄 수 있는 수준이었다.

하지만 도망치는 입장인 영인과 대원들에겐 좋지 않았다. 비록 새벽안개가 시야를 어느 정도 가려주지만, 일류급에 이른 고수들의 시야와 청각을 벗어날 수는 없었다. 그렇기에 영인은 결단을 내려야만 했고, 평소라면 절대로 하지 않을 모험을 강행할 수밖에 없었다.

"제기랄! 인생 정말 엿 같네. 살 만하니까 또 이런 개고생을 하게 되는구먼. 빌어먹을~!"

탁, 휙~

"이야압!"

쉬이익!

"컥!"

손잡이를 힘껏 잡은 영인은 몸을 휙 돌린 후 가장 가까이 따라붙은 위사를 향해 힘껏 칼을 휘둘렀다. 느낌상 자신과 이 장 밖에 차이가 나지 않았기에 돌아서자마자 휘둘렀는데, 요행히도 단 일 수에 위사의 목이 떨어지며 땅바닥으로 굴렀다.

"저놈이다! 저놈을 잡아라!"

"그래, 어디 한번 잡아봐라, 새끼들아~!"

갑자기 당한 공격에 함께 달리던 위사들의 신형이 멈추었다. 그러자 영인은 재빨리 대원들을 향해 달려갔고, 이를 지켜보고 있던 위령이 위사들을 향해 목청을 높였다.

영인은 위사들이 거리를 좁히면 칼을 휘두르며 시간을 지연시켰고, 틈이 생기면 도망치기를 반복했다. 처음엔 위사들도 영인의 의도를 몰랐으나, 몇 번 반복되자 영인의 의도를 파악하고선 코웃음을 쳤다. 그리고선 영인의 저지선을 뛰어넘어 대원들을 추격하기 위해 노력했으나, 워낙 산길이 좁고 나무들이 빽빽하게 자리하고 있어서 쉽지가 않았다. 화가 난 번역이 위령들과 위사들을 재촉했고, 위사들의 검이 날카롭고 빠르게 변하며 영인을 압박하기 시작했다.

영인은 죽을 맛이었다. 워낙 많은 수의 위사들이 한꺼번에 검을 휘두르자 좀처럼 몸을 뺄 수 있는 틈을 발견할 수가 없었던 것이다. 그렇다고 무작정 퇴각하기엔 적들의 검이 너무도 빠르고 날카로웠다. 등을 보이자마다 검이 몸을 뚫고 들어올 것이 분명했기에 몸에 자잘한 상처가 생기면서도 어떻게 할 수가 없었다.

'제기랄, 이래서 모험은 하기 싫었는데! 이 짓은 정말 하기 싫었는데……'

"지금 뭐 하고 있는 거냐! 어서 저놈을 처리하고 적들을 추격하지 못할까!"

"허 당두님, 저자의 실력이 예상 밖으로 뛰어납니다."

"뭐라? 지금 동창의 위령이 되어가지고 그런 한심한 말을 하고 있는 것이더냐!"

"그, 그게……."

"흥! 고작 한 명이다! 동창의 위사들이 한 명을 협공하면서도 아직까지 사지 중 하나조차 자르지 못했다니, 그게 어디 말이 된다고 지금 본관에게 고하는 것이더냐!"

"허 당두님, 잠시 고정하시지요. 전 위령도 저자를 죽이려고 노력했으나 워낙 길이 좁고 실전으로 달련된 자라 여의치가 않았습니다."

"변 번역, 우린 황제 폐하를 지근에서 모시는 동창이다. 고작 실전으로 단련된 무인이 어찌 상대가 된단 말인가? 그리고 우리 위사들은 실전 경험이 부족하단 말인가?"

"그런 것이 아닙니다. 그렇지 않아도 위사들이 저자를 한쪽으로 몰아붙이고 있으니 잠시만 시간을 주시면 길이 열릴 것입니다."

확실히 영인이 위사들이 갈 수 있는 길목을 차단하고 있었다. 마치 골짜기처럼 양쪽으로 가파른 산세가 형성된 지형이라 무공이 뛰어난 위사들조차 영인이 비켜서지 않는 한 쉽게 지나갈 수가 없었다. 만약 영인이 절정의 무공을 지닌 고수였다면 단 한명도 지나치지 못할 상황이었다. 하지만 영인의 실력이 그에 미치지 못하는 상황이라, 이미 여러 명의 위사들이 영인을 지나쳐서 대원들의 뒤를 추격하고 있었다. 다만 많은 인원이 빠져나가지 못하고 있을 뿐이었다.

"됐다. 흐음… 이보게, 이 당두."

"왜 그러나?"

"자네의 실력이 뛰어나니 이참에 자네가 나서서 마무리 짓는 것이 어떻겠나? 자네가 저자를 맡아준다면 위사들이 추격하는 데 한결 쉬워질 것 같은데……."

"흠, 좋네. 그렇게 하지."

"고맙네. 그럼 위령 두 명을 남겨두고 우린 적들을 추격하겠네."

"그럼 저자를 처리한 후에 따라가지."

"아니, 그럴 필요까지는 없을 것이네. 자넨 저자를 죽인 후 수레가 있는 곳으로 먼저 가게. 나와 정 당두는 도망가는 적들을 모두 처리한 후 그쪽으로 가겠네."

"그래? 그것도 좋지. 그럼 수고하게."

"자네도. 자, 저자는 이 당두에게 맡겨두고 변 번역이 위사들을 이끌고 선두에 서라. 그리고 나머지는 모두 본관을 따르라. 우린 적들을 추격한다~!"

"옛, 알겠습니다."

"알겠습니다, 당두님!"

"어딜! 헉, 헉~!"

당두들 중에도 급이 있는지 허 당두가 앞으로 나서며 일일이 명령하자, 영인을 공격하던 위령들과 위사들이 썰물 빠지듯 옆으로 빠지며 이동하기 시작했다.

그에 영인이 위사들의 진로를 막고자 했으나, 의도와는 달리 전혀 다리가 움직여지지 않았다. 어느새 몸이 생각대로 움직여지지 않을 정도로 지쳐 있었던 것이다.

영인은 자신의 처지를 깨닫자 한숨이 나왔다. 더 이상은 무리였던 것이다. 그러나 이대로 포기할 수 없기에 위사들이 신경 쓰지 않을 때 얼른 지친 몸을 추스르고자 운기를 했다. 위험하다는 것은 알고 있었지만, 조금이라도 희망을 보기 위해선 어쩔 수 없었다. 만약 위사들이 자신의 상태를 안다면 단칼에 죽일 수도 있는 상황이었으나, 지푸라기라도 잡자는 조마조마한 심정으로 운기를 서둘렀다.

"휴~"

"홋, 적지 한가운데에서 운기라······."

"응?"

"나이도 어린 것 같은데 어디서 그런 용기가 나온 것인지 궁금하군. 아니면 객기인가?"

영인은 자신의 눈앞에 서 있는 세 명을 쳐다보았다. 조금 전에 자신을 상대하겠다고 나선 인물이었다.

영인은 자신을 향해 비릿한 미소를 짓고 있는 이 당두에게 살짝 시선을 주었다가 이내 주변을 둘러보았다. 아무도 없었다. 시간이 얼마 흐른 것 같지도 않았는데, 백여 명이 넘는 위사들이 한 명도 보이지 않았고 날은 어느새 밝아 있었다. 촌각의 시간이 흐른 것이 아니라, 아예 이각 이상의 시간이 흐른 것이었다.

영인은 어렵지 않게 상황을 파악할 수 있었다. 그리고 어이없다는 표정으로 자신을 주시하고 있는 세 명을 향해 마주 미소를 지어주었다.

"웃기는 놈들이군. 동창에 속한 놈들은 모두 너희들처럼 머리 구조가 이상한가?"

"놈이라······. 정말 오랜만에 들어보는 욕이군. 그런데 그게 무슨 말이지? 머리 구조가 이상하다니?"

"기회가 있을 때 죽이지 않았으니 너희 환관 놈들의 머릿속이 궁금해서."

"하하하!"

"웃음이 나오나?"

"하하, 그럼 자넨 웃기지 않은가? 조금 있으면 땅바닥을 기어야 할 텐데, 이상한 것에 신경을 쓰고 있으니……."

"땅바닥을 기어야 한다? 하하, 아무래도 그쪽이 만용을 부리는 것 같군."

"만용인지, 아니면 여유인지는 금방 알게 되겠지. 안 그런가?"

"그렇겠지."

영인은 이 당두의 말에 고개를 끄덕였다. 확실히 서로 겨루어 보아야 결과를 알 수 있으니 당연한 말이었다.

영인은 슬쩍 하늘을 쳐다보았다. 날은 이미 밝아졌는데 보통 날보다 어두컴컴했다. 그리고 공기 중에 습기가 많이 포함된 것이 그리 기분 좋은 아침은 아니었다.

"왜 그런가? 미리 하늘에 기도라도 하는 것인가?"

"기도? 웃기는 놈이네, 정말."

"하하, 정말 자네의 입은 걸레 중에서도 걸레로군. 어찌 입만 열만 욕설이 나오는가?"

"놈이 욕이던가? 난 처음 듣는군."

"훗훗."

"싸우기는 좋은 날씨인데, 날이 좀 칙칙하군. 비가 오려나? 비가 오면 좀 곤란한데?"

"호오, 비가 오면 자네 칼이 무뎌지기라도 하나? 오히려 피비린내를 씻겨주니 좋은 것 아닌가?"

"아니, 비 오던 날에 좋지 않은 기억이 있어서. 그래도 날 기다려 주었으니 답례는 확실하게 해줘야겠지? 모두 덤벼, 확실히 토막을 쳐주지."

"아아, 자네 상대는 나 혼자일세. 저들은 자네가 도망칠지도 몰라 남은 것이고."

"너 혼자? 큭큭! 좋아, 정말 좋군."

"어디 마음껏 칼을 휘둘러보게나. 미련 남지 않도록."

"미련이 왜 남아? 내가 살고 네놈이 죽을 텐데. 안 그래, 병신아?"

"큭, 크하하하! 좋아, 오늘 정말 마음껏 죽이고 싶은 놈을 만났구나. 피가 끓는구나, 피가 펄펄 끓어~!"

"미친놈."

"크하하, 정말 이런 기분 오랜만이다. 온몸이 짜릿하구나, 짜릿해! 크흐흐흐~"

이 당두는 영인과 대화를 나누면 나눌수록 온몸이 떨리는 짜릿한 쾌감을 느꼈다. 걸출한 입담도 기분이 좋았고, 마치 살아 있는 생선처럼 파닥거리는 영인의 눈빛에서 묘한 생동감을 느낄 수 있었다.

정말 오랜만이었다. 십 년 전 부친의 명에 의해 남근을 자르고 동창에 들어가면서 인생의 재미를 상실한 이후 처음 느껴보는 짜릿한 쾌감이었다. 마치 사랑스러운 여성의 몸을 보듬는 것처럼 짜릿했고, 그 속에서 언제 튀어나올지 모를 가시를 생각하니 쾌감이 더욱 짙어져 온몸을 휘감았다.

"에라, 이 변태 같은 놈아! 죽어라~!"

사아악!

챙, 채엥, 채에에엥!

"후훗, 그렇게 서두를 것까진 없다. 아주 아~주 천천히 요리해 주마."

"고자새끼가 요리도 할 줄 아냐? 하긴, 없는 놈이라고 요리를 못할까!"

이 당두의 말에 소름이 돋았다. 왠지 더러운 놈이 걸린 것 같아 기분이 찜찜했고, 입에선 자신도 모르게 계속해서 독설뿐만 아니라 욕까지 튀어나왔다.

"황실의 제일 숙수도 남자니라. 바로 숙주태감이지. 크하하하~"

"으~ 저놈의 째지는 소리! 이야아압~!"

챙, 채엥, 채에에엥~!

영인은 이리저리 몸을 움직이며 칼을 정신없이 휘둘렀다. 그러나 이를 상대하고 있는 이 당두는 마치 영인이 공격할 방향을 알고 있다는 듯이 머리카락 한 올 차이만큼 공간을 두고 피했다.

몇 합을 겨루지 않아 영인은 자신의 불리함을 몸으로 깨달을 수 있었다. 마치 원승지를 상대할 때처럼 공격이 하나도 먹히지 않고 있었기 때문이다. 그에 공격하면서 마음을 차분히 가라앉히려고 노력했다. 어떻게든 살아 나가려면 평정심을 유지해야만 했기 때문이다. 대신 상대가 자신의 심리 상태를 눈치채지 못하도록 하기 위해서 열심히 욕설을 토해냈다.

약 일각이 넘는 동안, 영인은 단 하나의 공격도 성공시키지 못했다. 온몸은 이미 내리기 시작한 빗방울로 축축이 젖은 상태였고, 이따금씩 공격하는 이 당두의 검을 피하기 위해 땅바닥을 굴러서 그런지 의복은 흙으로 범벅이 되었다.

영인은 칼을 휘두르면 휘두를수록 지쳐 갔다. 그러나 포기하는 그 순간이 죽음이라는 것을 잘 알고 있기에 움직이지 않으려고 하는 팔을 열심히 휘둘렀다.

'젠장할 놈, 고자새끼가 황궁에 들어가서 무공만 익혔나? 동창의 당두라고 하더니 역시 그냥 되는 것이 아니었군. 빌어먹을!'

동창의 당두는 정육품에 이르는 관직이었다. 군부로 따지면 대주에 해당하는 직위로, 절대 낮은 위치가 아니었다. 위로는 정오품 부영반에 해당하는 첩형이 있고, 바로 위로 동창 전체를 책임지는 직위가 바로 제독이었다. 즉 정삼품 대영반에 해당하는 자리였으며, 금의위 도독보다 끗발이 높다고 할 정도로 막강한 권력을 휘두르는 자리였다. 당연히 중간 직인 당두라 할지라도 그 권력이 만만치 않은 것이다. 그만큼 무공 실력도 뛰어났다.

챙, 채엥, 채에에엥~

픽!

"컥, 끄으응~"

"훗, 입이 가벼운 만큼 실력도 형편없구나. 그런 실력으로 동료들을 구하겠다고 남은 것인가? 정말 웃겨서 눈물이 다 나오겠구나."

"내가 남고 싶어서 남은 줄 알아, 새끼야! 고자새끼들이 하
도 설쳐 대니까 나선 거잖아, 이 똥물에 튀겨 죽일 놈아!"

"아직도 입은 살았구나. 언제까지 그렇게 떠들 수 있는지 지
켜보겠다. 하하!"

사악~

"큭!"

쓰윽.

"윽, 이 빌어먹을 놈! 네놈의 후손은 구대에 걸쳐 거리에서
빌어먹을 거다."

"구대를? 오~ 내 후손이 구대를 간다는 말이더냐? 그거 정
말 마음에 드는구나. 내 후손이 구대를 간다니. 너희들도 들었
냐? 저자가 내게 후손이 있다는구나. 크하하하~!"

"저희들 모르게 씨를 뿌리신 적이 있습니까?"

"그러게 말입니다. 황궁에 들어오시기 전에 많은 여인들을
울리셨다더니, 축하드립니다."

"크하하하! 고맙다. 내가 소싯적에 여인들 치마 속을 많이
들추긴 했지. 크큭, 그래서? 그래서 이번엔 어떤 말이 나올 텐
가?"

휘이익~

퍽! 퍼퍽! 퍼퍼퍼억~!

"크아아~! 이 자라새끼보다 못한 놈아, 죽이려면 빨리 죽여
라! 화폭의 여인만 봐도 침을 질질 흘리는 변태 같은 놈아~!"

"큭큭, 내가 좀 그런 면이 있지. 어떻게 알았나? 그건 나만 알고 있는 비밀인데……."

쓰으윽.

"컥! 끄어어~ 헉헉! 이……."

"큭큭, 어디 더해봐라. 정말로 신나는구나. 네놈하고 노는 것이 이처럼 신날 줄은 몰랐다. 살을 바를 때마다 느끼는 짜릿함이라니, 원숭이 골을 먹을 때보다 더 좋구나. 크하하하!"

"저, 정말 변태구나. 정신병자였어."

"큭큭~"

영인은 이 당두의 반응을 보면서 어이가 없었다. 도저히 말로써는 이길 수 없는 상대였다. 상대가 화를 내며 받아주어야 틈이라도 생길 것인데, 오히려 즐기고 있으니 할 말이 없었던 것이다.

이미 영인의 온몸은 이 당두의 검이 훑고 지나간 흔적들로 인해 피로 범벅이 되어 있었다. 특히 손과 발, 그리고 등에 길게 난 검상으로 인해 움직임이 부자연스러워졌고, 이대로 조금만 시간이 흘러도 과다 출혈로 쓰러질 정도로 최악의 상황이었다. 그러나 영인은 끝까지 쓰러지지 않고 있었다. 이를 악물고 이 당두와 뒤에 비릿한 웃음을 짓고 서 있는 위령들을 보면서 끊임없이 머리를 굴렸다.

'제길, 도저히 안 되겠다. 어떻게든 빠져나가야 하는데, 어떻게 하지? 지금 빠져나가지 못하면 개죽음인데. 그래, 그렇게 하자. 한번 해보는 거야. 어차피 이대로 죽을 수는 없잖아? 모험이라도 해봐야지. 아암~!

"훗, 이제 그만 끝낼까? 상황을 보니 자네도 더 이상 날 즐겁게 해주지 못할 것 같군."

"헉헉! 이젠 지겨운가? 죽여줄 생각을 다 하다니, 고맙군."

"고맙나? 그런데 어쩌나? 편안하게 죽진 못할 것 같은데?"

"고문이라도 할 생각인가? 헉헉! 나한테서 알아낼 것이라도 있나 보지?"

"큭큭, 자넨 정말 꿈도 야무지구먼."

"······?"

"자네 같은 하급 무사한테서 뭘 알아낼 것이 있겠나."

"······."

'내가 하급 무사라고? 훗훗, 명규가 이 얘기를 들었으면 배꼽을 잡고 웃겠군. 젠장, 내가 그렇게밖에 보이지 않나?'

"그냥 내 취미가 그래. 살아 있을 때 한겹 한겹 포를 뜨는 것이 내 취미거든."

"포?"

"그렇지. 자넨 혹시 남쪽 해안 지방에 가본 적이 있나? 거기선 생선을 먹을 때 불에 구워 먹지 않고 날로 먹더군. 마치 포를 뜨는 것처럼 말이야. 알겠나? 그쪽 지방에선 그런 것을 회를 뜬다 하네만."

"야만인들이군. 생선을 날로 먹다니."

"꼭 그렇게만 볼 것은 아니지. 모두 그 지방의 특성 아니겠나?"

치열한 격전을 치른 것 같지 않게 이당두는 영인에게 자상하게 설명을 해주었다. 마치 형이 동생에게 세상물정을 가르쳐 주는 것처럼. 그러나 듣는 영인으로서는 소름이 돋는 일이었다.

"네놈 성격에 부하들이 고생 좀 했겠군. 네놈 상관도 그 변태 같은 성격에 대해 알고 있나?"

"크크크. 자네가 몰라서 그러나 본데, 난 정말 양호한 편에 속한다네. 이 정도는 아무것도 아니지. 우리에게 낙이 뭐가 있겠나? 세상에 못 볼 것 다 보고 사는 것이 환관들이라네."

"훗훗, 환관이라는 것도 할 것이 못 되는군. 너처럼 변태같이 변할 바에는 차라리 길거리에서 굶어 죽는 것이 천 배는 좋겠다."

"그런가? 큭큭, 그것도 복이라면 복이겠지. 하지만 말이야, 이런 것도 권력이라네. 알겠나? 권력과 무력이 있으니 돈이 따라오고, 그러니 세상에서 못할 것이 무엇이 있겠나."

"크으흠."

"자자, 쓸데없이 서술이 너무 길었군."

"잠시만! 얘기가 길어진 김에 한 가지만 더 묻자."

"그래? 뭐가 궁금하지? 아니면… 시간을 벌려고 그러나?"

"시간은 무슨. 아까부터 물어보고 싶었는데, 왜… 내공을 사용하지 않고 있지? 당두라면 일류 수준은 넘은 것으로 알고 있는데. 내가 알고 있는 것이 소문일 뿐 실상은 아니었던가?"

"큭큭, 크하하하!"

"…왜 웃지?"

"하하, 그럼 당연히 웃기지. 웃겨 죽겠다. 큭큭큭."

"흐으음……."

'빌어먹을 새끼. 뭐가 웃기다고 그래? 궁금해서 물어본 것뿐인데. 정말 재수없는 새끼군. 다시는 상종하고 싶지 않은 놈이야.'

"다 웃었나?"

"큭큭, 자넨 지렁이를 어떻게 잡나? 그때도 내공을 사용하나? 아니면 그냥 발로 밟아버리나?"

"…그 말은 내가……."

"큭큭, 이제야 알겠나? 내 눈엔 그 정도밖에 되지 않아. 겨우 한순간 즐기기 위한 유흥거리지. 지금까지 칼에 내공을 싣지 않은 것을 보니 일류의 경지가 아닌 것은 확실하지. 발기를 할 수 있고 없고는 하늘과 땅만큼 차이가 나지. 그래서 이류와 일류로 구분을 짓는 것이고. 그것이 아니라면 왜 그런 구분이 있겠나. 사실 자네의 초식 운용은 가히 일류라고 할 만해. 나도 깜짝깜짝 놀랄 때가 있거든. 그것은 충분히 칭찬받을 만하지. 몇 년만 지나면 고수 소리를 들을 수 있을 정도가 되겠지만, 큭큭, 아쉽게도 자네에겐 그런 기회가 없을 것 같군."

"똥통에 빠져 죽을 새끼! 기회가 없기는 왜 없냐, 네놈만 죽이면 되는데? 그리고 말이라고 해서 그것이 다 말이 되는 것은 아니다, 이 뼈까지 씹어 먹을 새끼야~!"

"자자, 흥분하지 말고 진정하라고. 그렇게 고함을 지르면 겨우 버티고 선 자네가 곤란하지 않겠나. 마지막까지 날 즐겁게 해줘야 할 의무가 자네에게는 있다네."

"이……."

"어떻게 할까? 자네가 오겠나, 아니면 내가 갈까?"

"훗! 즐겁게 해줄 의무가 있다고? 그래, 네놈 맘에 들 정도로 놀아주지, 이 빌어먹을 새끼야!"

"좋아, 그런 자세가 필요하다네. 아주 바람직한 자세야. 아암~"

"정말 면상을 뭉개주고 주둥이를 불로 지지고 싶은 놈이다, 네놈은."

"큭큭."

"자! 어디, 네놈이 한번 와봐라. 네놈 말대로 난 지금 서 있기조차 힘드니까 네놈이 와서 마음껏 즐겨봐라. 나도 네놈이 어떻게 노는지 기대하고 있으니까. 와봐~!"

영인은 이 당두에게 어서 오라고 손짓하면서 양손을 활짝 벌렸다. 더 이상 언쟁을 하고 싶어도 이 당두의 얼굴을 보고 있는 것 자체가 소름이 돋아 그런 마음이 싹 사라져 버렸다. 그러나 수중에 쥐고 있던 칼에서 힘을 빼지는 않았다. 오히려 칼을 힘주어 잡았는데, 조금만, 아주 눈에 보이지 않을 정도의 바늘구멍 같은 틈만 있으면 횡으로 그어버리겠다는 의지가 엿보였다.

영인의 이런 모습에 이 당두의 입꼬리가 살짝 올라갔다. 마지막까지 살려고 하는 의지를 놓지 않은 영인의 끈기가 재미

있었는데, 마치 갓 잡은 생선이 살려고 파닥거리는 거처럼 보일 정도였다.

"좋아, 그럼 내가 가지. 그 정도 수고는 해줘야 자네도 섭섭하지 않을 테니까. 크크크."

"그래, 어서 와라."

성큼.

쓰으으윽.

"......?"

"후우......"

이 당두가 한 발짝 옮기자, 영인이 활짝 벌렸던 팔을 안으로 갈무리하고선 칼끝을 이 당두의 심장으로 향하게 했다.

일즉필살.

모든 수비를 배제하고 오직 단 한 번의 공격으로 끝내겠다는 의지가 담겨 있는 형태였다.

"오~ 좋아, 좋아~! 모름지기 생선은 파닥거릴 때가 맛있지."

팟!

이 당두는 영인의 의지를 한 번에 꺾어버리기 위해 포접행을 최고로 시전하여 빠르게 접근했다. 서로 대화를 주고받는 사이 영인이 조금씩 뒤로 물러섰기에 서로 간의 거리가 삼 장 이상 떨어져 있었기 때문이다.

"와라! 와보란 말이다~!"

휙~!

번쩍!

"헉! 누, 눈이……!"

푹!

"커억! 크으윽~!"

"헉, 헉, 허억~"

'서, 성공이다. 성공했어.'

"……?"

"이런……."

이 당두의 등을 뚫고 삐죽 튀어나온 영인의 칼.

지금의 상황을 믿지 못하겠단 표정으로 영인의 얼굴을 찾는 이 당두, 그러나 영인은 이 당두에게 몸을 걸치고 있었기에 이 당두는 영인의 옆모습조차 볼 수가 없었다.

전혀 생각하지 못한 상태로 흘러간 상황.

위령들은 사태를 파악하고도 이 당두의 부름이 없어 움직이지 못하고 있었다. 그러나 시간이 흐를수록 이 당두의 움직임이 없고 비명 소리와 같은 고함만 오가자 사단이 났다는 판단이 들었지만 움직일 수가 없었다. 영인이 자신들을 주시하고 있었기 때문이다. 만약 상관인 이 당두의 몸에 칼이 들어가 있는 상태가 아니었다면 당장에라도 영인의 머리를 향해 검을 휘둘렀겠지만, 상황은 그와 반대였기에 영인의 행동을 주시할 수밖에 없었던 것이다.

영인은 이 당두의 몸에 칼을 집어넣은 후에도 위령들을 향해 시선을 떼지 않았다. 위령들이 움직이면 바로 몸을 빼야 하는 상황이었기 때문이다. 그러나 다행스럽게도 위령들이 움직이지 않았기에 시간을 벌 수 있는 여유를 가질 수 있었다

하지만 위령들에게서 시선을 떼지 않았다. 이미 그전부터 위령들에게 시선을 고정시키고 있었기 때문이다. 촌각이 일각처럼 느껴졌지만, 그렇다고 쉽게 물러설 수가 없었기에 이 당두의 거칠어진 숨소리를 들으면서 상황을 주시했다.

'크으, 역시 무리였던가? 그래도 내상이 이 정도면 다행이군. 젠장할.'

영인은 마지막 순간 모험을 했다. 며칠 전 중완혈을 뚫어 자뢰심공이 오 성의 경지에 들었지만, 그렇다고 자뢰마격검을 시전할 수 있을 정도는 아니었다. 적어도 염천혈을 뚫어 칠 성에 이르러야만 시도할 수 있는 것이 자뢰마격검이었기 때문이다.

그렇지만 시도도 하지 않고 죽을 수는 없었다. 뇌격십팔도를 거의 완벽하게 펼칠 수 있다고 해도 내공을 싣지 못하면 꿀벌 통에 꿀이 없는 것과 진배없었기 때문이다. 그만큼 제대로 된 위력이 나오려면 내공을 실어야 했고, 그렇지 못했기에 뇌격십팔도가 전혀 먹히지 않았던 것이다. 물론 원승지와의 대련에서도 마찬가지였고.

그러나 영인이 원승지와의 대련에서 얻은 것이 전혀 없지는 않았다. 마지막 순간 찔렀던 그 초식, 그것을 마지막에 시전해 본 것이다. 바로 자뢰마격검의 첫 초식 뇌격충(雷擊衝)이었는데, 아직 완전하게 공력을 싣지 못해 백분의 일조차 위력이 나오지 않았지만, 방심하고 있던 이 당두에겐 충분히 먹혀들었

던 것이다.

"헉헉, 아직도 내가 네놈 밥인 것 같냐?"

"크으~ 네, 네놈이……!"

"큭큭, 생선 가시에 찔렸군. 그렇지? 생선도 아무나 먹는 것이 아니야. 더욱이 파닥거리는 생선은 말이지. 헉헉."

"네놈… 살아 있는 상태로 포를 떠서 직접 두 눈으로 심장을 보게 해주겠다."

"마음대로."

"박제를 해서 집에 세워두겠다. 네놈 머리로 술을 담은 후에."

"됐거든. 이제 그만 조용히 하지?"

"크으으……."

스윽, 스으으으윽~

"컥! 네, 네노오옴~!"

"조용. 그렇게 목소리를 높이면 내 심장이 놀라서 벌렁거리잖아."

"이, 이……."

"왜? 아쉬워? 큭큭, 나 같은 놈한테 찔리니까 아프지?"

영인은 이 당두에게 몸을 의지한 상태로 떨어진 체력을 보충하기 위해 말을 멈추지 않았다. 운기를 할 수 있는 상황이었다면 금상첨화겠지만, 그런 상황이 아니기에 최대한 체력을 회복할 시간이라도 필요했던 것이다.

"어떻게, 어떻게 한 거지? 분명 찌를 힘도 없던 놈이……."

"내가 발기는 안 되도 심법은 수련했거든. 마지막 순간에 내공을 쥐어짰지. 쿨럭! 젠장, 퉤!"

"심법이라……. 아무리 그래도 그 수법은… 끄으응…….."

"나도 놀랐어. 마지막엔 정말 모험이었거든. 아무래도 변태 짓을 일삼는 환관 새끼들을 죽이라고 하늘에서 힘을 보태준 모양이다. 크크크."

"개수작! 컥, 끄으으~"

"큭큭, 몸에 칼이 들어가니까 입도 뚫린 모양이군. 제대로 막말이 나오네."

"네놈, 아직 끝난 것이 아니다. 알겠나? 아직 끝나지 않았단 말이다!"

"아니, 난 끝났어! 이제 밀가루 덕지덕지 바른 네놈 얼굴만 봐도 구역질이 나온다. 알아? 이젠 네놈 얼굴 생각나서 만두도 못 먹겠단 말이다!"

퍽!

"컥! 끄아아~!"

"다, 당두님~!"

휙~

팍, 파팍!

"흥! 잘 가라, 밀가루 귀신같은 놈아~!"

퍽! 퍼퍽!

"끄어억, 크으으……."

털썩.

착, 차착!

"이, 이런! 당두님~!"

"괜찮으십니까, 당두님?"

"끄으으~"

타타타탁, 휘익~

더 이상 참지 못하고 위령들이 달려올 것 같자 영인은 오히려 이 당두의 몸에 박힌 칼을 향해 힘을 주어 찔렀다가 뺐다. 그것도 손과 발을 번갈아 사용하여 이 당두를 무차별로 차면서.

당연히 이 당두의 몸에서 칼이 빠져나오자마자 피가 솟구쳤고, 이때를 기다렸다는 듯이 이 당두를 발로 힘껏 밀치며 칼을 좌에서 우로 있는 힘껏 휘둘러 가슴을 베었다. 비록 죽지 않을 정도로 조절했지만, 어디까지나 힘을 조금 뺀 것이지 치명적인 위치가 아닌 것은 아니었다. 그만큼 칼이 지나간 이 당두의 가슴에서 조금 전보다 더욱더 많은 피가 솟구쳤다.

"혹시 살아나거든 내가 사정을 봐준 거다. 알았냐?"

"크아아!"

"잘 있어라, 이 변태 자식아! 하하하!"

"저, 저놈을 잡아라! 뭐 하고 있나? 어서 저놈을 잡아… 헉, 끄으으……."

"상세가 중합니다, 당두님. 우선은 안정을 취하고 요상을 하시는 것이 좋겠습니다."

"괜찮다. 어서 저놈을 잡아 내 앞에 대령해라. 어서!"

"당두님, 저놈은 신경 쓰지 마십시오. 이미 운신하기도 힘든

만신창이 몸입니다. 제가 가서 잡겠으니 우선은 몸을 보하십
시오."

"끄으으응……."

이 당두는 위령의 계속되는 요구에 어쩔 수 없이 고개를 끄
덕이며 동의했다. 자신의 어처구니없는 실수로 벌어진 일이었
으니, 더 이상 성을 낼 수도 없었던 것이다.

"좋다. 저놈은 왕 위령이 잡도록 하라. 반드시 산 채로 잡아
야 할 것이다."

"옛, 산채로 당두님 앞에 대령하겠습니다."

"그래, 그럼 전 위령이 남고 왕 위령은 어서 추격하도록. 끄
응~"

"알겠습니다, 당두님."

이 당두의 고개가 끄덕여지자, 왕 위령은 영인이 사라진 곳
을 향해 신형을 날렸다. 지금까지 싸움을 지켜보고 있었기에
여유있는 몸놀림이었다. 표홀함이 마치 표범을 보는 것처럼
날쌔고 빨랐다.

"크음, 전 위령, 내 상세가 어떠하냐?"

"다행히 심장은 빗겨난 것 같습니다. 다만 가슴에 횡으로 그
어진 상처에서 출혈이 심합니다. 지금으로서는 지혈을 한 후
운기요상을 하시는 것이 좋을 듯싶습니다."

"알았다. 끄으응~"

전 위령이 금창약을 바르자 조금 나아졌는지 이 당두는 가부
좌를 틀고서 자리에 앉았다. 운기를 하여 상처를 다스리기 위

함이었는데, 좀처럼 가라앉지 않는 분기로 인해 쉽게 운기를 할 수가 없었다. 평정심을 유지하지 못한 상태로 운기를 한다면 자칫 큰 화를 불러올 수 있기에, 이당두는 영인과 왕위령이 사라진 곳을 주시하면서도 애써 마음을 다스리고자 노력했다.

그렇게 얼마간 노력하자 마음을 차분하게 가라앉힐 수 있었다. 하지만 직접 잡지 못한 아쉬움은 남았다. 그러나 아쉬움이 남는다고 해도, 당장 어쩔 수 없기에 이당두는 상세를 다스리기 위해 운기를 하기 시작했다. 그렇게… 이 각이 흐르고 나서야 이당두는 힘겹게 눈을 뜰 수가 있었다.

"호랑이도 토끼를 잡을 때는 최선을 다한다고 했는데, 내가 토끼보다 못한 놈 발톱에 긁혔구나."

"그놈의 운이 오늘 좋았던 것입니다."

"아니다. 조금 전에도 충분히 나를 죽일 수 있었는데도 살려 주었다."

"흐음."

"자네도 그 이유를 알겠지?"

"예, 저희들이 추격하는 것을 방해하기 위해서겠지요. 당두님이 살아 있다면, 최소한 한 명은 남아서 수습을 해야 하니까요."

"그래, 그 상황에서 그 정도로 머리를 굴릴 수 있는 놈이 몇이나 있겠나. 그놈은 산전수전 다 겪은 놈이야. 머리도 영악하고."

"그렇습니다. 배짱도 있고 영악하기까지 하니 이참에 반드시 잡아 죽여야 할 자입니다."

"그래, 반드시 잡아야지. 아암!"

"왕 위령이라면 잡을 수 있을 것입니다."

"그래야지. 그런데 산 채로 잡아야 할 텐데… 그래야 못다한 요리를 할 수 있을 텐데. 반드시."

"그렇게 될 것입니다. 왕 위령을 믿어보십시오, 당두님."

"그래, 반드시 그렇게 되어야지. 아암!"

어느 정도 휴식을 취하자 움직일 수 있는 여력이 생겼다. 그에 전 위령의 부축을 받으며 수레가 있는 곳으로 천천히 발을 움직였다. 하지만 비가 많이 내리고 땅까지 질척거려 걷는 데 상당히 힘들었다.

"흐으음."

"괜찮으십니까? 제가 업을까요?"

"아니다. 이 정도의 상처로 본관은 쓰러지진 않는다."

"알겠습니다. 하지만 좀 더 제게 기대십시오."

"흐음."

"당두님, 아무래도 비가 많이 올 것 같습니다. 상처가 덧나면 큰일이니 불편하시더라도 속도를 내는 것이 좋겠습니다."

"그래, 그렇게 하는 것이 좋겠다. 부탁하마."

"아닙니다, 당두님."

이 당두의 허리를 한 팔로 휘감은 전 위령은 조금 전보다 빠른 속도로 다리를 움직였다. 당장은 이 당두가 고통스럽더라도 나중을 위해선 빗물이 상처에 침투하는 것을 피해야 했기 때문이다.

'비가 많이 오는군. 과연 그 영약한 놈을 왕 위령이 잡을 수

있을까? 반드시 잡아야 하는데……'

이 당두는 야속하게 쏟아지는 빗물을 보며 혀를 찼다. 이젠 하늘에 구멍이라도 났는지 빗물이 아니라 빗줄기라고 해야 할 정도로 퍼붓고 있었다.

장마.

가을에 접어들었지만, 아직 장마가 완전히 끝난 것은 아니었다. 영인의 흔적을 지워줄 장마가.

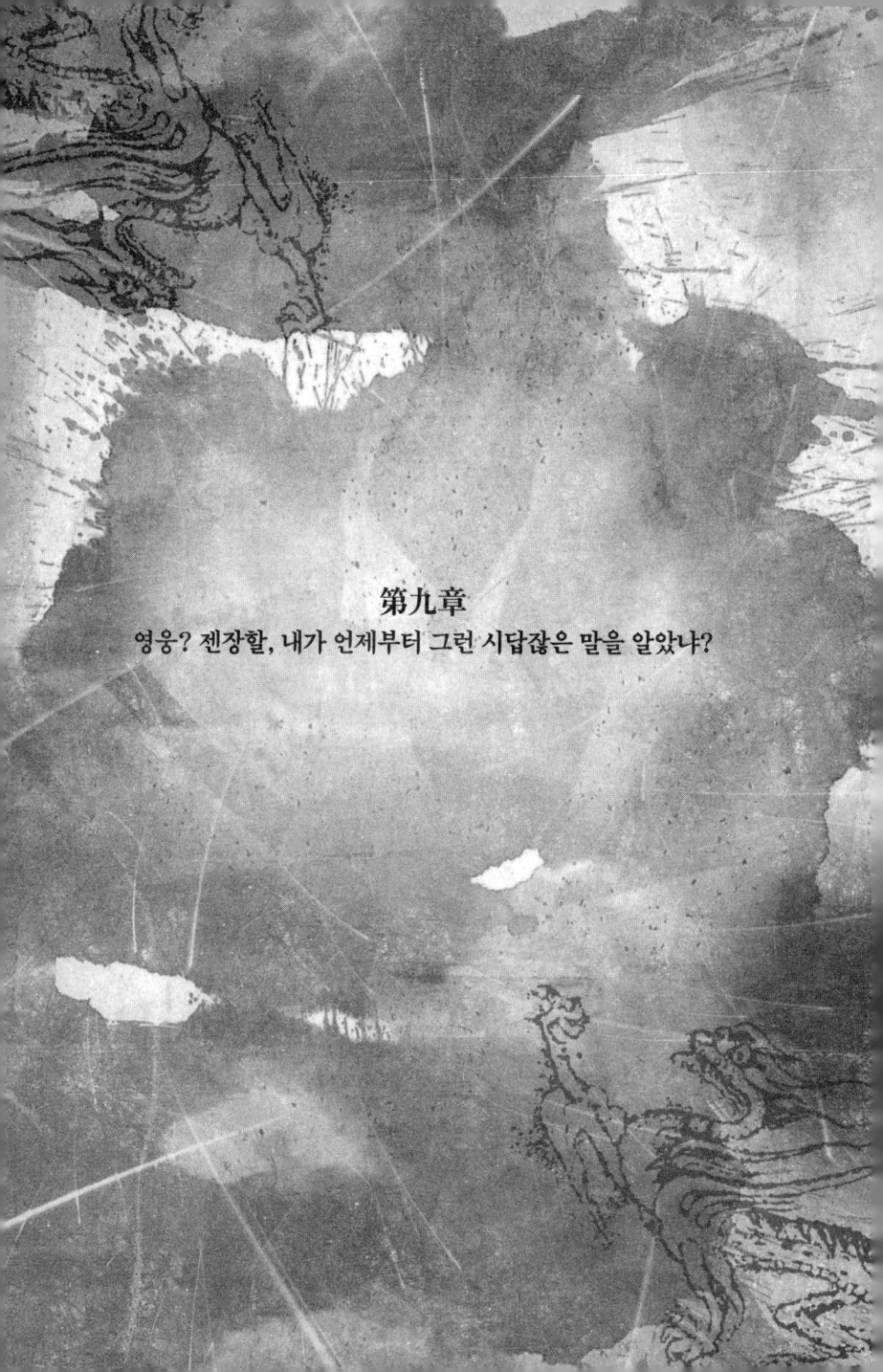

第九章
영웅? 젠장할, 내가 언제부터 그런 시답잖은 말을 알았냐?

쏴아아아~

먹구름에 태양이 완전히 가려진 하늘.

그 하늘에선 도저히 올려다볼 수 없을 정도로 많은 빗방울이 떨어지고 있었다. 더불어 한낮이라 생각될 수 없을 정도로 어두컴컴했는데, 산속이라 그런지 더욱 을씨년스러웠다.

"헉헉!"

질척질척!

"이크, 헉! 크으으~"

영인의 시야엔 아무것도 들어오지 않았다. 그저 앞만 보고 달렸는데, 어디를 지나치고 어디로 향하는지도 모를 정도로 정신이 없었다. 느낌상으로 자신이 대원들과 다른 방향으로

가고 있다는 것만 짐작할 뿐이었다. 만약 대원들이 간 방향이었다면 수많은 위사들이 따라갔을 것이 분명하기에 흔적이 남아 있을 것이기 때문이다. 아무리 비가 많이 내려 흔적이 희미해졌다고 해도, 영인에게 그 정도는 충분히 찾을 수 있는 실력이 있었기에 확신했다.

"분명히 그놈들 중 한 놈이 따라붙었을 텐데, 어디로 가야 하나? 이거 참."

영인은 자신이 왔던 방향을 힐끔 쳐다보았다. 어두워 잘 보이지 않았지만 아직 추격자의 그림자는 보이지 않고 있었다. 그러나 안심할 수 없는 상황이었기에 영인은 멈추지 않고 계속해서 앞을 향해 걸어갔다. 아니, 걸어간다는 말이 무색할 정도였다. 어디에 그런 힘이 남아 있었는지 영인은 질척거리는 산길을 뛰듯이 빠르게 오르고 있었다.

"어떻게 해서든 추격을 따돌려야 하는데 몸이 이래서야 원. 그나저나 무림에서 목에 힘주려면 확실히 내공을 높여야겠어. 만약 내공이 반 갑자 정도만 있었어도 그 변태 자식을 제대로 요리할 수 있었는데. 아니지. 식은 죽 먹기보다 쉬웠을 텐데. 그놈의 내공. 젠장!"

정신을 잃지 않기 위해 연신 중얼거리며 걸어가다 보니, 어느새 눈앞이 훤해지고 있었다. 나무들이 빽빽하게 박혀 있던 곳을 벗어난 것이다. 그러나 이것은 영인이 바란 것이 아니었다. 오히려 안으로 더 들어가서 숨어야 할 상황이었기에 저절로 욕설이 튀어 나왔다.

"생각대로 되는 것이 하나도 없는 날이군. 피를 많이 흘렸는데, 어디 남아도는 동굴이라도 없나? 이러다가 내가 먼저 지치겠다. 씨팔."

영인은 일부러 나무들이 있는 숲 가장자리를 경유하여 움직였다. 괜히 시야가 트인 곳으로 나갈 필요성을 느끼지 못했기 때문이다. 어느덧 도망치기 시작한 지 두 시진 가까이 되고 있었다. 이미 사시가 넘고 있었으니 추격자로부터 꽤 많은 시간을 도망친 것이다. 하지만 몸이 떨릴 정도로 추워지고 이따금씩 마비 증세까지 보이고 있었다. 그것은 영인의 몸에서 열이 나기 때문이었는데, 이 상태로 조금만 지나면 한순간 정신을 놓을 수도 있어 비를 피할 수 있는 곳을 빨리 찾아야만 했다.

그 후로 숲을 헤매길 반 시진.

원하던 동굴은 찾지 못했지만, 비를 피할 수 있는 곳을 발견할 수 있었다. 바위들 틈에 작은 공간이 보였는데, 세 명 정도는 거뜬히 앉을 수 있는 공간이 있었던 것이다.

"휴, 다행이다. 우선 저기서 좀 쉬어야겠다. 피를 많이 흘려서 그런지 꽤 어지럽네."

"큭큭."

"응?"

갑자기 들려온 기분 나쁜 웃음소리.

영인은 깜짝 놀라며 주변을 돌아보았다. 하지만 웃음소리의 주인공은 금방 시야에 잡히지 않았다.

"날 찾나? 놓친 줄 알고 돌아가려 했는데 오히려 제 발로 찾아왔구나."

"헉? 너, 너는……?"

"그래, 네놈을 추격하느라 이 왕 위령님이 얼마나 고생했는지 아느냐?"

"으……."

"큭큭, 네놈은 정말 운이 없구나. 비가 네놈 흔적을 지워주었는데도 네놈은 이렇게 죽을 자리를 찾아왔으니 말이다."

"젠장할……."

영인은 왕 위령의 말에 대꾸할 힘도 없었다. 그냥 털썩 주저앉고 싶은 것을 간신히 참고 있었다.

비가 억수같이 쏟아지는 날.

평소 잘 돌아가지 않는 머리를 쥐어짜며 숲 속을 이리저리 헤매고 다녔다.

고생이란 고생은 다 하며 추격자를 피해 여기까지 도망쳐 왔는데, 현실은 괜한 고생만 한 꼴이 된 것이다. 흔한 말로 사서 고생한 것이었고, 평소 영인과 명규의 말로 하면 쓸데없이 개고생을 한 것이 되어버렸다.

헛웃음이 나왔다. 웃지 않으려고 해도 참을 수가 없었다. 인생이란 정말 생각대로 되는 일이 하나도 없었고, 자꾸만 원하지 않는 일이 생겨 짜증이 났다.

"네놈… 혼자냐?"

"훗, 왜? 나 혼자라서 서운한가?"

"서운하긴, 혼자라면 내 계책이 먹힌 것 같아서 그러지."

"계책? 하하, 그렇다면 네 계책이 적중했다. 전 위령은 당두님을 호위하기 위해서 그곳에 남았지. 그 덕분에 내가 이 고생을 했지만."

"흐음."

"어떻게 하겠느냐? 네놈이 알아서 가겠느냐, 아니면 내가 끌고 가야 하겠느냐?"

"훗, 너라면 이 상황에서 어떻게 할 것 같으냐?"

"글쎄… 나라면 그냥 알아서 따라갈 것 같은데? 그래야 조금이라도 편하게 가지 않겠냐?"

"편해? 뭐가 편하다는 것이지?"

"후훗, 그야 당주님을 만나기 전까지는 살아서 가니 편한 것 아니겠냐. 당주님이 네놈 목숨은 살려서 잡아오라고 하셨으니 괜히 어쭙잖은 잔재주를 피워서 서로 힘들게 하지 말아주었으면 좋겠다. 그래야 지금까지 네놈을 추격하느라 고생한 나도 좀 편하지 않겠냐. 네 흔적을 찾는 것이 여간 힘든 게 아니었거든."

"하하, 세상엔 참 웃기는 놈들이 많구나. 어차피 지금 네놈 손에 죽는 것과, 널 따라가서 그 변태새끼 손에 죽는 것 모두 죽는 것은 같지 않나? 차라리 나 같으면 변태새끼 얼굴을 보는 것보다 네놈을 상대하는 것이 좋겠다는 판단이 드는데?"

"그런가? 훗, 역시 그냥은 못 가겠다는 말이지?"

"……."

"좋아, 그렇게 결정했다면 더 이상 대화를 할 필요가 없겠지. 그런데… 과연 그 지친 몸으로 날 상대할 수 있을까? 내가 위령이라고 너무 쉽게 생각하고 있는 것 같은데?"

"……."

"큭, 말할 힘도 없나? 좋아, 좋아. 살기 위해서 최선을 다할 뿐이란 말이지?"

영인은 왕 위령이 뭐라고 하든 일절 그 말에 대꾸하지 않았다. 아니, 대꾸하고 싶어도 왕 위령의 짐작대로 그럴 힘조차 없었다. 그저 왕 위령을 향해 눈을 부라리는 것이 전부였고, 그렇게 해서라도 왕 위령이 쉽게 공격할 수 없도록 만들기 위해 최선을 다했다.

"하지만 부질없는 짓일 뿐이다. 만약 네놈이 성한 몸이었다면 나도 꺼렸겠지. 오히려 피를 보지 않기 위해서 일부러 피했을 것이다. 사실 쓸데없이 피를 보는 것은 싫어하거든."

"……."

"당두님과 겨루는 것을 보았다. 만약 평소라면 내가 버거울 정도로 실력이 출중하더군."

"흐음."

"그 자세, 지금 마지막 공격을 준비하고 있겠지? 이 당두님을 공격했던 그 공격 말이야. 그렇지 않나?"

"……."

"자네, 혹시 아나? 이 당두님의 실력은 당두들 중에서도 최상에 속하지. 아니, 동창에서도 손에 꼽을 정도로 뛰어난 실력자가 이 당두님이시다. 오죽하면 첩형께서 몇 년 안에 자신을 능가할 인물이 이 당두님이라고 할 정도니까. 일류? 아니다. 이 당두님은 검기를 자유자재로 다루는 절정의 고수다."

"절정?"

"그래, 절정의 경지에 오르신 지 몇 년이 되셨지. 그래서 방심한 것이다. 발기도 못하는 네놈을 상대하자니 그분 성격에 심기가 그리 좋지 않으셨겠지. 만약 그렇지 않았다면 네놈에게 공격을 허용하지도 않았겠지. 물론 마지막에 어떤 방법으로 공격했는지 모르지만 말이다. 하지만 난 당두님처럼 다 잡은 고기를 놓치는 우를 범하진 않아. 방심한 결과를 직접 확인까지 했으니까. 알겠나?"

"흐음."

'그 변태새끼가 절정의 경지였다고? 그럼 원숭지와 비슷한 실력자였단 말인데… 그래도 그런 놈한테 칼을 먹였으니 위안은 되는가?'

영인은 왕 위령의 말을 들으면서 살짝 입꼬리가 올라갔다. 몸은 만신창이가 되었지만, 일류도 못 되는 실력으로 절정의 반열에 오른 고수의 몸에 제법 큰 상처를 냈으니 할 만큼 했다는 만족감이 든 것이다.

"훗, 무얼 생각하나? 내 얘기가 재미있나?"

"뭐… 그럭저럭."

'새끼, 정말 차분한 성격이네. 아니면 원래 냉혈한인가? 그나저나 이것으로 내 인생도 종쳤네. 저런 독사 같은 새끼는 정말 밥맛인데, 제길.'

"자, 마음대로 해 봐. 나도 최선을 다할 테니까. 이미 상한 고기, 검 한 번 더 긋는다고 당두님께서 뭐라고 하시진 않겠지."

"그래? 네놈 얘기를 듣고 있으니, 나도 네놈 몸에 칼침 한번 넣고 싶어지는군. 아예 그 변태새끼처럼 만들어주지. 자! 한번 화끈하게 놀아보자. 와봐!"

일단 말은 당차게 했지만, 영인은 팔조차 들어 올리기 힘든 상황이었다. 그러나 살려면 칼을 휘둘러야 했고, 그래서 이를 악물고 팔을 들어 올렸다. 팔과 손에 힘을 준다는 것이 이 정도로 힘들 줄 몰랐다. 그러나 칼은 움직였고, 정신을 집중해서 부리부리한 눈으로 쳐다보고 있는 왕 위령의 가슴을 향해 겨누었다.

이 당두에게 했던 것과 같은 일격.

지금 필요한 것은 그것 하나밖에 없었고, 그것만이 이 수렁에서 살아날 수 있는 유일한 수단이었기에 한 가지만 생각했다.

일격필살.

어차피 영인에게 있어서 공격은 단 한 번으로 끝이 날 것이고, 그 이후의 일은 전혀 생각할 필요조차 없었다. 그러나 영인이 생각하는 단 한 번의 공격도 불확실한 상황이었고, 공격을 하는 도중 몸이 견디지 못하고 쓰러질 확률이 열에 아홉은 될 정도였다. 하지만 아무런 반항도 하지 않고 끌려갈 수 없기에 죽음을 불사하면서까지 일격을 준비하고 있는 것이다.

영인의 의지가 칼끝에 모이는 것을 바라보고 있던 왕 위령도 자신이 한 말에 책임을 지듯 영인을 향해 공격 자세를 잡았다. 눈에선 순간순간 기광이 발했는데, 예리하면서도 신중한 성격이 그대로 나타나고 있었다.

'와라. 어서. 내겐 더 이상 서 있을 힘도 없다고. 그러니 빨리 와라.'

"큭, 의지가 가상하군. 좋다, 가주지! 하아압~!"

팟, 파팟!

검극을 영인의 우측 가슴으로 향하면서 빠르게 달려갔다. 아니, 미끄러진다는 표현이 적당했다. 그러나 왕 위령의 검극은 전혀 흔들림이 없었다. 오로지 목표로 정했던 곳을 향해 다가갈 뿐이었다.

"큭! 젠장할 놈, 죽여봐! 죽여보라고~!"

챙, 스으으윽.

푹~!

"컥! 커걱! 끄으으으……."

"……."

"이, 이이……."

영인은 힘겹게 고개를 숙여 자신의 몸에 박힌 검을 바라보았다.

정확히 우측 가슴에 박혀 있는 검.

뭐라고 욕이라도 한마디 하고 싶은데, 입에선 가래 끓는 소리밖에 나오지 않았다. 그저 할 수 있는 것이라고는, 몸에 박힌

이물질을 바라보고 것이 전부였다.

스으으윽.

털썩, 철퍼덕!

"헉, 허어억! 끄으음…….."

"자네의 의지와는 달리 몸은 엉망이었군. 겨우 칼 한 번 찔러 넣을 수 있는 것이 다였던가? 그 정도로 나를 도발했던 것인가? 하, 웃겨서 할 말도 없군."

"……."

"숨은 붙여놓았다. 급소는 피했다는 말이지. 하지만 그 몸으로 당두님께 갈 수나 있을지 모르겠구나. 역시 자넨 날 끝까지 고생시키는군. 이거 참."

"제, 젠장할 새끼. 그 변태새끼한테 갈 바에는, 헉헉, 차, 차라리 여기서 죽여라. 끄으으~"

"나도 그러고 싶다. 네놈 목만 들고 가면 편하겠는데, 내 위치에서 당두님의 명을 거역하고 그런 결정을 독단적으로 내릴 수는 없다. 이게 현실이지. 권력의 힘이고. 알겠… 누구냐!"

"이런 젠장! 내가 너무 늦었군."

쓰으윽.

한창 영인의 처리에 대해서 고심하고 있던 왕 위령은 나무 사이에서 등장하고 있는 인물을 향해 경계심을 드러냈다. 비가 억수같이 쏟아지는 날에 나무꾼이나 사냥꾼이 숲을 돌아다니는 일은 좀처럼 없기에 눈앞에 등장한 인물은 충분히 위험 인물로 분류되었고, 그에 주변을 살피면서 경계심을 더욱 높였다. 하지만 더 이상 눈에 띄는 기척이 없었다.

"누구인가? 음… 질문을 정정해야겠군. 행색을 보아하니 이자와 같은 소속인 것 같은데, 그런가?"

"썩은 눈인 줄 알았는데 사람 보는 눈이 있구먼. 맞아, 그 녀석과 같은 소속이지."

"이자를 구하려고 온 것인가?"

"뭐, 그렇다고 봐야겠지?"

"끄으음. 며, 명규?"

영인은 정신이 혼미해지는 가운데, 갑자기 들려온 익숙한 목소리에 힘겹게 고개를 돌렸다. 몸은 이미 땅바닥과 일체가 되어버린 후였기에 고개를 돌리기도 쉬운 일이 아니었지만, 환청인지 아닌지를 확인하기 위해선 직접 두 눈으로 확인해야 했기 때문이다.

명규.

영인의 시선에 잡힌 것은 명규였다. 한눈에 보아도 나무를 헤집고 달려왔다는 것을 알 수 있을 정도로 의복 곳곳이 찢어져 있었다. 완전 넝마가 따로 없었다. 그러나 영인의 눈에 잡힌 명규의 표정엔 안도감이 자리하고 있었다.

"어라? 살아 있었냐? 명줄 한번 질기다, 너."

"제, 젠장할 놈."

"난 사실을 말한 것뿐이라고. 그런데… 저 시시껄렁한 새끼가 널 그렇게 만든 거냐? 의복을 보니 위령 정도 되는 것 같은데, 겨우 위령이 널 상대할 정도로 실력이 높았던가? 아무리

봐도 고수로 보이진 않은데?'

"겨우 위령이라……. 자네도 날 우습게 보는가? 내가 그 정도로 형편없이 보이나, 아니면 동창의 위령이란 지위가 형편없게 변한 것인가?"

"뭐, 내 눈엔 모두 다."

"후홋, 도저히 모르겠군. 언제부터 동창의 위명이 이렇게 바닥을 기어다닐 정도가 되었는지… 아니면 자네들 성격이 문제인가?

푹!

"커흑! 이, 이런 개새끼가~! 끄으으……."

왕 위령은 명규의 불쾌한 시선과 언행에 대한 응징으로 쓰러져 있는 영인의 허벅지에 검을 박아 넣었다. 마치 영인이 그곳에 있는 줄 몰랐다는 듯이 행동에 거침이 없었다.

"이봐, 이봐. 그 정도로 해서 그 질긴 녀석이 쉽게 죽겠어? 그 녀석이 지금은 형편없이 망가졌어도, 예전에 번개에 맞고도 살아났던 녀석이라고. 아~주 질긴 녀석이란 말이지. 찌르려면 좌측에 있는 심장이나 목을 정확히 찔러야지. 아암~!'

"홋, 격장지계인가? 모습을 보아하니 이자를 구하기 위해서 온 것 같은데, 눈에 보이는 수는 그만두는 것이 어떤가?"

"뭐가 눈에 보인다는 거지? 난 사실을 말한 것인데?"

"홋, 그렇다고 내가 못 찌를 것 같은가?"

"아아, 나도 자네가 찔러주면 좋지. 그래도 내가 양심은 있어서 직속상관을 내 손으로 직접 찌르긴 껄끄럽거든."

"상관? 이자가 자네의 상관이란 말인가?"

"몰랐나? 난 또 아는 줄 알았지. 이런, 귀중한 정보를 주었군. 으음… 뭐, 알아버렸어도 상관없겠지."

"뭐가 상관없다는 것인가?"

왕 위령은 명규와 대화를 하면서 점점 흥미가 일었다. 뭔가 꿍꿍이가 있는 것 같으면서도 자연스럽게 대화를 하게 되니 그 진의가 점점 더 궁금해졌던 것이다.

"흠! 그런 것은 신경 쓰지 말고, 우선 자네가 내 말에 따라주었으면 좋겠는데, 그렇게 해주겠나? 간단해. 아까 말한 대로 검 한 번 찔러주면 되거든."

"…정말 원하나? 이자를 구하기 위해 온 것이 아니었던가?"

"다 죽어가는데 구하긴 무슨. 지금은 그냥 죽어주는 것이 내겐 좋지. 아! 깜박했군. 세상엔 오는 것이 있으면 가는 것이 있는데, 내가 실수했네. 만약 내 말대로 해주면 약간이나마 금전적인 보상을 해주지. 어때? 그렇다고 많이는 못 줘."

"허, 정말 어이가 없군. 으음… 한 가지 확인하고 싶은데, 내가 이자를 죽여주면 자네에겐 무슨 이득이 있나?"

"당연히 승진이지. 그렇게 눈치가 없어? 승진 일 순위가 바로 나거든. 자꾸 그런 쪽으로 대화를 유도하면 좋지 않아. 난 포로도 아니고 심문을 당하는 것도 싫거든. 어때, 이제 날 위해서 좀 찔러주지 않겠나?"

"…자네 말은, 이자의 지위가 높다는 것으로 들리는데, 맞나?"

"음… 마지막 질문으로 생각하고 대답해 주지."

"……."

"높은 정도가 아니라 꽤 높지. 어떻게 그 녀석을 저렇게 사경을 헤맬 정도로 만들었는지 모르지만, 틈왕 전하를 지근에서 모시는 보위대 대주라고. 보위대 대주면 상당한 권력자야. 어때, 찌르고 싶은 욕구가 막 생기지 않나?"

"보위대 대주? 보위대라……. 흐으음."

왕 위령은 명규와 대화를 하면 할수록 혼란스러웠다. 도대체 찌르길 원하는 것인지 아닌지 갈피를 잡을 수가 없었기 때문이고, 더구나 영인의 지위에 대한 설명을 듣자 황당하기까지 했다. 기껏해야 십인대장이나 높게 쳐주어도 백인대장 정도를 생각하고 있었는데, 이건 대어 중에서도 대어였던 것이다.

하지만 왕 위령의 모습을 주시하고 있는 명규의 속은 바짝바짝 타 들어가고 있었다. 아직 기절하지는 않았지만, 한눈에 보아도 영인이 피를 많이 흘리고 비까지 흠뻑 맞은 상태라 생명이 위급했던 것이다. 그런데 얄밉게도 왕 위령은 영인에게 검을 겨눈 상태로 움직일 생각을 하지 않고 있었다. 조금이라도 틈을 보이면 어떻게든 하겠지만, 도대체 그 틈을 찾을 수가 없었다. 그에 왕 위령에게 자꾸만 말을 시키고 있는 것이었다.

"자네의 말대로라면 내가 오늘 생각보다 월척을 잡았군. 모두 자네의 덕이니 내 큰마음 먹고 자네를 보내주지. 아니, 차라리 우리와 함께하는 것이 어떤가? 내가 당두님께 잘 말해주겠네. 어떤가?"

"훗, 지금까지 내가 한 얘기를 뭐로 들었는지 모르겠군. 자네가 잡고 있는 자가 누구인지 아나? 틈왕 전하께서 확실하게 자리를 잡고 왕권을 강화하게 되면 금의위 도독과 같은 무소불위의 권력을 휘두를 수 있는 위치가 바로 보위대 대주라고. 그런데 나보고 그런 자리까지 올라갈 기회가 생겼는데 겨우 동창 당두 밑에서 기라고? 이거 참, 웃겨서 말이 안 나오는군."

"흐음."

"……."

"명규 이 개자식… 오늘 살아나면 널 내 손으로 죽이고 말겠다. 이…….'"

퍽~!

"컥! 끄으으~"

"조용히 해라! 오늘 네놈이 살아날 수 있는 가망은 전혀 없다. 알겠나?"

"커헉! 제, 젠장할 놈들…….'"

"흠! 이봐, 자네의 생각이 뭔지 대충 짐작이 가네. 하지만 내가 이자를 끌고 가면 다시는 볼 수 없을 것이니 나와 같이 가기 싫다면 그냥 돌아가도 될 것이 아닌가? 그러는 편이 좋을 것 같은데…….'"

"어차피 오늘 중으로 죽는다? 흐음… 아니, 아니야. 세상일이란 것이 한 치 앞도 볼 수 없거든. 어떻게 될지 모르는 것이 인생이지. 이럴 때는 내 눈으로 확인하는 편이 가장 좋은 일이지. 안 그런가? 그러니 이렇게 뭉그적거릴 것이 아니라 지금 끝을 보여주는 것이 어떤가? 내 성격이 꼼꼼해서 뒤끝이 찜찜한 것은 영 못 참거든."

"흐음, 꼭 확인해야 할 필요가 있겠나? 이자의 목숨은 내 상관게서 주관하실 것이네. 물론 죽는다는 것은 확실히 보장하지. 이 정도로 얘기해 주었으면 충분할 것 같은데, 안 그런가?"

'젠장할 놈, 정말 생긴 것처럼 소심한 놈이네. 도대체 빈틈을 찾을 수가 없잖아. 흠! 이렇게 되면 어쩔 수 없지. 강수를 둘 수밖에.'

"…아무리 생각해도 안 되겠다. 그쪽이 못하겠다면 내가 대신했으면 하는데, 그래도 될까?"

성큼.

"어어, 거기까지. 그만! 아직 움직이라고 한 적은 없는 것 같은데?"

명규가 말을 하면서 앞으로 성큼 다가서자, 왕 위령은 재빨리 영인의 목을 향해 검을 겨누면서 명규에게 멈출 것을 요구했다. 하지만 어찌 된 것인지, 명규는 왕 위령의 행동을 보면서도 걸음을 멈추지 않았다. 아니, 오히려 비릿한 미소를 입가에 그리면서 다가섰다.

"그래, 그렇게 하는 거야. 어서 찌르라고. 그래야 나도 편한 마음으로 여길 뜰 것이 아니겠나."

"흐음."

"아, 아니지. 아무래도 안 되겠다."

"……?"

"훗, 우리 대주를 죽인 놈을 눈앞에서 보낸다면 대원들이 많이 섭섭해하지 않겠나? 네놈을 그냥 보낼 수는 없지. 역시 출세를 하려면 뒤가 깨끗할수록 좋지. 거기다 대주의 복수까지 했으니 대원들이 아주 좋아할 거다. 아암!"

"흐음."

성큼성큼.

"끝까지 해보겠단 말이군. 좋아, 어차피 자네가 그런 생각이라면 상대해 주지."

명규의 거칠 것 없는 행동에 왕 위령의 인내가 바닥났다. 생각 같아서는 영인의 목에 일침을 가한 후 명규를 상대하든지 아니면 훌쩍 떠나든지 하고 싶었지만, 우선은 상관의 명령을 이행하는 것이 먼저였기에 영인에게 향했던 검을 명규에게 옮겼다. 명규로서는 바랐던 행동이고, 영인은 직접적인 위협으로부터 벗어나게 된 것이다.

명규는 왕 위령의 행동을 보면서 고개를 좌우로 흔들었다. 더불어 표정도 신경을 썼는데, 비릿했던 입가의 미소가 굳어진 것이다.

"이런, 이런. 내 의도는 그게 아니야. 검극이 향하는 방향이 틀렸어. 날 먼저 상대하는 것이 아니라 저쪽을 먼저 끝내고 날 상대하는 것이 순서가 아닌가?"

"나도 그러고 싶은데, 이자의 살아 있는 얼굴을 상관이 직접 보고 싶어하시니 나로서는 어쩔 수 없다. 그리고… 자네의 실력이 얼마나 높은지 확인해 보고 싶어졌다. 무엇을 믿고 동창 위령을 향해 칼을 들이대는지, 도대체 그 만용을 알 수가 없거든."

"큭큭, 만용이라……. 동창 위령이 별건가? 어차피 칼이 들어가면 피 흘리는 것은 똑같고, 입에서 나오는 것은 한결같은 살려달라는 비명이지. 뭐, 자네가 그런 선택을 했다면 따라줘야겠지만, 내가 볼 때는 최악의 선택을 한 것 같다. 내가 얼마 전에 자네하고 똑같은 환관새끼 한 놈하고 맞장을 떴는데, 그 새끼가 아마 번역이었다지? 위령이 높나, 아니면 번역이 높나?"

"뭐라? 번역을 상대했었다고?"

"그래. 뭐, 아쉽게도 죽이진 못했지만, 내 얼굴을 확실하게 각인시켜 줄 정도는 됐지. 자, 어떻게 할래? 지금이라도 순서를 바꾸는 것이 좋겠다는 생각이 팍팍 들지 않나?"

"흐음."

명규는 왕 위령의 검이 방향을 바꿨을 때 멈추었던 걸음을 다시 움직이기 시작했다. 그러나 서두르지 않았다. 자칫 서둘렀다가는 자신의 의도가 단번에 발각될 것이 뻔했고, 그렇게 되면 애써 영인의 목에서 벗어난 검이 어떻게 될지 몰랐기 때문이다.

"훗! 허세인가, 만용인가? 그것도 아니면 내 손에 이자가 죽기를 바라는 의도된 겁박인가? 상황이 내가 의도했던 것과는 많이 달라졌지만, 어찌 되었든 자넬 상대해 보면 확실하게 알

겠지. 어디, 그렇게 자신있다면 내 검을 받아봐라. 번역을 상
대했었다고? 과연 내 검도 상대할 수 있을지 보겠다!"

"젠장할 새끼! 네놈 목표는 저쪽이라고 했잖아!"

휘이익!

챙, 채챙, 채에엥~!

왕 위령의 검은 명규의 생각보다 빠르고 날카로웠다. 이미
번역을 상대해 봤기에 위령이라는 말을 듣고서 실력을 낮게
평가하고 있었는데, 오히려 상대했던 번역과 실력이 비슷했던
것이다.

"헉! 이런 니미럴 새끼! 무슨 위령의 실력이 이따위야?"

챙, 챙챙, 채에엥! 챙~!

"동창의 직위는 무공으로 결정되는 것은 아니다. 무공이 높
으면 승차하는 데 도움이 되겠지만, 무공이 높다고 해서 아무
나 쉽게 승차하는 그런 호락호락한 곳과 동창을 똑같이 취급
하지 말란 말이다. 하아압~!"

"그래, 네 허벅지 굵다, 이 씨방새야~! 그 실력으로 아직 위
령에서 벗어나지 못하고 있었으니, 네놈 인생도 참 개똥보다
못하구나."

"뭐라? 이, 이런 길바닥에 굴러다니는 거지보다 못한 놈
이……."

"어라, 왜 그렇게 흥분해? 정말 인생이 개똥보다 못했어?"

"이, 이노옴~!"

왕 위령은 명규의 입에서 흘러나온 말 같지도 않은 말을 들

으면서 온몸에 전율이 왔다. 그동안 잊고 있었던 것, 잊으려고 노력했던 일이 떠오른 것이다. 그에 차분하게 유지되었던 평정심이 무너졌고, 두 눈은 실핏줄이 터진 것처럼 붉게 변했다.

챙, 챙챙, 채에엥~!

"야, 내가 환관을 만나면 꼭 물어보고 싶은 것이 있었거든? 물어보면 말해줄래?"

"이놈, 네놈은 입으로 싸우는가 보구나! 죽어라~!"

"어라? 어떻게 알았냐? 내가 몇 년 전에 어떤 녀석을 만나게 되면서부터 분심공을 익힐 수 있게 되었거든. 그래서 이렇게 입으로도 공격할 수 있게 되었지. 어때, 대단하지?"

"……."

"참, 내가 물어본다고 했지? 너, 어떻게 해서 환관이 된 거냐? 예전에 나도 관에서 일한 적이 있거든. 그때 꽤 친한 녀석이 그러던데, 어릴 때 개한테 물려 거시기가 잘려나간 녀석들이 환관이 된다고 하더라? 정말로 그게 사실이냐?"

"이놈~! 오늘 기필코 네놈의 목을 따고야 말겠다! 아니, 그 혀를 잘라서 씹어먹고야 말겠다."

"오~ 흥분하는 것을 보니 정말 사실인가 보네? 야, 그럼 넌 보(寶)도 없고 고승(高勝)도 하지 못했겠네? 큭큭, 그래서 그런 실력을 가지고도 아직까지 번역조차 되지 못하고 위령으로 머물렀던 거였냐? 안됐다, 정말 안됐다."

"이, 이노오옴~!"

왕 위령은 명규의 말이 계속될수록 정신을 차릴 수가 없었다. 가뜩이나 명규의 말대로 개에게 물려 다른 환관들이 애지중지하는 보도 없이 심란한 생활을 해왔다. 더욱이 오래전부터 보가 없어 고승을 하지 못해 승급을 못하고 있는 것이 아닌가 하는 생각을 하고 있었는데, 오늘 명규가 왕 위령의 아픈 곳을 여지없이 긁고 있었던 것이다. 당연히 왕 위령의 눈이 뒤집혔고, 차분하게 자신만의 그림자를 그리고 있던 검의 움직임에 영향을 주었다.

'됐다. 그렇게 해야지.'

"왜 이래? 내가 못할 말이라도 했어? 그러게 처음부터 내 말을 들었으면 너도 좋고 나도 좋았잖아."

"나를 우습게 여긴 대가가 어떤 것인지 보여주겠다. 고작 농사나 짓던 떨거지 반란군인 네놈이 황제 폐하의 총애를 받는 동창 위령에게 대항한 것이 얼마나 어리석은 짓인지 알게 해주겠단 말이다!"

"그러셔? 마음대로 해봐. 다 받아줄 테니까. 그나저나 넌 움직일 때 덜렁거리는 것이 없어서 편하겠다. 그렇지?"

"주둥이 닥치지 못할까! 입에 재갈을 물려도 시원찮을 놈아! 이노오옴!"

챙, 챙챙, 채에엥~!

왕 위령의 검이 빨라졌다. 처음에 보여주었던 날카로움은 많이 사라졌지만, 그에 반해 거칠고 패도적으로 변했다. 마치 검이 아니라 칼을 들고 설치는 것처럼 명규의 칼과 부딪치면서도 밀려나거나 튕겨지지 않고 오히려 밀어붙이고 있었다.

그만큼 검에 왕 위령의 분노가 가득 실리고 있었기에 이런 검을 받아치고 있는 명규의 인상은 시간이 갈수록 찡그려졌다.

명규는 왕 위령의 검을 받아치면서 이를 악물기 시작했다. 생각했던 것보다 왕 위령의 검술이 뛰어났고, 더불어 이따금 씩 예기치 못한 곳으로 검이 접근하자 깜짝깜짝 놀라는 일이 벌어진 것이다. 비록 검에 내공이 실리지 않아서 버티고 있는 것이지, 만약 왕 위령이 발기가 가능한 일류의 경지였다면 진즉에 칼이 절단되고 목이 달아났을 것이다.

'무슨 놈의 환관새끼가 이렇게 힘이 좋아? 환관은 모두 여자처럼 엉덩이를 흔들고 졸졸거리면서 다니는 놈들이 아니었던가? 아무리 무공을 전문적으로 익히는 녀석들이 동창이라고 해도 환관이 이 정도로 세다는 건 너무하잖아!'

그동안 환관에 대해 가지고 있던 가치관이 깨지는 것은 한순간이었다. 권력에 아부하며 후궁의 노리개나 뒤치다꺼리를 하면서 평생을 허리 한번 펴보지 못하고 사는 것이 환관이라 생각했는데, 오늘은 무시무시한 눈빛과 무공으로 자신의 목숨을 위협하고 있으니 화가 날 정도였다. 그러나 명규의 눈은 침착하게 왕 위령의 움직임을 살폈으며, 한순간이라도 틈이 나기를 기다리고 또 찾기 위해 노력했다.

창! 차앙, 창! 가가가각, 가각!

"끄으응~"

"이, 이이익~!"

왕 위령이 휘두르는 검의 진로를 막기 위해 칼을 부딪친 명규는 뒤로 물러서지 않기 위해 팔에 힘을 집중했다. 그로 인해 왕 위령 역시 뒤로 물러서지 못하고 지척에서 서로의 숨소리를 들어야 했고, 두 눈은 반 자도 되는 않는 거리에서 격하고 적의가 가득 담긴 상태로 이글이글 타올랐다.

검과 칼은 서로의 몸을 비벼대며 비명을 토했다. 그러나 수많은 부딪침에도 불구하고 잘려 나가지 않았다. 비록 날에 이가 나가고 흠이 생기면서 서로 비벼댈 때 듣기 거북한 소리가 났지만, 아직 명규의 칼과 왕 위령의 검은 그 수명이 끝나지 않은 상태였다. 오히려 몇 번을 더 부딪쳐도 자신이 철로 만들어진 것을 증명해 줄 수 있을 정도로 제대로 된 형태를 유지하고 있었다.

"이 새끼, 네놈이 할 수 있는 것은 여기까지다! 그만 쓰러져라~!"

픽~!

"컥, 끄으윽."

가가각, 가각~!

픽! 퍼퍽, 퍼퍼픽~!

"쓰러져! 쓰러져! 이래도, 이래도 안 쓰러져? 이 새끼야, 거기를 차였으면 백 번도 더 쓰러졌겠다! 이 더러운 고자새끼야!"

"끄으윽! 이, 이 죽일 노옴!

서로 검과 칼을 맞댄 상태로 힘을 겨루고 있었기에, 명규는 별로 있지도 않은 내공을 끌어올리며 버티기 위해 안간힘을 썼다. 물론 그것은 왕 위령도 마찬가지였지만, 수련한 시간이 차이가 나기에 시간이 흐를수록 명규에 비해 안정감을 찾고 있었다.

왕 위령의 모습을 시시각각 확인하던 명규는 자신이 불리하다는 것을 알 수 있었다. 그에 더 이상 시간을 끌 수 없다는 판단을 내렸고, 한순간 자신의 모든 힘을 팔에 집중하면서 왕 위령을 밀어붙였다. 이에 촌각도 안 되는 짧은 시간이었지만 왕 위령에게서 틈을 찾을 수 있었고, 명규는 그 틈으로 거침없이 발을 뻗었다.

보통의 남자라면 있어야 하는 곳.

남자라면 본능적으로 움츠러들 수밖에 없는 바로 그곳.

명규는 그곳을 향해 힘껏 발을 뻗었고, 왕 위령은 생각지도 못한 공격을 받고서 황당함과 수치심에 얼굴이 붉게 물들었다. 그러나 모든 힘이 상반신에 집중되어 있었기에, 처음 한 번의 발길질에 나가떨어질 정도로 충격은 받지 않았다. 아니, 일반적인 남자였다면 조그만 충격에도 얼굴이 허옇게 변했겠지만, 왕 위령은 그 정도의 충격은 충분히 감수할 정도였다. 충격을 받아야 하는 물건이 없었기 때문에 그만큼 명규의 공격에서 자유로울 수 있었던 것이다.

그러나 명규의 발길질은 한 번으로 끝나지 않았다. 한 번 생긴 틈을 계속해서 물고 늘어졌고, 조금씩 발길질의 강도가 세지면서 왕 위령의 얼굴도 찡그려지기 시작했다. 수치심 때문이 아니라, 조금씩 충격이 가중되기 시작했기 때문이었다. 그리고 몇 번 맞은 이후엔 다리에 힘이 빠지기 시작할 정도로 고통스러웠다.

"그래, 쓰러져라! 아무리 고자새끼라도 그곳을 맞고서 아무렇지 않다면 남자가 아니지. 아! 환관은 사내가 아니었지? 그래도 뭔가 흔적이라도 남았으니 아프겠지? 안 그러냐? 내가 네놈이 남자였다는 것을 이렇게 증명까지 해주었으니 어서 그 노고에 대해 보답해 줘라. 그 희멀건 대가리로 말이다. 이 개도 씹어 먹지 않을 질긴 놈아!"

"끄아아아~!"

털썩!

"이놈! 목을 길게 늘이고 있어라! 단칼에 금방 끝내주겠다!"

"크아악! 어림없다~!"

깡! 까앙! 까아앙!

"막아? 이래도? 이래도? 그래, 막아봐라. 어디까지 막을 수 있나 보자! 남자들의 긍지는 쉽게 포기한 놈이 목숨은 왜 포기하지 못해? 왜! 왜냐고! 막아! 막아보란 말이다~!"

깡! 까아앙~!

퍽! 퍼퍽! 퍼어억~!

"크윽, 끄으으……."

명규의 칼과 발차기가 번갈아 들어오자, 더 이상 버티지 못한 왕 위령이 우측으로 쓰러졌다. 그에 회심의 미소를 지은 명규가 왕 위령의 목을 향해 칼을 내려쳤는데, 왕 위령은 명규의 칼이 빠르게 내려오자 있는 힘껏 오른팔을 움직이며 진로를 막았다. 하지만 너무도 급하게 막아야만 했기에 충격을 받을 수밖에 없었고, 그에 몸을 움직여야 함에도 불구하고 위험에서 벗어날 수가 없었다. 한마디로 기회를 놓친 것이다.

깡! 까앙! 까아앙~!

"크, 이노옴! 내가 이렇게 죽을 것 같으냐?"

"그냥 죽어라! 제발 죽어! 넌 지치지도 않냐?"

"이놈! 죽더라도 나 혼자 죽지는 않겠다! 그렇게 할 수 없다는 말이다!"

팍!

푸욱~!

"컥, 끄으으… 커컥, 죽지 않… 아. 혼자서언~ 끄으으음…….."

"윽! 이 빌어먹을 새끼가… 허흑! 제, 제엔장."

철퍼덕.

"끄윽, 헉헉! 독종 새끼. 죽으려면 곱게 죽을 것이지, 마지막까지 신경질 나게 만들고서 죽고 지랄이야? 똥물에 고개 박고 죽을 새끼! 큭큭, 자알 죽었다. 물건도 개한테 먹혔으니 죽어선 늑대한테 몸보신시켜 주게 되었구나. 에잇, 육시를 낼 새끼!"

폭! 푸욱~!

들썩들썩.

자신의 배에 박힌 검을 뽑은 명규는 왕 위령의 시신을 향해 검을 내던진 후 칼로 화가 풀릴 때까지 쑤시고 또 쑤셨다. 그러나 좀처럼 화가 풀리지 않았다. 다 잡았다고 생각했는데, 그것은 자신의 생각이었을 뿐이다. 그렇지 않다면 왕 위령의 마지막 일격을 허용하여 배에 구멍이 뚫리는 심각한 상처를 입지는 않았을 것이기 때문이다.

"끄윽~ 야, 이 새끼야. 그 새끼한테 그만 칼 먹이고 아까 한 얘기나 해봐, 이 빌어먹을 새끼야."

"아~ 큭큭, 내가 정신이 없군. 쩝, 넌 아직도 죽지 않았냐?"

"네놈 대가리 빠개놓기 전에 죽을 것 같아? 어림도 없지. 아암! 킥! 허헉!"

"큭큭, 그래… 그렇게 말해야 내가 알고 있는 개차반 제광마지."

털썩!

"허헉! 제길! 이거 꽤 아프네?"

영인의 목소리가 들리자, 명규는 자신이 잊고 있었던 것을 깨달을 수 있었다. 그에 잘 움직이지 않는 다리를 천천히 끌면서 영인에게 다가갔고, 이내 그 옆에 주저앉았다.

"…왜 왔냐? 그쪽도 상황이 여의치 않았을 텐데."

"영도가 있잖냐. 그 새끼, 도망은 정말 잘 가더라."

"큭큭, 영도가 그 방면엔 일가견이 있지. 그럼 대원들은?"

"다행히 말을 숨겨두었던 곳까지 무사히 갈 수 있었다. 조금만 늦었어도 뒤따라온 동창 녀석들한테 개박살이 날 뻔했지. 간발의 차이였다."

"다행이군."

"그래, 정말 다행이지."

"…너도 그때 대원들하고 갈 것이지 여긴 뭘 처먹을 게 있다고 왔냐?"

"내가 한 의리 하잖냐."

"의리? 지랄 같은 소리 하지 말고."

"큭큭, 하긴… 나 역시 그런 소리를 너한테서 들었으면 지랄한다 했겠다."

"흐음."

"그냥… 널 두고 가려니까 뒤통수가 자꾸 가렵더라. 그래서 죽었는지만 확인해 보자는 생각에 널 찾았지. 그래서 동창 녀석들을 피해서 돌아갔는데, 너는 없고 고자새끼 둘만 있더라고. 그래서 주변을 살펴보다가 저 녀석을 보게 되었고, 혹시나 하는 생각으로 멀찍이서 따라왔지. 뭐, 그렇게 된 거다."

"그렇군. 끄응~ 여하튼 잘 왔다. 그런데… 내 생사 여부를 확인해서 뭘 하려고 했냐? 그게 네 목숨을 걸 정도로 중요한 것이었냐? 혹시 조금 전에 저 새끼하고 지껄인 말 중에 진담이 포함된 거냐?"

"큭큭, 알아서 생각해라. 아, 정말 제대로 들어갔나 보네."

"빨리 말해봐. 어디까지 진심이었냐?"

"그런 게 암계와 귀계라고 하는 거다. 상대를 속이기 위해선 나를 속여라. 몰라?"

"……"

"아, 젠장! 왜 내 말을 안 믿어? 뭐, 이게 이인자의 설움이긴 하지만, 그래도 자기 목숨 구하려고 왔으면 고맙다는 말이 먼저 나와야 하는 것이 정상 아니냐? 지금이라도 확 그어버려?"

"홋, 미친 놈."

영인은 명규와 대화를 하면서 긴장이 서서히 풀어지는 자신을 느낄 수 있었다. 그에 편안해졌고, 주변을 둘러볼 수 있는 여유가 생겼다.

얼굴과 상처를 따갑게 두드리는 비.

영인은 자신이 살아 있음을 온몸으로 실감할 수 있었다.

"휴~ 모르겠다. 그냥 나도 모르게 널 찾아서 가게 되더라고. 그리고… 설마 네 생사 여부가 내 목숨보다 중요하겠냐? 그만 떠들고, 우선은 비나 피하는 것이 어떻겠냐? 너… 아주 만신창이가 다됐다. 누가 그랬는지 모르지만 아주 가지고 놀았구나."

"큭큭, 그래. 그 새끼, 아주 날 가지고 놀았다. 그래서 한 칼 먹여주고 튀었지. 환관새끼들, 모두 변태 같은 성격을 지니고 있더라. 제길, 아직도 그 새끼 면상이 생각나는군. 퉤! 젠장! 여기서 살아난다면 환관새끼들은 내 눈에 띄는 족족 모가질 따버릴 생각이다. 더욱이 그 새끼는 자근자근 뼈까지 씹어 먹어도 시원치 않아."

"하하, 정말 된통 당했나 보구나."

"내 상태를 보면 모르겠냐? 당해도 오지게 당했다. 고자새끼가 엄청 세더라고. 그나저나 이번에 저 새끼들 손에서 벗어나면 기녀라도 안아봐야겠다. 막상 죽는다고 생각하니까 정말 억울하더라고. 젠장."

"기녀? 큭큭, 크하하하! 컥! 끄음, 헉헉, 그만 웃겨라. 그 꼴을 해가지고 그런 말을 하니까 웃겨서 더 이상 못 보겠다."

"뭐가 웃기다고 그래? 난 심각한데. 윽! 크으흐음."

"알았다. 네 몸이 회복되면 내가 양경에서 제일로 미색이 뛰어난 기녀를 안게 해주겠다."

"그 약속, 반드시 지켜라."

"알았다, 알았어. 자, 이제 움직이자. 여기 있어봤자 동창 녀석들 수색 범위 안이다. 득보다 실이 많아. 큭큭, 네 말대로 여자 한 번 안아보지도 못하고 죽을 수는 없잖아? 우선 살아야 총각 딱지라도 떼지 않겠어?"

"아암, 살아야지. 끄으응."

"웃차! 아프고 힘들더라도 좀 더 몸을 움직여 봐. 어서 이곳을 벗어나자."

"야! 누가 그걸 몰라? 아프지 않은 곳이 있어야 어떻게든 하지. 끄응~ 휴~ 그 새끼 검이 심장만 안 찔렀지, 온몸에 지도를 그렸다. 완전 미친 새끼였다고."

"그래, 그래. 알았으니까 이렇게 좀 움직여 봐. 그렇지. 조금만 더. 끄으응…….'

"윽! 휴~ 살살 가자. 우선은 일어났으니까, 조금씩 걷다 보면 요령이 생기겠지."

"큭큭, 그렇게 하자. 하지만 비를 계속 맞으면 너나 나나 좋을 게 없다. 웃차! 자자, 힘 좀 더 줘봐."

"젠장, 살살 좀 해! 다리에 힘이 안 들어가는 것을 어떻게 하라고. 그리고 너 때문에 허벅지에 구멍이 났잖아. 그러니까 좀 천천히……."

"다리에 힘이 안 들어가면 그냥 끌고서라도 움직여. 나도 마음 같아서는 널 업고서 움직이고 싶다고. 알겠어? 그런데 배에 구멍이 뚫려서 그럴 수 없으니까 네가 좀 알아서 움직여라."

"알았다. 젠장! 헉헉! 그나저나 아주 보기 좋게 뚫리더라?"

"빌어먹을 새끼, 주둥이 닥치고 걷기나 해!"

"큭큭……."

"…영인아."

"……?"

"우리, 그냥 생겨먹은 대로 살자. 인생 별거 있냐? 두루뭉술 편안하게. 안빈낙도 몰라? 네가 언제부터 영웅 놀이를 했냐? 그냥 세월에 묻어가면서 살자."

"젠장, 나도 그러고 싶었다고. 커흑! 헉헉! 그 빌어먹을 새끼만 없었으면 이렇게 되지도 않았다. 영웅? 젠장할, 내가 언제부터 그런 시답잖은 말을 알았냐? 나도 그런 것 몰라. 생각해 본 적도 없고. 앞으로도 영웅이란 말 자체를 생각하지도 않을 거다. 내 성격, 잘 알잖아."

"그래, 큭큭… 그래서 내가 널 좋아하는지도 모르겠다."

"…그래."

영인은 명규의 팔에 힘이 들어가자 조금 편하게 걸을 수 있었다. 하지만 정신을 놓지 않기 위해서 입을 열어야 했고, 명규 역시 이런 상황을 알 수 있었기에 평소처럼 받아주었다.

온몸으로 느껴지는 명규의 체온에 영인은 처음으로 명규에게서 동료애를 느낄 수 있었다. 이젠 죽음이 난무하는 전장에서 자신의 등을 맡길 수 있을 것 같았다.

그렇게 명규의 부축을 받으며 영인은 대원들과 약속되어 있는 목적지로 천천히 걸음을 옮겼다. 몸 상태가 좋지 않아 가는 데 시간이 걸리겠지만, 그래도 마음은 편안했다. 그리고 왠지 모르게 든든했다.

*   *   *

영인과 명규는 보위대 대원들과 조우하기로 되어 있던 장소까지 가는 데 오 일이나 걸렸다. 영인의 상처가 많이 중했기에 빠르게 움직이지 못한 것도 문제였지만, 그치지 않고 계속해서 내린 비로 인해 빠르게 움직이고 싶어도 그렇게 하지 못했다. 다행히 명규의 응급처치로 상처가 덧나는 것은 모면했지만, 밤마다 둘 모두 고열에 시달려야 했기 때문에 더딜 수밖에 없었던 것이다.

비는 영인과 명규가 도착하고 하루가 지나서야 멈추었다. 자그마치 육 일 동안 내린 것이다. 아무리 장마라 해도 일주일 동안 계속해서 비가 내린 적은 별로 없었기에 상당히 이례적인 일이었다. 하지만 장마로 인해 대원들의 발이 묶여 움직이지 못했고, 그로 인해 영인과 명규는 간신히 살아날 수 있었다.

심각한 부상과 지친 몸.

동창의 시선을 피하기 위해서 행할 수밖에 없었던 무리한 잠행.

하늘이 내려준 비는 둘의 생명을 보존시켜 준 단비였고 천운이었다.

대원들의 보살핌으로 영인과 명규가 정신을 차린 것은 그후로도 이 주가 지나서였다. 영인과 명규에게 다시는 경험하고 싶지 않은 시련과 고난의 구월이 겨우 삼 일밖에 남지 않았던 것이다.

임시로 대원들을 이끌고 있던 영도는 영인과 명규가 정신을 차리자마자 대원들을 이끌고 맹진(孟津)으로 진군했는데, 이일 전에 화산파 문인이 전해준 이자성의 명을 행한 것이다.

보위대가 장마와 영인의 부상을 치료하기 위해 발이 묶여있던 십구 일 동안, 이자성과 손전정의 군대는 하남성 이곳저곳에서 수많은 격전을 치렀다.

영인이 죽을 고비를 간신히 넘겼던 그날, 손전정은 보풍을 공격하였다. 나중에 협공당할 것을 걱정하였기에 무리를 하면서까지 보풍을 공격한 것이다. 이에 깜짝 놀란 이자성은 보풍에 구원군을 파견하였지만, 너무 급하게 움직이는 바람에 노광조와 고걸 및 백광은의 부대가 준비한 기습과 암계에 걸려출정한 지 삼 일 만에 격퇴당했고, 다음날은 이자성 본진의 정예 병력마저 격퇴되는 최악의 상황을 맞게 되었다.

손전정은 보풍을 공격하면서 당현으로 별동대를 급파하였는데, 이양순으로부터 당현에 유적들의 가족이 모여 있음을 알게 되었기 때문이다. 당현을 함락시킨 후 가족들을 공개 처형하거나 협박할 경우, 유적들의 사기가 크게 떨어질 것이 분명했기에 명분이 충분했다.

손전정의 군대는 연전연승하고 있었지만, 비가 육 일 동안 계속 내리면서 보급부대가 도착하지 않아 장병들이 굶주리기 시작하였다. 더욱이 곳곳에서 보급부대가 습격을 당하면서 그 사정은 더욱 나빠져 갔고, 그에 총병관들 중에서 퇴각을 진언하는 이들도 있었다. 당연히 손전정으로서는 위기를 타파하기 위한 결단을 내려야만 했고, 그에 적의 거점을 공략하여 식량을 빼앗는 것을 방침으로 삼을 수밖에 없었던 것이다. 그에 따라 이자성의 본진을 격퇴시킨 후 바로 겹현을 공격하여 함락시킨 후 많은 수의 양(羊)을 포획할 수 있었고, 이를 병사들에게 나누어 준 후 진영복에게 수비를 맡겼다. 이로써 손전정은 어느 정도 식량 문제를 해결할 수 있게 되었지만 임시방편에 지나지 않았다.

승리와 굶주림.

병사들 사이에선 굶주림을 견디지 못하고 밤에 도주하는 일이 빈번하게 벌어졌고, 장군들까지 그 여파가 미치고 있었다.

이자성은 본진이 격퇴되고 겹현이 함락된 후 호북성의 본거지인 양양까지 퇴각할 수밖에 없었다. 비록 양성의 방비를 굳

혔지만 손전정과의 전투에서 연전연패하고 있었기에 몇몇 장
군과 천인대장들 사이에선 투항하는 문제가 진지하게 논의되
고 있었다. 이자성은 이러한 사정을 파악하고 있었지만, 군대
의 사기 때문에 모른 척할 수밖에 없었다. 그러나 산종과 화산
파로부터 전해지는 정보를 분석하면서 반전시킬 수 있는 기회
를 노렸고, 얼마 지나지 않아서 기회를 잡을 수 있었다.

굶주림에 지친 병사들을 달래기 위해서 손전정은 직접 군사
를 이끌고 낙양으로 식량을 구하러 갔다. 더 이상 수하 장군들
에게 보급을 맡겨놓고 있을 수가 없었던 것이다. 하지만 이자
성은 별동대와 철기대로 하여금 낙양에서 출발하는 손전정을
노렸고, 급습을 받은 손전정은 별다른 저항도 하지 못하고 황
하의 도하점인 맹진으로 달아나야 했다.

손전정은 자신의 실수를 자책하며 자살을 시도하였지만, 부
하들에게 저지를 당했고, 동관으로 들어가게 되었다. 하지만
이 일로 인해 보풍과 겹현 등에 주둔하고 있던 손전정의 군대
는 큰 혼란에 휩싸일 수밖에 없었다. 최고 지휘관인 손전정의
위치와 상황이 일선 부대까지 전해지지 못한 것이다.

이자성은 손전정이 동관으로 도망가자마자 각 지역에 흩어
져 있는 전군에 공격 명령을 내렸다. 손전정의 명령이 없는 상
태에서 관군은 조직적으로 저항 한 번 해보지 못하고 힘겹게
함락한 성들을 내주게 되었고, 이후 손전정이 피신한 동관을
향해 퇴각하였다.

하지만 이자성은 관군들이 쉽게 동관으로 퇴각하도록 가만

히 있지 않았다. 관군의 뒤를 따라 전군이 추격을 개시했고, 오백 리 이상을 추격하여 약 십칠만 명이 넘는 관군의 목을 친 것이다. 비록 동원되었던 팔십만 명의 병력 중 십칠만 명이면 반에 반도 못 미치는 것이지만, 이들 중 사만 명이 손전정이 어렵게 길러낸 정예 병력이었기에 전멸이나 다름없는 막대한 피해를 입힌 것이다.

이 결과 동관으로 퇴각한 손전정의 정예 병력 십만 명 중 남은 병력은 일만 명이 조금 넘는 정도에 불과하였고, 일반 병사들 역시 뿔뿔이 흩어져 십오만 명도 되지 않았다. 이로써 황제가 움직일 수 있는 유일한 가동 병력은 산해관의 영원(寧遠)을 지키고 있는 오삼계의 군대밖에 남지 않았다. 그러나 이 군대는 한창 청군의 침공을 막고 있었기 때문에 자유롭게 움직일 수가 없었고, 기세가 오른 이자성의 군대를 견제할 수 있는 병력이 관중엔 전무한 실정이었다.

이자성의 군대는 단 한 번의 공격으로 손전정을 물리치자 병사들의 사기가 하늘을 찌를 듯 높아졌고, 손전정이 동관에서 군대를 재건하지 못하고 있는 동안에 관중을 공격했다. 손전정은 동관에서 이자성 군을 막아내고자 분주하게 움직였지만, 이미 양군의 전력 차가 압도적으로 벌어져 있었기에 어떻게 할 수가 없었다.

따각! 따가닥!

드르륵, 드르르륵, 드르르륵~

"끄응~"

"응? 일어났냐?"

"아이고, 허리야. 젠장! 왜 이렇게 수레가 들썩거려?"

"길이 나쁘니까 들썩거리지 일부러 그러겠냐?"

"그건 모르지. 영도라면. 흠! 그런데 지금 어디로 가는 거냐?"

"동관."

"동관? 맹진이 아니고 왜 갑자기 섬서성으로 가는 거야? 서안이라도 공격하겠대?"

"그건 나도 잘 모르겠다. 나도 환자라고."

"누가 너 환자 아니라고 했냐? 그냥 물어보는 거잖아."

"내가 이런 몸을 해가지고 밖으로 나다녀야겠냐? 왜 자꾸 그런 걸 물어봐? 궁금하면 직접 영도한테 가든가."

"오려면 영도가 와야지 왜 내가 가냐?"

"하긴. 여하튼 영도가 조금 전에 화산파 문인으로부터 명령서를 받았는데, 아무래도 그쪽으로 가라고 한 것 같다. 살짝 얘기를 들어보니까 상황이 우리에게 유리하게 돌아가는 것 같더라고."

"그래? 그거 잘됐네. 그나저나 영도는 그런 명령을 받았으면 보고를 해야지, 아무리 내가 병자라고 해도 한마디 말도 없다는 것이 말이 되냐?"

"잘 알아서 하겠지. 자자, 괜히 그런 쓸데없는 것에 신경 쓰지 말자고. 괜히 신경 쓰면 머리만 아프다고. 우린 환자다. 안정이 최고라고. 안 그래?"

"쩝, 그건 그렇지. 하지만 상관에 대한 예의가 없어. 젠장! 굴비 형 때문에 뭐라고 하지도 못하고, 앞으로 내 속만 썩어 나겠군. 니미럴."

영인은 명규의 설명을 들으면서 고개를 끄덕였다. 하지만 영도에 대한 불만이 새록새록 생겨나는 것은 어쩔 수 없었다. 간신히 대원들과 합류하던 날 이후, 지금까지 단 한 번도 찾아와서 몸은 괜찮냐는 등의 안부조차 물어보지도 않았던 것이다.

그러나 영도도 나름대로 영인에 대한 고민을 하고 있었다. 철기대에 있는 동안은 서로 얼굴을 보지 않아 문제가 없었지만, 예전에 구박했던 것이 있었기에 껄끄러운 관계였기 때문이다. 하지만 현실을 인정하기로 했다. 어차피 머리 굴려봐야 영인은 상관이고 자신은 부하였기에, 자신이 맡은 일을 충실히 수행하려고 노력했다. 아니, 노력 중이었다.

"크흠! 일어났소, 대주?"

"응? 흐음, 부대주."

"어이, 왔나? 그렇지 않아도 걸 부대주 얘기를 하고 있었는데, 마침 잘 왔네."

영도가 수레 옆에서 말을 타고 속도를 맞추며 말을 걸자, 명규가 반갑게 맞이해 주었다. 영인의 표정이 어정쩡했고 영도가 선뜻 옆으로 다가서지 못하자 명규가 중간 입장에서 나선 것이었다.

"자자, 좀 더 이쪽으로. 할 말이 있어서 온 것 같은데, 그렇게 떨어져 있으면 대화가 안 되지. 그렇지, 대주?"

"흠, 그렇긴 하지."

"큼, 알겠소."

"그래, 무슨 할 말이 있어서 바쁜 걸 부대주가 이리 행차를 하셨나? 아이, 참나! 야, 영인아! 계속 그렇게 있을 거야? 앞으로 계속 얼굴을 볼 사이인데 언제까지 예전 일을 묵혀둘 거야? 호칭이 어색하면 그냥 부대주라고 부르면 되고, 걸 부대주도 영인한테 대주라고 하면 되잖아. 공은 공이고 사는 사야. 둘 다 왜 그래? 이래서 사회생활을 오래 해봐야 한다니까."

"흐음."

"크큼, 크으흠."

"사람 사는 게 다 그렇고 그런 것 아니겠냐. 어차피 둘 사이에 풀지 못할 앙금이 있어도 굴비가 있잖아. 서로 안 보고 살 수 있을 것 같아? 굴비 때문에라도 그렇게 못할걸. 그러니까 서로 어느 정도 예의만 보이면 돼. 그럼 아무런 문제도 없어. 인생이 뭐 별거냐? 서로 어울리며 사는 것이 인생이다. 꿰 아저씨가 그랬잖냐. 나이 들면 모두 친우고 동료라고."

"…쳇! 알았다, 알았다고. 그러니까 그만 나불대라."

"흐음."

"그렇지. 그럼 된 거다. 자자, 이제 대화를 해보자고. 걸 부대주, 무슨 일로 온 것이오?"

명규는 영인과 영도가 자신의 말에 동조하자, 얼굴에 미소를 그리며 영도에게 하오체로 질문했다. 비록 유종민 밑에서 같이 무공을 배운 사이지만 서로 말을 놓을 정도로 영도와 친분이 있는 사이는 아니었기 때문이다. 그리고 같은 부대주로서 서로 간에 예의를 보이기 위한 행위였고, 영도 역시 명규의 이런 언행이 껄끄럽지 않으면서도 대하는 데 편했다. 괜히 친하지도 않는데 친한 척하는 것보다 어느 정도 선이 그어진 상태를 유지하며 일하는 것이 관계 정립에 도움이 되었기 때문이다.

"그래, 걸 부대주는 무슨 일로 온 것인가?"

"대주도 나 부대주로부터 대략적인 얘기를 들어 알겠지만, 아침에 전하의 명이 담긴 서신을 받았소. 현재 손전정은 전하의 공격을 받고 동관으로 퇴각하였고, 하남성에 들어왔던 관군 대부분이 공격을 받아 퇴각하거나 흩어진 상태라 하오. 돌아가는 상황을 보건대 어려운 시기는 모두 끝났고, 이참에 전하께선 기세가 오른 병사들을 이끌고 섬서성을 공략할 생각을 굳힌 것 같소."

"그럼… 우리가 동관으로 가는 것도……?"

"그렇소. 아무리 손전정이 패배를 하고 퇴각했지만 언제 또 병사들을 재정비하여 공격할지 알 수 없기에 전하와 장군들은 이참에 완전히 뿌리를 뽑자는 생각일 것이오. 당연히 우리 보위대도 동관에서 손전정을 공격하게 될 것이 분명한데, 그러자면 지금과 같은 속도로 갈 수가 없을 것 같아서 이렇게 대주를 보러 온 것이오."

"흐음, 그렇군. 동관에서 손전정을 공격한다……. 이 속도로 동관까지 가려면 며칠이 걸리겠나?"

"못해도 일주일 이상 걸릴 것 같은데, 대원들 중에도 부상자가 많아 더 걸릴 수도……."

"일주일 이상이라……. 혹시 서신을 받을 때 동관의 상황을 물어보았나? 무슨 정보라도 들었으면 결정을 내리는 데 도움이 될 것 같은데."

"전하께서 직접 군대를 이끌고 동관으로 향하는 중이며, 삼일 후면 동관에 도착하실 것 같다고 했소. 물론 지금 별동대와 철기대가 동관에 근접해서 진을 형성한 상태고, 다른 장군들도 전하보다 하루 정도 빠르게 도착할 것 같다는 말을 들었소. 이렇게 되면 우리가 가장 늦게 도착하는 것이오."

"그렇게 되겠군. 그럼 전하께서 도착하시자마자 공격한다고 그랬나, 아니면 좀 더 시간적 여유가 있는 것인가?"

"아무래도 하루나 이틀 후에 공격을 개시하지 않겠소? 적에게 준비할 시간을 줄 수 없고, 자칫 손전정이 도주할 우려도 있으니."

"휴~ 그렇다면 시간이 얼마 없다는 것인데… 부상병을 제외하면 현재 병력이 정확히 얼마나 되나? 삼 일 안에 동관에 도착하려면 동관까지 쉬지 않고 말을 달려야 하는데, 보낼 수 있는 병력이 얼마나 되는지 알아야 먼저 보내든지 어떻게 하든지 결정을 내릴 수 있을 것 같군."

"그건 내 생각도 마찬가지다. 걸 부대주, 정확한 병력 수를 알 수 있겠소?"

영인은 영도의 설명을 들으면서 현재 보위대의 상황을 점검

할 필요성을 느꼈다. 이것은 명규 역시 마찬가지였는데, 그날 동창 위사들에게 입은 피해가 상당했기 때문이다. 대략적으로 반 정도의 병력 손실이 있었다는 것은 알고 있었지만, 부상으로 인해 그 수가 정확히 얼마나 되는지 파악하고 있지 못했던 것이다.

"흐흠! 대주의 휘하 병력 삼백 명 중 약 칠십팔 명이 사망하거나 실종됐고, 백삼십여 명이 부상을 입었소. 하지만 부상자 중 말을 탈 수 있는 병력까지 합치면 대략 백이십여 명 정도가 말을 탈 수 있소."

"젠장, 손실이 너무 크군. 그리고……?"

"나 부대주의 병력은 부상자 포함 삼백십여 명이고, 내 병력은 이백팔십여 명이오. 모두 오백구십 명 중 말을 탈 수 있는 병사는 사백이십 명이 전부요. 따라서 먼저 병사들을 보낼 경우, 약 오백사십 명을 보낼 수 있을 것 같소."

"천삼백 명 중 겨우 오백사십 명만이 멀쩡한 것인가? 패해도 너무 심하게 패했군. 제길."

"그나마 네가 목숨 걸고 막아주지 않았다면 전멸했을 거다. 누가 동창의 위사들이 암수를 준비하고 있을 줄 알았냐. 정보를 준 화산파나 산종도 동창이 보급부대와 함께 움직이는 줄 모르고 있었잖아. 이 정도 피해로 그 녀석들 마수에서 벗어난 것만으로도 천운이다."

"훗, 그래, 네 말대로 죽지 않은 것이 천운이지."

"쩝, 죽은 녀석들만 불쌍하게 되었지. 여하튼 어떻게 할 거냐? 병사들을 분리할 거냐, 아니면 이대로 갈 거냐? 네가 결정

을 해줘야 걸 부대주도 대원들에게 할 말이 있지 않겠어?'

"잠시만 좀 생각해 봐야겠다. 걸 부대주, 잠깐만 기다리도록."

"…알겠소."

'어차피 영도가 상황을 정리해서 화산파를 통해 보고를 했으니, 위에선 우리가 어떤 상황에 처해 있는지 파악하고 있을 것이고. 그렇다면 왜 서두르라는 명령을 내렸지? 겨우 몇 백명 정도가 아쉬울 정도로 위급한 상황이 아닌데… 내게 성의를 보이라는 것인가? 누가 그런 명령을 내렸지? 전하가 직접? 아니야. 아무리 우리가 근위대로 인해 뒤로 밀려났지만 그 정도로 쓸모가 없지는 않지. 그럼 대군사나 우군사가 간접적으로 내린 명이란 말인데… 하지만 대원들의 피로가 만만치 않은 상황에서 꼭 보낼 필요성이 있을까?'

영인은 지그시 두 눈을 감은 상태로 잘 돌아가지 않는 머리를 굴리며 상황을 나름대로 정리하기 시작했다. 그러나 쉽게 결론을 내릴 수가 없었다. 물론 위에서 내려온 명령이기에 쉽게 생각한다면 대원들을 추슬러 동관으로 보내는 것이 정답이었다. 하지만 그렇게 하고 싶지 않았다. 그렇기에 쉽게 결정을 내리지 못하고 있는 것이고, 자신도 모르게 무의식적으로 명분을 찾고자 하는 것이었다.

"야, 뭘 그렇게 고민해? 벌써 이각이나 지났다. 이제 대충 정리하고 결정을 내려야 하지 않겠냐?"

"그게 쉽지 않아서 그렇지. 누구는 결정을 내리고 싶지 않아서 이러고 있는 줄 아냐?"

"뭐가 고민인데? 혹시… 대원들을 보내고 싶지 않아서 그러냐? 그거, 명령 위반이다. 잘 생각해서 결정해라."

"젠장, 나도 그건 알고 있다. 하지만 보낸다고 해도 현재로서는 큰 도움도 될 것 같지 않고."

"훗, 보내고 싶지 않은데 눈치는 보인다는 말이지?"

"그래."

"그럼 보내지 않으면 되잖아. 우린 보위대라고. 대군사나 우군사가 명령을 내릴 수 없는 전하 직속 부대란 말이지. 명분? 명분이야 많잖아. 대원들 부상도 있고, 무엇보다 대주와 부대주가 큰 부상을 당해서 지휘할 수 없는데 어떻게 보내."

"……"

"만약 대원들을 보낸다면 걸 부대주가 이끌고 가야 하는데, 그럼 부상병들을 방치하는 것이 되잖아. 아무리 관군들이 퇴각해서 섬서성에 몰려가 있다지만, 패잔병들이 모두 섬서성으로 갔을까? 그건 모르지. 혹시 지금 멀찍이서 우리를 주시하고 있을지도. 안 그래?"

"훗, 그렇군. 네 말을 듣고 보니 나중에 말할 수 있는 명분이 충분하네. 좋아, 우린 이대로 가도록 하자. 걸 부대주, 하루나 이틀정도 앞당길 수 있다면 그렇게 하고, 대신 부상자들이 많으니 대원들을 너무 다그치진 말도록. 알겠나?"

"…알겠소. 대주가 그리 결정을 내렸으니 그에 따르는 것이 부대주의 역할이 아니겠소. 그럼 지금보다 조금 더 속도를 높이도록 하겠소이다."

"그건 지금부터 걸 부대주가 결정하도록 하고, 무엇보다 진군하는 동안 대원들이 많이 지치지 않도록 하시오."

"그럼 난 이만 가보도록 하겠소. 대주와 나 부대주, 하루빨리 몸이 회복되길 바라겠소."

영도가 영인과 명규에게 살짝 고개를 숙여 보인 후 앞을 향해 말을 몰았다. 이젠 영도의 어느 곳에서도 예전처럼 엉성하거나 가벼워 보이던 모습은 찾을 수 없었다. 무공을 배워서 그런지 아니면 그동안 수많은 격전을 치러서 그런지 알 수 없지만, 장수로서의 기상과 완숙함이 느껴질 정도였다.

"…많이 변했구나."

"그렇지? 철기대에서 고생 좀 했나봐. 예전엔 저렇게 딱딱하지 않았는데, 그 모습이 그립구나."

"그립기는 무슨!"

"왜 그래? 예전엔 넉살도 좋았잖아. 좀 거들먹거리기는 했지만, 그래도 한 가지 변하지 않은 것이 있기는 하잖냐."

"크큭, 그렇긴 하다. 아까 내가 명령을 내릴 때 보았지? 아직도 승급에 목숨을 걸고 있을 줄은 몰랐는데 여전한 것 같더라?"

"어쩌면 그건 영도의 천성일 거다. 그리고 너도 입신양명을 한다고 했잖아. 뭐, 목표가 다르긴 하지만."

"그래, 목표가 다르긴 하지. 자, 잡담은 그만 하자. 배가 고파 더 이상 말도 못하겠다."

"크큭, 알았다. 웃차, 빨리 회복하려면 잘 먹어야지. 아암!"

덜컹거리는 수레에 벌러덩 눕자 파란 하늘이 눈에 가득 들어왔다.

구름 한 점 없는 하늘.

길고 지루했던 장마가 지나가고, 어느덧 하늘은 완연하게 가을을 맞이하고 있었던 것이다.

영인은 두 눈을 감으며 자신의 미래를 그려보았다. 그리고 꿈을 꾸었다. 앞이 전혀 보이지 않는 어두컴컴한 꿈이었지만, 꿈을 꿀 수 있는 것만으로도 행복했다. 그에 자연스럽게 영인의 입가에 작은 미소가 그려졌다.

미소는…

밝았다. 다만 입꼬리 한쪽에 불안한 감정이 살짝 자리해 있었지만.

그렇게……

영인과 명규, 그리고 보위대 대원들은 영도를 선두로 조금씩 동관을 향해 나아가고 있었다. 죽은 동료들을 뒤로하고, 또는 가슴에 묻으며 불확실한 미래를 확실하게 만들기 위해서 동관으로 가고 있었다.

『토룡영인』 4권에 계속…

은하의 계곡

무천향
武天鄉

허담 新무협 판타지 소설

뿌리를 찾아가는 목동 파소의 여행.
그 여정의 끝에서
검 든 자들의 고향 대무천향 (大武天鄉) 을 만난다.

검객 단보, 그는 노래했다.

…모든 검 든 자들의 고향 무천향.
한 초식의 검에 잠든 용이 깨어나고, 또 한 초식의 검에 잠든 바다가 일어나네.
검의 흐름을 따라가다 보면 어느새, 세월도 잊어버리고, 사랑도 잊어버리고,
무공도 잊어버려…….
결국에는 자신조차 잊어버리는…….

은하의 가장 밝은 빛이 되어버린다는
그 무성(武星)들의 대지(大地).

아, 대무천향(大武天鄉)이여!

유행이 아닌 자유추구 -
WWW.chungeoram.com
Book Publishing CHUNGEORAM

閻王眞武
염왕진무

김석진 新무협 판타지 소설

"그, 그럼 어디서 오셨습니까?"
무심하게 고개를 돌리며 진무가 속삭이듯 말했다.

……지옥에서.

인간이라면 절대 익힐 수 없다는 강호삼대불가득!
그것에 얽힌 비사를 풀기 위해 그가 강호로 나섰다!
피처럼 붉은 무적의 강기, 혼돈혈애를 전신에 두르고
수라격체술과 염왕보로 천하를 질타하는 쾌남아, 진무!
염왕의 진실한 무학을 발현하여 무림삼패세와 고금십대천병을
이겨내고 속세의 악업을 심판하는 진정한 염왕이 되어라!

이제 강호는 진무의
일거수일투족에 열광한다!

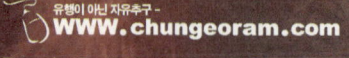
유행이 아닌 자유추구 —
WWW.chungeoram.com
Book Publishing CHUNGEORAM

신일룡
新무협 판타지 소설

풍신유사

태초에 우주를 구성하는
세 개의 기운이 있었다.

그것은 빛[光], 땅[地], 그리고 물[水]이었다.
이것들이 서로 조화되어 만휘군상(萬彙群象)을 이루었다.
그리고 이들 사이에서 또 하나의 기운이 탄생했으니,

그것은 바로 바람[風]이었다.

'풍령문' 제삼십구대 전인 관우.
제세(濟世)의 사명을 위한 길이 그의 앞에 펼쳐졌다.

"사람이 어찌 하늘의 뜻을 다 알 수 있을꼬?"

바람에 미쳐 바람이 된 자.
사람이되 신이 되어버린 자.
하늘의 뜻을 좇아 하늘을 거역한 자.

이것은 그에 관한 '남겨진 이야기'[遺事]다.

유행이 아닌 자유추구 -
WWW. chungeoram.com
Book Publishing CHUNGEORAM

絶代君臨

절대군림

장영훈 新무협 판타지 소설

문피아 골든베스트 1위, 선호작 베스트 1위

「보표무적」, 「일도양단」, 「마도쟁패」에 이은 장영훈의 네 번째 강호이야기.

절대군림

"왜 나를 선택했지?"
"당신은 좋은 어른이니까."

호북 제패를 시작으로 적이건의 강호 제패가 시작된다.

"비록 아버지의 강호가 옳다 해도, 난 어머니의 강호에서 살 거야.
아버지의 강호는 너무… 고리타분하거든."

왼손에는 군자검을, 오른손에는 지옥도를 든 천하제일 과일상 행운유수의 장남 적이건.
그의 유쾌하고 신나는 강호제패기

"문파를 세울 거야. 이 강호에서 가장 강하고 멋진."